Irma Krauß • Sonnentaube

cbt

Foto: © Privat

DIE AUTORIN

Irma Krauß, 1949 geb., war Lehrerin, bevor sie das Schreiben zu ihrem Beruf machte. Mit ihren psychologisch fein ausgearbeiteten Romanen zählt sie zu den bedeutendsten deutschen Jugendbuchautorinnen der Gegenwart und wurde unter anderem mit dem Peter-Härtling-Preis ausgezeichnet.

Von Irma Krauß ist bei cbj erschienen:
Das Wolkenzimmer (13271)

Bei cbt sind erschienen:
Meerhexe (30376)
Kick ins Leben (30299)
Herzhämmern (30366)

Irma Krauß

Sonnentaube

cbt

cbt – C. Bertelsmann Taschenbuch
Der Taschenbuchverlag für Jugendliche
in der Verlagsgruppe Random House

FSC
Mix
Produktgruppe aus vorbildlich
bewirtschafteten Wäldern und
anderen kontrollierten Herkünften

Zert.-Nr. SGS-COC-1940
www.fsc.org
© 1996 Forest Stewardship Council

Verlagsgruppe Random House FSC-DEU-0100
Das für dieses Buch verwendete FSC-zertifizierte
Papier *Munken Print* liefert
Arctic Paper Munkedals AB, Schweden.

1. Auflage
Erstmals als cbt Taschenbuch Juli 2008
Gesetzt nach den Regeln der
Rechtschreibreform

Erstmals erschienen 2004 bei Beltz & Gelberg
in der Verlagsgruppe Beltz,
Weinheim/Basel/Berlin
Umschlaggestaltung: Doris Künster
SK · Herstellung: ReD
Satz: KompetenzCenter, Mönchengladbach
Druck und Bindung: GGP Media GmbH,
Pößneck
ISBN: 978-3-570-30375-7
Printed in Germany

www.cbj-verlag.de

Inhalt

Von mir und der Musik und einer Künstlerin im Haus

Mit vierzehn weiß man schon lange, dass man kein Kind mehr ist. Unter anderem merkt man es daran, dass man anfängt, sich eine Chance auszurechnen, wenn man in jemand viel Älteren verknallt ist. Mir ist es nämlich mit Ulrich Falkenhauser so ergangen, unserem Musikreferendar. Der Altersunterschied muss doch nicht unbedingt ein Hindernis sein, dachte ich, und was nicht ist, kann ja noch werden. Wir machen zusammen Musik, ich singe, er spielt Klavier ...

Natürlich habe ich solche Wünsche und Ansichten schön für mich behalten. Außerdem war Ulrich Falkenhauser leider bereits verlobt. Und jetzt ist er sowieso an einer anderen Schule.

Die Wahrscheinlichkeit, dass einer, der mir gefällt, etwas mit Musik zu tun hat, ist übrigens sehr groß. Die Musikrichtung ist vielleicht egal, aber gut sollte er schon sein. Wobei mir sofort Kai Schilling einfällt, der Sänger, der donnerstags immer nach mir Gesangsstunde hat. Der Nachfolger von Ulrich Falkenhauser dagegen ist eine Katastrophe. Es lohnt nicht, sich seinen Namen zu merken, und ich gebe mir Mühe, diesen Menschen sofort wieder zu vergessen, wenn wir bei ihm Musik hatten, wie jetzt eben in der sechsten Stunde.

Bei mir zu Hause schließe ich die Eingangstür auf.

»Habe ich schon erwähnt, dass der neue Musikreferendar stinklangweilig ist?«, rufe ich beim Jackeausziehen.

Keine Antwort. Ich höre auch kein Klavierspiel, also stecke ich den Kopf in die Küche, wo es um diese Zeit brutzeln sollte, jedenfalls ist das in den meisten Familien der Fall.

Niemand da. Es riecht nichtssagend nach dem, was mich erwartet: Salat mit Käsebrot.

Ich finde meine Mutter im Musikzimmer, das bei anderen Leuten Wohnzimmer heißt. Sie sitzt an ihrem Schreibtisch. Weil sie nicht aufsieht, wiederhole ich meine Frage.

»Wie? O ja, Madeleine, ungefähr fünfmal täglich in den letzten drei Wochen.«

»Echt? Wenn's aber doch wahr ist!«

Wäre meine Oma nicht Klavierlehrerin an der Musikschule und mein Vater nicht Klavierlehrer am Konservatorium und meine Mutter nicht Konzertpianistin, dann würde ich mich beim neuen Referendar vielleicht auch von seinem hübschen Gesicht und dem aufregenden Pulli blenden lassen, wie Britta und die anderen in der Klasse.

Meine Mutter schiebt irgendwelche Unterlagen in ihren Schreibtisch. Mir fällt ihr abwesender Ausdruck auf. Er beunruhigt mich ein wenig, denn er erinnert mich an letzten Sommer, als sie verliebt war, aber leider nicht in meinen Vater, sondern in den Sänger Kenneth Smith. Zum Glück haben wir nichts mehr von Kenneth gehört, meine Mutter hat mit ihm Schluss gemacht. Schon den ganzen letzten Herbst hat sie sich völlig auf ihre Arbeit konzentriert und an ihren Beethovensonaten gefeilt. Im Dezember hat sie dann Konzerte in verschiedenen Städten gegeben. Mein Vater ist fast immer dabei gewesen. Nur weil er in Hamburg nicht an ihrer Seite war, habe sie dort diesen unerklärlichen Aussetzer gehabt, behauptet er. Eine Konzentrationsschwäche. Es soll ewig gedauert haben, bis ihr der Anfang vom zweiten Satz einfiel.

Wer einmal versucht hat, die Noten einer Beethovensonate zu zählen, kann sich ungefähr vorstellen, welches Gedächtnis man braucht, um mehrere Sonaten auswendig zu spielen. Meine Mutter ist doch kein Übermensch. Ich finde, sie darf sich auch mal eine kleine Schwäche erlauben. Was sind schon zwanzig Sekunden!

Sie hat aber unter der Sache sehr gelitten und die Veranstalter brüskiert, indem sie sich nach dem Konzert sofort in ihr Hotel zurückzog. Noch nach Weihnachten wurde sie blass, wenn sie auf der Wetterkarte Hamburg sah.

Doch jetzt ist sie von einer neuen Aufgabe erfüllt: Sie wird die Klavierstücke eines lebenden Komponisten auf CD einspielen. Sehr schwierige Sachen. Matteo Sciancalepore, *Schankaléporé* gesprochen, hörte meine Mutter eine moderne Zugabe spielen und wollte sie daraufhin gleich als seine Interpretin haben. Auf dem Cover wird neben seinem auch ihr Name stehen, Alicia Rada. Die Produktionsfirma ist gefunden, das Aufnahmestudio auch. Seitdem wechselt meine Mutter zwischen Übungsstunden am Flügel und klärenden Gesprächen mit dem Komponisten hin und her. Die klärenden Gespräche finden meistens am Telefon statt und kosten Auslandstarif. Sie werden von Sciancalepore bezahlt.

»Wie war's heute?«, frage ich meine Mutter. Vielleicht lässt sich ihr abwesender Ausdruck damit erklären, dass sie keinen guten Vormittag am Flügel oder eine quälende Besprechung mit dem Komponisten hatte.

Meine Mutter wendet sich vom Schreibtisch ab und steht auf. Sie runzelt die Stirn. »Was meinst du?«

»Na, deine modernen Stücke.«

»Ach so.« Sie dreht sich um zur Küche. »Ich habe heute gar nicht geübt. Ich musste zum Arzt.«

»Wieso? Bist du krank?«, frage ich alarmiert und laufe hinter ihr her.

»Nein, nein, Madeleine. Nur eine Routineuntersuchung. In meinem Alter fängt man an, einmal im Jahr zur Vorsorge zu gehen.«

Seit meine Mutter mit Ken Schluss gemacht hat, der zehn Jahre jünger war als sie, redet sie manchmal so daher. Dabei sieht sie mit ihren sechsunddreißig Jahren aus der Ferne noch immer wie ein Mädchen aus. Wenn sie auch keines mehr ist, klar. Von mir zum Beispiel ist sie zweiundzwanzig Jahre entfernt.

»Warum übst du nicht mal am Abend?«, schlage ich vor. Sie ärgert sich über den Zeitverlust, ich kenne das. Der Abend wäre sowieso ihre kreativste Arbeitszeit. Künstler haben einen anderen Rhythmus als normale Leute. Musiker müssen abends, wenn andere freihaben, ihre Höchstleistung erbringen, dafür schlafen sie gern bis zum Mittag; meine Mutter dagegen passt sich dem Rhythmus der Familie an, sie steht morgens mit mir und meinem Vater auf und zwingt sich zu arbeiten, solange wir weg sind, damit sie bei unserer Rückkehr Zeit für uns hat. Alles Gewohnheitssache, sagt sie, wenn die Rede darauf kommt. Aber manchmal merkt man ihr an, dass es ihr anders lieber wäre.

»Ja, vielleicht übe ich heute Abend.«

Wir setzen uns in der Küche an unser karges Mittagessen. Richtig gekocht wird erst, wenn mein Vater heimkommt. Kochen ist sein Hobby, Essen auch. Wenn meine Mutter ihn nicht bremsen würde, hätte er in Kürze die paar Kilo, die er sich letzten Sommer während ihrer Affäre weggehungert hat, wieder auf den Rippen.

Jetzt essen wir ihr Lieblingsmenü: Salat, Trauben, Käse, Joghurt und Brot. Dabei hat meine Mutter schon die Traumfigur, an der ich wahrscheinlich die nächsten tausend Jahre basteln darf!

Heute sieht sie noch dünner aus als sonst schon.

»Und wenn du dir vielleicht auch mal Butter aufs Brot streichst, Mama?«, schlage ich vor und versuche meinen Heißhunger zu bremsen.

»Ach nein«, antwortet sie. »Mir reicht das schwere Essen am Abend.« Sie stochert genügsam in ihrem Salat und nagt ein wenig am Brot.

Themenwechsel. Und langsam kauen, das soll besser satt machen. »Mama? Erinnerst du dich an die kleine Seejungfrau in unserem Schulmusical? Weißt du noch, wer die Titelrolle gesungen hat?«

Meine Mutter schüttelt den Kopf. »Nein, Madeleine. Ich erinnere mich nur an eine sehr schöne Stimme.«

»Regina war das, sie geht in die Neunte«, kläre ich sie

auf. »Sie hat irgendwie erfahren, dass ich Gesangsstunden nehme. Und jetzt will sie auch welche. Sie war ziemlich schockiert, als sie hörte, was Privatstunden kosten. Aber nach der zehnten Klasse kann sie ja die Aufnahmeprüfung am Konservatorium machen und kriegt ihre Stunden umsonst. Ich frage Frau Dorian, ob ich Regina mal mit in meinen Unterricht bringen darf. Zum Zuhören, vielleicht auch zum Vorsingen …«

Meine Mutter sollte sich darüber freuen. Denn mit meinen Freundschaften ist es nicht weit her. Sogar Britta aus meiner Klasse, die bisher meine beste Freundin war, ist neuerdings lieber mit Franziska und Denise zusammen. Ich glaube, ich vergraule sie allmählich mit meiner Vorliebe für klassischen Gesang. Wenn ich eine andere hätte, mit der ich über mein Hobby reden könnte, würde ich Britta garantiert damit verschonen.

Meine Mutter nickt. »Eine exquisite Stimme«, sagt sie. »So wie du die perfekte Besetzung der Meerhexe gewesen bist, war Regina die ideale Seejungfrau.«

»Und, Mama, weißt du was? Regina hat dieselbe Meinung über den Neuen wie ich!«

Meine Mutter spießt eine Olive auf die Gabel. Ihr Appetit hat sich nicht gesteigert.

»Über welchen Neuen? Ach so, du meinst den Referendar.«

Ich würde gerne noch über Regina reden, aber meine Mutter ist mir zu unkonzentriert; im Augenblick interessiert sie sich nicht wirklich dafür, dass ich eine Gleichgesinnte gefunden habe. Sie wirkt ziemlich frustriert. Aus Erfahrung werde ich das Einzige machen, was ihr hilft: sie in Ruhe lassen. Sobald sie am Flügel sitzt, geht es ihr besser, bestimmt.

Ich trage den Bioabfall hinaus und schmuse eine Weile am Zaun mit Hektor, unserem Nachbarhund. Dann ertönt der Flügel. Na, wer sagt's denn. Ein grelles, aggressives Stück, ein richtiger Ohrenputzer. Und dabei hat der Komponist selbst so einen wohlklingenden Namen! Wenn wir eine Wohnung in einem Mietshaus hätten wie Britta, würden uns die anderen Bewohner sicher eines Tages lynchen.

Aber kaum habe ich mir in meinem Zimmer den Kopfhörer übergestülpt, da lüfte ich ihn auch schon wieder: Meine Mutter fängt etwas anderes an, etwas ganz anderes! Etwas Schönes! Eine Musik, bei der ich sofort alles stehen und liegen lasse, um nur noch zuzuhören. Beethoven?, frage ich mich und horche.

Nein, nicht Beethoven, jedenfalls keine mir bekannte Sonate. Aber genauso schön, wenn nicht noch schöner. Ich lege mich aufs Bett und träume, bis das wunderbare Stück verklungen ist und meine Mutter zu Sciancalepore zurückkehrt und mir das Ohrenschmalz lockert. Dagegen hilft wirklich nur der Kopfhörer.

Bei Gelegenheit muss ich sie mal fragen, was sie da gerade gespielt hat; sie sollte dieses Stück über ihren schrillen Tönen auf keinen Fall verlernen. Wie schnell man etwas verlernt, weiß ich nämlich. Ich habe ja auch mal Klavier gespielt. Und jetzt kann ich nichts mehr von dem, was mich einmal viel Schweiß gekostet hat. Heutzutage verwende ich den Flügel nur, um meine Stimmübungen zu intonieren oder mir eine Melodie zusammenzusuchen.

In ganz seltenen Momenten – wie jetzt – wünsche ich mir aber, Klavier spielen zu können. Und wenn's nur dieses eine Stück wäre.

Von Brittas Sprachhemmung, Reginas erster Gesangsstunde und meinem Herzweh

Britta langweilt sich bei klassischer Musik zu Tode und versucht gleichzeitig, Geige zu mögen, ein Spagat, für den ich sie bewundere. Aber natürlich wäre es mir lieber, sie würde meine Begeisterung für Gesang teilen. Nur an einem einzigen Donnerstag hat sie mich zu meiner Stunde begleitet und seitdem nie wieder. Ich soll es ihr nicht übel nehmen, aber klassischer Gesang sei einfach das Letzte!

Ausgerechnet bei dieser Gelegenheit ist es ihr passiert, dass sie sich in Marcel aus der Neunten verguckt hat, der mit seinem Geigenkasten aus dem Konservatorium kam und ein paar Worte mit mir wechselte. Die Begegnung war reiner Zufall, Marcels Geigenstunde ist sonst immer am Freitag. Das hätte ich aber besser für mich behalten, denn nun muss ich jeden Freitag mit Britta zum Konservatorium gehen – allein traut sie sich nicht – und dort rumhängen, bis uns Marcel über den Weg läuft und sie ihn anhimmeln kann, während er mit mir redet.

Britta könnte ihn täglich in der Schule sehen, aber

dort ist er von Leuten aus seiner Klasse umgeben, und sie weiß nicht, wie sie an ihn rankommen soll – abgesehen davon, dass es ihr bei seinem Anblick sowieso die Sprache verschlägt. Anstatt also in der Aula oder auf der Treppe mit ihm zu reden, zieht das hübscheste Mädchen unserer Schule es vor, an einen Ort zu gehen, den sie nicht mag, und stumm daneben zu stehen, wenn Marcel und ich fachsimpeln. Er gefällt mir übrigens auch, und ich finde mich ziemlich edel, weil ich mir jeden Gedanken an ihn verkneife. Wobei ich allerdings weiß, dass ich neben Britta ohnehin keine Chance hätte.

Man kann mit Marcel wunderbar locker reden, wenn man nicht in ihn verknallt ist. Wir unterhalten uns über Musik und unseren Unterricht und über die traurigen Erfahrungen, die man macht, wenn man vor der Stunde kein freies Zimmer zum Einspielen oder Einsingen findet. Britta hört uns aufmerksam zu und wartet ständig darauf, dass Marcel sie endlich mal fragt, was *sie* eigentlich im Konservatorium macht. Als Antwort will sie sagen, sie liebt klassische Musik und ganz besonders Geigenmusik, aber sie darf ja leider nicht Geige spielen. Und sie wäre schon glücklich, wenn sie beim Üben zuhören dürfte …

Marcel hat sie bis jetzt nicht gefragt. Es wäre immerhin möglich, dass Britta bei ihm eine ähnliche Sprachhemmung auslöst wie er bei ihr. In diesem Fall wird natürlich nie was aus den beiden!

Heute will Regina mit in meine Gesangsstunde kommen. Ich habe sie bei Frau Dorian angemeldet und mich mit ihr am Denkmal vor dem Konservatorium verabredet. Das Denkmal ist ein Stück moderner Kunst: ein Sägeblatt in Form einer Kinderrutsche. Ein Täfelchen warnt, man solle das Ding bloß nicht als Spielgerät missverstehen.

Ich bin zu früh eingetroffen. Da man aber laut Frau Dorian seine Atemübungen überall machen kann, halte ich mich an einer ungefährlichen Kante der modernen Kunst fest und kichere in mich hinein, bis mein Zwerchfell hüpft.

Von schräg hinten kommt ein Pärchen über die Straße. Das Mädchen sagt: »Muss furchtbar witzig sein, dieses Gerät!«

Die Stimme kenne ich, ich fahre herum.

Regina und – Marcel.

»Oh …! Was machst *du* denn hier?«, frage ich Marcel.

Er hat einen Frosch im Hals und Regina antwortet munter für ihn: »Seine Stunde wurde getauscht!«

»Hrm«, hustet Marcel und bringt zum Beweis mit einem Armschwung den Geigenkasten in Augenhöhe.

Seltsam. Irgendwas ist merkwürdig. Die beiden sind in derselben Klasse, okay. Aber mich hat doch auch noch nie ein Klassenkamerad zum Konservatorium begleitet! In tausend Jahren würde das keinem einfallen. Und falls doch, wäre ein Wunder passiert. Wenn Marcel also mit Regina hier ankommt und dazu sogar seine Geigenstunde um einen Tag vorverlegt hat, damit es nicht auffällt, gibt mir das zu denken. Die Stunde tauscht man nur dann, wenn es sehr, sehr wichtig ist. Und was ist das plötzlich für ein rosiger Hauch auf Marcels Wangen?

Sollten er und Regina ... Es geht mich ja nichts an, ich denke nur an Britta, die sich schließlich Hoffnungen auf Marcel macht!

»Worüber hast du dich gerade eben schiefgelacht?«, will Regina wissen.

»Ich? Mich schiefgelacht?«, frage ich verdutzt.

»Das K-k-k...«, sagt Marcel, der stotternd seine Sprache wiederfindet. »Das Kirchenkichern!«

»Richtig getippt!« Ich tausche einen Blick mit ihm, der Regina für einen Moment ausschließt. Unser Fachjargon ist für andere eine Geheimsprache und ich teile gern Geheimnisse mit Marcel. Zum Beispiel weiß fast niemand, wie Vibrato geht, aber ich weiß es. Marcel hat für mich jeden der vier infrage kommenden Finger mit unendlicher Ausdauer in den Geigenhals gebohrt, bis ich fast damit rechnete, sie kämen auf der Rückseite wieder heraus. Der Trick ist, er denkt dabei an Lehm. Da hab ich auch in die Trickkiste gegriffen und ihm mein Kirchenkichern vorgeführt.

»Was soll das denn sein?«, fragt Regina.

Marcel stellt seinen Geigenkasten ab. »Ganz einfach! Du tust, als wärst du in der Kirche. Alle sind sehr feierlich. Nur du musst furchtbar lachen, darfst aber nicht. Verkneifst es dir. So ...«

Er kichert mit geschlossenen Lippen, bis Regina endlich davon angesteckt wird. »Jetzt leg deine Hand aufs Zwerchfell!« Er führt ihre Hand. »Hier. Hier ist es!«

Ich kann mich nicht erinnern, dass ich ihn seinerzeit berührt hätte, wie er Regina berührt. Ich meine, ich habe nicht an Marcels Zwerchfell herumgefingert, als ich ihm das Kirchenkichern beibrachte. Wahrscheinlich werde ich gleich auch noch erleben, wie sie miteinander Händchen halten.

»Wozu soll das gut sein?«, kichert Regina.

»Das ist eine Übung. Du musst dein Zwerchfell lockern, wenn du richtig atmen und singen willst«, sage ich ein bisschen barsch, weil ich an Britta denke. »Es wird langsam Zeit, reinzugehen.«

Ich passe auf, ob Regina auf dem Weg nach Marcels Hand greift. Aber Fehlanzeige – sie erinnert ihn nur daran, dass er versprochen hat, hinterher auf sie zu warten. Das erhärtet nun wieder meinen Verdacht. Denn solche Forderungen, denke ich mir, stellt man nur, wenn man sowieso schon Händchen hält. Sobald ich mir sicher bin, sollte ich Britta vielleicht schonend aufklären.

Im Konservatorium trennen wir uns von Marcel.

»Jetzt hast du dich nicht eingesungen«, fällt ihm in letzter Sekunde ein, und er schickt mir noch einen mitfühlenden Blick nach, den ich mit einem Achselzucken quittiere. Wer weiß, ob ich heute überhaupt singe, vielleicht komme ich ja gar nicht dazu, weil Regina dabei ist.

Marcel ist wirklich sehr nett, und ich frage mich, warum ich mich mit seiner Freundschaft begnüge, wo er doch außerdem noch toll Geige spielt. Warum verknalle ich mich eigentlich nicht in ihn? Ich meine, in Wirklichkeit kann man sich das Verlieben doch nicht absichtlich verbieten.

Frau Dorian begrüßt Regina und mich in bester Laune. Sie geht aber nicht weiter auf Regina ein, sondern fängt gleich mit mir zu arbeiten an. Regina soll sich einfach setzen. Wohin sie möchte, ganz egal.

Regina lässt Stuhl und Sofa links liegen und hockt sich vor dem Schrank auf den Boden. Ich packe meine Noten und mein Notizbuch aus.

Frau Dorian winkt mich zum Standspiegel. Wir üben den Rosenatem: Ich muss einatmen und mich dabei öffnen, als würde ich hingebungsvoll an einer duftenden Rose riechen.

Kurz bevor ich ohnmächtig werde, lobt mich Frau Dorian, dass es von den Wänden widerhallt. Sie setzt sich an den Flügel.

Ich bleibe am Spiegel stehen und stütze die Hände in die Seiten, um zu fühlen, wie mein Körper sich zum Singen auftut.

Dieser Spiegel mitten im Raum war der Schreck meiner ersten Gesangsstunde. Weil Frau Dorian ihn am Anfang ignoriert hat, konnte ich mich wieder beruhigen. Er stand dann mehrere Wochen lang drohend bereit und ich sagte mir natürlich ständig: Der blüht dir noch!

Jetzt schaue ich mich herausfordernd an, wie Frau Dorian es haben will. Wer einmal gesehen hat, wie sie selbst vor dem Ding steht, weiß, dass man sich auch dann mögen kann, wenn man ein paar Pfunde zu viel hat. Man strahlt sich an, als gucke einem aus dem Spiegel ein Model entgegen.

Seit dem ersten Spiegelschreck arbeite ich an meiner Idealfigur, um dieser Vorstellung näherzukommen. Mit herausforderndem Blick sage ich zu mir: Ab morgen, du fette Kuh, wird weniger gegessen, ist das klar? Und dann halte ich mich immer zwei Tage daran, bevor mein Hunger wieder siegt.

Wenn ich mich jetzt aber genau betrachte, frage ich mich, ob unsere Badezimmerwaage nicht spinnt: Ich bin doch keine zehn Kilo zu schwer, oder?

Frau Dorian singt mir eine Übung vor, die so kompliziert ist, dass ich gerne dazu die Noten sehen würde. Aber es gibt keine. »Nein, Madeleine. Noch einmal! Und bitte so selbstbewusst, wie du dich eben angeschaut hast. Du musst in letzter Zeit gewachsen sein, wenn mich nicht alles täuscht?«

Das könnte es natürlich auch sein. Meine Eltern sollten vielleicht eine Waage mit Messlatte anschaffen. Und wenn die Hose hier nicht im Trockner geschrumpft ist, bin ich sogar ganz ordentlich gewachsen. Beim BH brauche ich neuerdings auch C-Körbchen, und die Verkäuferin sagte, das wäre doch super.

Frau Dorian mäkelt indessen an meiner Klangvorstellung herum. Sie behauptet, ich dächte mir den Ton mit den Lippen, anstatt ihn mir hinten zwischen den Zähnen vorzustellen.

Ich reiße mich zusammen und versuche es noch einmal.

»Besser. Wir steigern jetzt die Höhe. Und wo formst du schon wieder deinen Ton?«

»Hinten. Ganz hinten zwischen den Zähnen.«

»Braves Mädchen.«

Die Stimmübungen nehmen heute kein Ende. Als ich die Hoffnung auf ein Lied schon fast aufgegeben habe, fragt Frau Dorian: »Was haben uns die Vögel voraus?«

»Sie müssen nicht üben«, antworte ich säuerlich. »Wenn ich ein Vöglein wär …«, trällert sie mit Kinderstimme und amüsiert sich über mein Gesicht. Dann schaltet sie plötzlich um. »Und was hast du diese Woche hauptsächlich an deiner Aria geübt?«

»Den Atemfluss nicht abreißen zu lassen.«

»Dann mal los.« Sie schlägt einen Akkord an, während ich mich vor dem Spiegel in Positur stelle.

Ich öffne kaum den Mund, da winkt sie schon ab. »Nein.«

»Was hab ich gemacht?«, frage ich verdutzt. »Was wohl?«

»Oh – hab ich mit den Lippen vorbereitet?«

»Ganz genau. Und jetzt noch einmal.«

Ich versuche, die Lippen mit dem Ton zusammen zu öffnen und nicht schon vorher.

»Jawohl! Und wo formst du deinen Ton?«

»Öm – ganz hinten. Zwischen den Zähnen«, sage ich kleinlaut.

So einen fiesen Unterricht hatte ich noch nie. Wir zerlegen die Aria in Atome und ich darf keine vier Silben am Stück singen. Am Ende bin ich nass geschwitzt und habe Reginas Anwesenheit vollständig vergessen. Sie wird mir erst wieder bewusst, als Frau Dorian ihren Blick unvermittelt auf den Fußboden am Notenschrank richtet.

»Regina? War das deine erste … hm, Gesangsstunde?«

Regina kommt erschrocken hoch. »Ja, schon …«

»Und? Willst du immer noch singen?«, fragt Frau Dorian. Sie ordnet Notenblätter, die auf dem Flügel herumliegen.

»Bestimmt«, sagt Regina und steht ein wenig hilflos da.

»Was hast du in dieser Stunde gelernt?« Nur wer Frau Dorian kennt, weiß, dass es sich um eine wichtige Frage handelt; ihrem beiläufigen Ton würde man nichts anmerken.

Ich versuche, Regina Zeichen zu geben. Aber sie sieht mich nicht.

»Dass man sich beim Einatmen öffnen muss, als würde man an einer duftenden Rose riechen.«

Frau Dorian nickt und ich mache mir keine Sorgen mehr um Reginas Antworten.

»Und dass man sich den Ton nicht vorn, sondern hinten im Mund vorstellen muss.«

»Noch etwas?«, fragt Frau Dorian lächelnd.

»Ja. Man soll das erste Wort vom Lied nicht mit den Lippen vorbereiten. Und der Atemfluss darf nicht abreißen.«

Ich bin hin und weg – keiner kann behaupten, Regina hätte während meiner Stunde von Marcel geträumt!

Aber anstatt sie zu loben, sagt Frau Dorian: »Hast du nicht etwas vergessen?«

Regina wechselt das Standbein und grübelt.

»Madeleine«, sagt Frau Dorian, »die Aria, bitte.«

Ich trete an den Spiegel, stütze die Hände in die Seiten und warte auf den Anfangsakkord.

Aber es kommt keiner.

»Siehst du?«, sagt Frau Dorian zu Regina.

Regina stutzt. Sie guckt mich an und belastet plötzlich beide Beine.

»Gut!« Frau Dorian strahlt. »Du begreifst schnell. Wenn du es auch umsetzen kannst …« Dann bittet sie Regina zum Flügel und lässt sie Tonfolgen nachsingen.

Währenddessen kommt Kai Schilling herein und beschleunigt wie üblich meinen Puls. Kai singt Bariton und kriegt bereits kleine Rollen am Theater, was man aber nie vermuten würde, wenn man sieht, wie jung er ist, und wenn man hört, wie Frau Dorian ihn zusammenstaucht, wenn er eine Übung einmal nicht gemacht hat. Sein Unterricht ist immer nach meiner Stunde. Ein Glücksfall! Wenn Regina nicht wäre, würde ich jetzt noch endlos herumtrödeln, um ihm zuhören zu können. Davon kriege ich nämlich … na ja, so was wie Herzweh. Sicher ist es irre, sich Herzweh zu wünschen. Aber ich habe mir schon eine ganze Oper angeschaut, in der Kai Schilling eine Zeile solo sang.

In Kais Augen glitzert es. Er lächelt mir komplizenhaft zu und zeigt heimlich auf Regina. »Erster Versuch?«, flüstert er.

Ich nicke und lächle hingerissen zurück.

Dabei kommt mir ein Gedanke und der Schreck fährt mir in die Glieder: *Wenn Kai sich über mich auch amüsiert?* Er erscheint oft zu früh zum Unterricht und hat mich schon mehr als einmal singen hören!

Ich spüre, wie ich erröte. Wenn er vielleicht gemerkt hat, wie sehr ich mich in seiner Gegenwart immer anstrenge, lupenrein zu intonieren, und wie peinlich es nur ist, wenn es mir nicht gelingt …

Aber wenigstens weiß er nicht, dass ich mir seinetwegen eine tödlich anstrengende moderne Oper angeschaut habe, von der einem das Singen vergehen könnte.

Frau Dorian redet mit Regina, und ich versuche, ihr trotz Kai Schillings verwirrender Anwesenheit zuzuhören. Nach einem abrupten Händedruck stehen Regina und ich dann sehr plötzlich draußen, während Frau Dorian hinter der schallgedämpften Spezialtür mit Kai laut über irgendetwas lacht.

Ich starre die Tür an. Was ist es bloß, das mich an ihm so fasziniert? Und warum fällt mir nicht ein, in ein Konzert zu gehen, in dem Marcel mit seiner Geige eine Zeile solo spielt?

Regina strahlt. »Ich darf nächste Woche wieder mitkommen!«, jubelt sie leise. »Wenn es dir recht ist, Madeleine …«

»Klar! Und Frau Dorian nimmt dich, sobald du die Aufnahmeprüfung gemacht hast!«

Ich freue mich für Regina. Aber da wir so plötzlich rausgeflogen sind, fehlt mir heute etwas. Mein Herzweh! Wenn ich vielleicht noch ein wenig das Ohr an die Tür lege?

»Hast du was vergessen?«, fragt Regina.

»Hm?«

»Ob du was vergessen hast.«

»Öh … nein.« Ich reiße mich mit einem heimlichen Seufzer los. Irgendwo im Haus hört man einen anderen Sänger. Mich fliegt kein Fünkchen Lust an, seine Tür aufzumachen, das passiert mir nur bei Kai. Es muss an der Art liegen, wie er den Kopf hält, wie er sich bewegt, wie er schaut und wie er lächelt. Und vor allem ist es seine Stimme. Ob er spricht oder singt. Davon kriege ich einen ziehenden Schmerz in der Brust, genau dort, wo das Herz sitzt.

Nicht dass ich mit irgendjemandem darüber reden würde.

»Alles klar!«, lache ich.

Und dann fange ich endlich an, mich über einen Satz zu freuen, den Frau Dorian zu Regina gesagt hat, als sie dachte, ich höre nicht zu: *Madeleine ist eine Naturgewalt, sie muss man nur ein wenig steuern. Von ihr kann man viel lernen!*

Zu Hause schreibe ich den Satz in mein Notizbuch, damit mir keine Silbe verloren geht. Es ist auf jeden Fall das Schönste, was ich bisher über mich zu hören gekriegt habe.

Von einem Familienessen und von zwei verrückten Jungverliebten

An meinen Eltern kann man erleben, dass Musik machen und Musik unterrichten zwei grundverschiedene Berufe sind. Wenn man Musik macht wie meine Mutter, bekommt man den Flügel nie satt. Wenn man Musik unterrichtet wie mein Vater, hat man am Abend so genug, dass man keine Taste mehr anrühren will. Es sei eine himmlische Erholung, in der Küche etwas Leckeres zu brutzeln, während nebenan jemand überirdisch spielt, der einen keine Sekunde lang an Schüler erinnert, sagt mein Vater.

Den heutigen Abend benützt er dazu, Oma und Onkel Bangemann zu bewirten, wovon meine Mutter und ich auch profitieren. Die Gäste sind schon da, der Braten ist bald fertig, das Wasser läuft mir im Mund zusammen, sooft ich in die Küche komme. Aus dem geöffneten Backrohr dampfen wundervolle Schwaden, und auf dem Esstisch, den mein Vater festlich gedeckt hat, schwimmen Kerzen in Gläsern. Die Brutzelfreude meines Vaters erreicht immer ihren Höhepunkt, wenn die Gäste sich bereits gemütlich am Tisch niedergelassen haben und ihm beim Hantieren zusehen.

Im Augenblick sitzt allerdings nur Omas Freund, Onkel Bangemann, dort und schaut dem Begießen des Bratens zu.

Oma lässt sich nebenan von meiner Mutter ein paar schrille Stücke von Sciancalepore vorspielen.

Ich betrachte erstaunt meinen Vater, der eine Krawatte trägt. Noch nie zuvor hat er sich für Oma und Onkel Bangemann in Schale geworfen. »Habe ich was verpasst? Was feiern wir heute?«

»Später, Madeleine.« Er schiebt den Braten ins Rohr zurück. »Ein Viertelstündchen, der Saft muss noch einziehen ...«

Ich seufze und gehe wieder in mein Zimmer, aber ohne die Tür zu schließen, damit mich wenigstens der Duft erreicht. Im Fernsehen läuft ein Bericht über ein Schwulentreffen. Ich will gerade weiterschalten, als die Kamera auf zwei Typen schwenkt, die an einem Tischchen sitzen und Memory spielen. Wie nett. Die zwei müssen sich in der Veranstaltung geirrt haben. Ich schaue mir die Kärtchen an, die sie umdrehen und dann paarweise einstreichen. Und da haut es mich fast vom Hocker: Auf jedem Kärtchen ist ein Penis in Großaufnahme. Die Kamera geht noch näher heran, und ich bin fasziniert, wie man von ein und demselben Gegenstand zwanzig unterschiedliche Kartenpaare bilden kann.

»Lenchen!«, haucht eine Stimme hinter mir. »Was schaust du dir denn da an!«

Ich drehe mich um. Oma steht da und hat die Hand vor dem Mund. Meine Mutter neben ihr zieht amüsiert die Brauen hoch. Hinter ihnen taucht mein Vater auf.

»Na, was ist? Kommt ihr zum Ess...« Ihm bleibt das Wort im Halse stecken. »Herrje, Madeleine, was ist denn das?«

Geniale Frage. Jetzt fehlt nur noch, dass Onkel Bangemann erscheint und genauso dämlich fragt.

»Keine Ahnung, irgend so 'ne Sendung ...« Mein Gesicht ist heiß und bestimmt knallrot. Ich hasse das und sehe mit Erleichterung, dass das blöde Memory-Spiel von einem Interview abgelöst wird. Und die Powertaste finde ich endlich auch auf meiner Fernbedienung.

Weil Onkel Bangemann nichts mitgekriegt hat und sich über Omas entrüstetes Gesicht wundert, wird das Thema zum Tischgespräch erhoben: Schweinereien zur Hauptsendezeit.

»Das war ein ganz harmloser Bericht«, wage ich einzuwenden.

»Waaas?«, sagt Oma.

»Ihr seid nur im dümmsten Moment dazugekommen.«

»Robert!«, wendet sich Oma an meinen Vater. »Wenn schon die Fernsehanstalten so verantwortungslos sind und keine Rücksicht auf Kinder nehmen ...«

»Ich bin kein Kind!«, rege ich mich auf.

»Madeleine ist kein Kind«, bestätigt Onkel Bangemann und sieht mich heiter an.

Oma schaltet einen Gang zurück. »Natürlich bist du kein Kind mehr, Lenchen. Das wissen wir doch. Trotzdem …«

Da bekomme ich unerwartete Hilfe.

»Aber Mutter, Madeleine ist doch selbst so vernünftig, dass sie sich nicht jeden Dreck anschaut. Mach dir mal keine Sorgen deswegen.« Meine Mutter schickt mir ein Lächeln und ich erwidere es dankbar.

»Aber nun Themenwechsel«, sagt mein Vater plötzlich. Er holt Luft, wie um etwas Gewichtiges zu sagen, überlegt es sich dann aber anders und schweigt nachdenklich.

Wir schauen ihn alle überrascht an.

»Ich glaube, wir sollten …« Er bricht schon wieder ab. Dann gibt er sich einen Ruck und lächelt ganz merkwürdig. »Ich denke, heute wäre die passende Gelegenheit für eine schöne Neuigkeit.« Er wendet sich an meine Mutter und hebt sein Glas. »Alicia, darf ich?«

Aber meine Mutter presst ihre Serviette gegen den Mund und macht Augen, als hätte sie sich sehr erschrocken. Sie schüttelt vehement den Kopf.

»Wirklich nicht?«, sagt mein Vater.

»Nein!«

Was immer es ist, es muss auch mit mir zusammenhängen, dem Blick nach, den meine Eltern austauschen. Wie genau ich das kenne! Sie schauen *mich* an, sie schauen *sich* an, sie zögern … Aber sie entschließen sich, diesmal nicht zu reden. Meine Mutter breitet ihre Serviette aus und isst weiter, mein Vater überspielt seine Enttäuschung mit einer lustig gemeinten Grimasse.

Onkel Bangemann räuspert sich und lobt den zarten Braten. »Robert«, sagt er, »du könntest deine Brötchen auch als Chefkoch verdienen.«

Mein Vater bedankt sich für das Kompliment. Dann zählt er ein paar Restaurants auf, in denen er nicht ungern arbeiten würde. Womit ein neues Thema gefunden wäre. Zum Glück eines, das nichts mit mir zu tun hat.

Sobald es die Höflichkeit erlaubt, setze ich mich in mein Zimmer ab. Wenn es eine gute Nachricht ist, von der noch keiner weiß, kann es sich nur um eine Tournee meiner Mutter handeln. Und mein Vater will garantiert mit, deshalb die ratlosen Blicke in meine Richtung. Also, falls sie mit der neuen CD nach Japan fliegen oder sonst wohin – meine Mutter kriegt die verrücktesten Angebote – und mich so lange in ein bescheuertes Internat stecken wollen, werde ich mich wehren! Wie meine Mutter selbst gesagt hat, kann ich gut allein auf mich aufpassen. Zu Oma gehe ich auch nicht. Oder höchstens zum Essen. Ich muss mich für den Moment, in dem sie es mir sagen wollen, unbedingt mit treffenden Argumenten wappnen.

Während ich mit meinen gesammelten Punkten darauf warte, dass sie mir schonend eröffnen, wohin sie mich abschieben wollen, denken meine Eltern überhaupt nicht daran, mir *irgendwas* zu eröffnen. Sie sind viel zu sehr mit sich selbst beschäftigt. Alle Zeichen sprechen dafür, dass in unserem Haus neuerdings zwei verrückte

Jungverliebte wohnen. Ich habe ja schon so manches bei meinem Vater und meiner Mutter erlebt. Dramatische Momente! Den Augenblick im letzten Sommer, als mein Vater schlagartig begriff, dass meine Mutter Ken liebte, mit dem sie auf Tournee gewesen war. Das plötzliche Verschwinden meines Vaters und die furchtbare Not meiner Mutter. Und als alles wieder gut wurde: ein Kuss, bei dem jeder Zuschauer rot geworden wäre – nur ich nicht, denn ich hatte ja so sehr darauf gewartet.

Und jetzt hüpft mein Vater ständig und geradezu kindisch um meine Mutter herum. Nicht einmal an ihrem heiligen Flügel lässt er sie in Ruhe. Dauernd nimmt er sie in die Arme. Keine Rede davon, dass sie auseinanderfahren würden, wenn ich hereinkomme. Ein verlegenes Grinsen ist alles, wozu sie sich bequemen. Meine Mutter streicht sich dann die Haare aus dem Gesicht und murmelt: »Jetzt sollte ich aber wieder, Robert ...« Und Robert tänzelt in die Küche hinüber und singt: »Insalata, Pizza Mare, O sole mio ...«

Wenn die beiden fünfzehn wären, würde ich es mir ja eingehen lassen. Aber mit sechsunddreißig und fast vierzig? Da stellt sich eher die Frage, ob sie nicht vielleicht schon vergreisen.

Meine Eltern schlafen in getrennten Zimmern. Zumindest lässt das die Hauseinteilung vermuten. Weil aber in beiden Zimmern ein Doppelbett steht, weiß man morgens nie, wo sie herauskommen und ob allein oder zu zweit. Heute inszenieren sie eine neue Variante: Mein Vater verlässt das Zimmer meiner Mutter und sie taumelt schlaftrunken aus seiner Tür heraus.

»Höh!« Ich reibe mir die Augen. Mein Wortschatz ist nach dem Aufstehen noch nicht so gewaltig.

Zu dritt stehen wir in der Diele und wollen ins Bad. Ich schaue von einem zum anderen und frage: »Habt ihr Zimmer getauscht?«

Meine Mutter gähnt. »Robert hat sich so breit gemacht. Da bin ich ausgezogen.«

»Du streckst morgens die Hand aus und wer ist nicht mehr da? Alicia!«, klagt mein Vater. Er greift nach ihr.

Ich verdrehe die Augen. Geht das jetzt schon vor dem Frühstück los!

»Sagt mir Bescheid, wenn das Bad frei ist!«, knurre ich.

So schlimm waren sie ja nicht mal letzten Sommer, nachdem sie sich wieder versöhnt hatten. Andererseits bin ich damals gleich in die Ferien gefahren, zu Oma und Opa nach Kiel, und habe es vielleicht nur nicht mitbekommen. Kann gern darauf verzichten. Wenn meine senilen Eltern ihren zweiten Frühling erleben, möchte ich eigentlich vorher ausgezogen sein.

Beim Frühstück stecke ich den Kopf in mein Französischbuch.

Ich spüre, dass sie mich beobachten. Vielleicht prüfen sie, wie peinlich sie mir sind und wie weit sie noch gehen können, bevor ich mich erbreche.

Mein Vater räuspert sich. »Hm, hm, Madeleine ...«

Ich reagiere nicht. Wenn meine Manieren zu wünschen übrig lassen, kann er den Grund bei sich selbst suchen.

»Madeleine, was hast du?«

»Nichts«, sage ich. »J'apprend, tu apprends, il apprend …«

»Es gibt wichtigere Dinge im Leben als Vokabeln«, tönt mein Vater.

Meine Mutter stößt einen Warnlaut aus.

»Keine Sorge, Alicia.« Er sucht ihre Hand, was ich trotz meiner Vokabeln mitkriege. »Ist schon gut.«

Ihre stummen Blicke wären eigentlich beredte Blicke – wenn ich sie lesen könnte. Aber mit sexbesessenen Senioren kenne ich mich noch nicht aus. Ich klatsche das Buch zu und schiebe meinen Stuhl zurück. »Muss los.«

»Musst du nicht«, sagt mein Vater. »Mama hat dir …«

»Muss ich doch!«, zische ich und hole Luft, um meine Mutter in normalem Ton zu informieren: »Du weißt, dass ich heute Mittag nicht heimkomme? Ich gehe mit Britta zum Konservatorium.«

»Ach ja, Freitag.« Sie lächelt, ein bisschen gequält, ein bisschen erleichtert, wenn ich mich mit ihren Signalen überhaupt noch auskenne. »Madeleine, am Wochenende sollten wir mal miteinander reden.« Sie senkt den Blick, als hätte sie schon zu viel gesagt.

Mein Vater dagegen reckt sich zufrieden. Er wünscht doch nicht etwa … Hilfe! Er wünscht doch nicht etwa, dass mich meine Mutter *aufklärt!*

»Kann … kann sein, dass ich am Wochenende nicht da bin«, stottere ich und gehe rückwärts zur Tür.

Jetzt starren mich beide an. »Wo bist du denn?«, wollen sie wissen.

Gute Frage. Ich bin eigentlich nie weg. Wo soll ich denn nur so plötzlich hin?

»Ich gebe Regina Gesangsunterricht.« Es ist das Erste, was mir einfällt.

»Zwei Tage lang?«, ruft mein Vater.

Ich zucke die Schultern. »Wir machen sicher auch noch was anderes.« Damit verschwinde ich schleunigst.

Als ich in der Diele nach meinem Schlüssel suche, höre ich im Musikzimmer die vorwurfsvolle Stimme meines Vaters: »Kannst du jetzt sehen, was du mit deinem Zögern angerichtet hast? Sie ist ganz verstört! – Madeleine, warte!«

Mit einem Sprung bin ich an der Haustür, reiße sie auf und feuere sie hinter mir zu. Die ersten fünfzig Meter laufe ich, dann drossle ich das Tempo auf normal. Anstatt einfach zu lachen, wie es sich anbieten würde, bin ich richtig sauer. Warum eigentlich? Was ist los mit mir?

Ich brauche den ganzen Weg zur Haltestelle, bis ich es mir endlich eingestehe: Ich bin neidisch! Meine Eltern, die schon fünfzehn lange Jahre verheiratet sind, treiben verliebte Spielchen, und was ist mit mir? Überhaupt nichts! Ich träume ja nicht unbedingt von Sex, aber es könnte sich doch wenigstens mal jemand für mich *interessieren!*

Und übrigens lügt Frau Dorians Spiegel, im Schaufenster bin ich so schrecklich wie immer. Als Nächstes brauche ich wahrscheinlich D-Körbchen.

Von Küssen, die man bis in die Zehennägel spürt

Britta sieht wunderschön aus, als wir zum Konservatorium gehen. In ihrem Bauchnabel glitzern acht Karat geschliffenes Glas. Drum herum ist Gänsehaut, aber sehr hübsche. Britta sagt, sie halte es aus, und die Aprilsonne habe schon ganz schön Kraft, wenn sie mal aus den Wolken guckt.

Verliebt zu sein verleiht ihr wohl die Unempfindlichkeit einer Indianersquaw. Ich hebe probeweise meinen Pulli ein wenig an und lasse ihn schaudernd wieder fallen. Dann grüble ich weiter über die Frage nach, wie ich Britta beibringen soll, dass Marcel und Regina …

Aber was ist, wenn ich mich täusche und es gar nicht stimmt?

Britta ahnt nichts von meinen Überlegungen und klagt, dass sie heute mit einem langweiligen Braun in den Haaren herumlaufen muss, weil ihr roter Tönungsschaum leer ist, dass der aber gestern noch halb voll war und dass ihr Bruder sie beim Frühstück unverschämt angegrinst hat.

Plötzlich schaut sie auf mein Haar und verstummt.

Natürlich. Ich laufe ja immer mit einem langweiligen Braun herum! Wann unternehme eigentlich *ich* etwas dagegen? Warte ich, bis meine Haarfarbe am Sankt-Nimmerleins-Tag zur Modefarbe erklärt wird? Oder raffe ich mich vielleicht endlich mal auf und tue etwas?

Britta trägt Lipgloss auf und sieht überhaupt nicht, was im Konservatorium los ist: Zwei Polizeibeamte kontrollieren die Eingangshalle und fordern uns auf, alles, was wir bei uns tragen, auf einen Tisch zu legen, der mir völlig neu ist – wenn mich nicht alles täuscht, stand hier noch gestern eine Zimmerpalme.

»Wie bitte?«, erkundige ich mich.

Britta guckt erschreckt und will zur Tür zurück. Aber sie wird energisch zum Tisch gebeten.

»Was ist denn hier los?«, wehre ich mich. Auf der Treppe sehe ich einen Trupp Studenten sitzen, die begeistert grinsen.

»Die Taschen ausleeren, bitte!«

Wir kippen unsere Schulrucksäcke auf den Tisch und beobachten ungläubig, wie durch Bücher und Hefte geblättert und jeder einzelne Stift aufgeschraubt wird. Während der eine Polizist die Rucksäcke noch auf versteckte Fächer untersucht, tastet der andere mich und Britta mit einem Metalldetektor ab.

Nichts Verdächtiges. Wir dürfen unser Zeug wieder einpacken.

»So sehen wahrscheinlich auch keine Terroristen aus«, sagt der Geheimfächerforscher erleichtert zu seinem Kollegen.

»Terroristen?«, frage ich und kriege eine Ahnung, warum der Mann meine Tampons gebogen haben könnte.

»Ja«, bestätigt er. »Da war eine Bombendrohung von einer rechtsradikalen Gruppe. Aber keine Sorge, das Gebäude ist durchsucht. Ihr könnt weitergehen«, informiert er mich und grummelt dann: »Weil hier so viele Ausländer unterrichtet werden! Von hoch bezahlten deutschen Lehrern!«

»Halt doch die Klappe«, murmelt der mit dem Metalldetektor.

Auf unserem Weg nach oben kommen wir an den Studenten auf der Treppe vorbei. Die meisten von ihnen kenne ich vom Sehen; es ist die Bläserfraktion des Orchesters, die übrigens zu mindestens einem Drittel aus Ausländern besteht.

»Schade, wieder keine Leibesvisitation«, sagt ein Flötist und schaut dabei nur Britta an.

Ich könnte ihn die Treppe hinunterstoßen – für seine schmutzige Fantasie und dafür, dass ich nicht darin vorkomme. Aber er steht sowieso schon auf.

»Ich sollte mal wieder«, sagt er heiter und schwenkt sein Flötenköfferchen die Treppe hinab. Winkend geht er an den Beamten vorbei und zur Tür hinaus.

Britta guckt sich umsonst die Augen nach Marcel aus. Ich habe einfach nicht das Herz, ihr zu sagen, dass er schon gestern hier war und leider nicht allein.

Nach einer Pflichtrunde durchs Haus bis hinauf zum dritten Stock landen wir wieder an der Treppe im ersten und beugen uns übers Geländer, gerade als unten in der Eingangshalle der Flötist zurückkommt. Er leckt genießerisch an einem Eis, stellt sein Köfferchen auf den Tisch und lässt sich von den Polizisten bitten, die Jacken- und Hosentaschen vollständig auszuleeren.

Die Studenten unter uns auf den Stufen kriegen sich nicht mehr ein vor Lachen.

»Ha, ha! Zum dritten Mal prüfen sie jetzt schon jede Röhre …«

»Und das Kastenfutter auch!«

Währenddessen kommt wieder jemand zur Eingangstür herein.

Marcel!

Britta zuckt vor freudigem Schreck zusammen, und ich frage mich verwirrt, ob Marcel neuerdings zweimal die Woche Unterricht hat. Er stutzt beim Anblick der Polizisten und hält seinen Geigenkasten misstrauisch fest. Erst als sie ihm den genauen Sachverhalt erklärt haben, stellt er den Kasten ergeben auf den Tisch und leert auch seine Taschen aus.

Der eine Polizist rückt ihm mit dem Metalldetektor auf den Leib.

»Nein!«, schreit Marcel und stürzt sich auf den anderen. Der hat nämlich die Geige am Hals gepackt und schüttelt sie kräftig durch.

Die Studenten rollen fast die Treppe hinunter.

»Huuuh, die Streicher sind einfach zum Brüllen!«

»Die machen sich in die Hosen, wenn man ihr Schätzchen nur anfasst!«

Britta und ich lehnen am Geländer, das leise bebt, aber nicht wegen mir. Ich drücke ihre kalte Hand.

Marcel hat seine Geige wieder eingepackt und durchquert die Halle mit großen, zornigen Schritten.

»Ist die Stradivari noch heil?«, ruft ihm der Flötist in triefender Besorgnis entgegen.

»Bei deiner billigen Tute würde ich mir auch nichts denken«, blafft Marcel zurück.

»Jetzt hast du Gesprächsstoff! Reg dich über die Polizisten auf«, flüstere ich Britta zu.

Marcel kommt herauf, und ich halte den Mund, damit Britta ihre Chance kriegt. Sie schluckt und lächelt ängstlich. Dann faltet sie die Hände auseinander. Die acht Karat blitzen haargenau auf Marcels Augenhöhe.

Aber Marcel geht achtlos daran vorüber. »Hast du das gesehen, Madeleine? Diese *Barbaren!*«

Ich lasse wegen Britta noch zwei Sekunden verstreichen, die sie leider nicht nützt, dann platze ich heraus: »Du hattest doch gestern schon Stunde!«

Marcel erinnert sich. »Ooch«, nuschelt er, »nicht wirklich …« Er beguckt sich seinen Geigenkasten, ob da alles in Ordnung ist.

»Soll das heißen, du hast *heute* Unterricht?«

»Öm – ja, in zwanzig Minuten.«

»Wieso bist du dann gestern …«

Ich werde abgelenkt. »Es treibt mich hin, es treibt mich her!«, singt ein Bariton. Seine Stimme schallt durchs ganze Haus.

So sind die Sänger hier, sie brüllen ungeniert durch die Gänge. Das plötzliche Ziehen in meiner Herzgegend zeigt mir an, dass es sich um einen ganz bestimmten handelt und dass ich wahrscheinlich gleich rot werde, denn das werde ich ätzenderweise immer, wenn ich Kai Schilling auf dem Flur begegne. Trotz dieser lästigen Begleiterscheinung liegt mir aber viel an den drei bis fünf Sekunden, in denen Kai dann an mir vorbeiläuft und mich anlächelt. Sie sind meine Belohnung dafür, dass ich jeden Freitag mit Britta zum Konservatorium latsche.

Die Stimme wird lauter und Kai kommt diesmal aus dem Seitentrakt. Er verdreht die Augen wie auf der Bühne. Vielleicht hat er gar nicht gemerkt, dass er das Übungszimmer bereits verlassen hat. »Noch wenige Stunden, dann soll ich sie schauen, sie selber, die schönste der schönen Jungfr…« Jetzt sieht er plötzlich

Britta, Marcel und mich an der Treppe stehen und der Ton erstirbt ihm auf den Lippen: »…auen.«

Er fährt sich durch die ungekämmten Haare, eine Geste, die ich schon an ihm kenne. Dann schlenkert er mit den Armen und kommt auf uns zu.

»Wieso bist du dann gestern …«, wende ich mich hektisch an Marcel, weiß aber gar nicht mehr, worauf ich eigentlich hinauswollte. Denn nun steht mir das Lächeln bevor, das ich erwidern muss, ohne zu zeigen, wie sehr ich darauf gewartet habe. Hilfe suchend greife ich nach meinem Rucksack, der neben mir am Treppengeländer lehnt, und sehe, wie Kai, anstatt wie sonst vorbeizulaufen, plötzlich stehen bleibt.

»Hallo, Madeleine. Hängst du auch bloß rum? Hast du vielleicht Zeit?«, sagt er.

Ich gucke mich um. Hinter mir ist niemand. Er kann nur mich meinen. Und auch Britta und Marcel schauen mich so überrascht an, dass klar ist, von wem eine Antwort erwartet wird.

»Äh …?«

»Ich hätte Lust auf ein Eis. Hauen wir doch ab aus diesem … bombenverseuchten Gemäuer!« Kai nimmt meine Hand und deutet mit dem Kinn zur Treppe.

Ich begreife noch nicht ganz, was hier läuft, und bin schon mit ihm auf dem Weg nach unten.

Britta und Marcel beugen sich verblüfft übers Geländer. Wenn ich nicht zu verdattert wäre, würde ich winken. Ich hab aber sowieso keine Hand frei. Was mir durch den Kopf schießt: Das ist Brittas große Chance, denn jetzt bin ich weg und sie hat Marcel für sich allein.

Die Polizisten kontrollieren nur ankommende Leute

und lassen Kai und mich unbehelligt zur Tür hinaus. Draußen ist mir eine verrückte Sekunde lang, als wäre ich jemand anderes und würde an einem Fenster in dieser Straße stehen und beobachten, wie zwei Leute, Kai und ich, Hand in Hand vorübergehen. Aber schon bin ich wieder voll da, denn alle meine hunderttausend Nerven enden genau in dieser einen Handfläche. Ich schiele hinunter. Zehn Jahre dürfte es inzwischen her sein, dass ich an der Hand von jemandem ging, damals aber ohne Herzklopfen. Vorsichtig probiere ich aus, ob es sich nur um ein Versehen handelt oder ob es das ist, wonach es aussieht.

Bei meinem kleinen Ruck greift Kai fester zu. Dann wirft er meine Hand in die Luft und fängt sie wieder auf. »Was für Eis magst du, Madeleine?«

Es ist das, wonach es aussieht.

»Ich sollte ganz bestimmt überhaupt kein Eis …«

Entsetzt beiße ich mir auf die Lippe. Bin ich völlig durchgeknallt? Kai hält Händchen mit mir, und ich fange an, von Diät zu reden!

»Hast du eine Allergie?«, fragt er.

»Nein«, sage ich, »nur ein paar Fettringe.« Auch das rutscht mir einfach raus und ich kann es nicht mehr zurücknehmen. Mir bleibt jetzt nur noch, böse vor mich hin zu starren – wenn es mein Schicksal ist, mir mit meinem vorlauten Mundwerk alles zu verderben, dann ist es eben mein Schicksal.

»Was?«, lacht Kai. »Die stehen dir aber!« Er überprüft seine Aussage mit einem Seitenblick.

Warum bin ich nicht mit Stummheit geschlagen wie Britta? Fettringe, großartig! Ich würde am liebsten abdrehen und davonlaufen, aber mit meiner Hand in Kais Hand muss ich weitergehen und so tun, als wäre es plötzlich ganz normal, dass einer im gleichen Schritt neben mir läuft und meinen Arm leise schwingt. Dabei ist es überhaupt nicht normal, nicht für mich. Was ich aber gar nicht aushalte, sind seine heimlichen Blicke von der Seite. Deshalb kommt mir ein Laternenpfahl gerade recht, und ich richte es so ein, dass er uns trennt. Danach wechsle ich den Rucksack auf die andere Schulter und marschiere forsch neben Kai weiter. Doch meine Hand meldet Verlust und davonlaufen will ich jetzt auch nicht mehr. Allerdings muss ich damit rechnen, dass Kai es tut, nach meinem Spielchen mit dem Laternenpfahl.

Als er Luft holt, bin ich nicht überrascht.

»Wenn du eine Ahnung hättest, wie viel Mut es mich gekostet hat …«, sagt er mit seltsam angestrengter Stimme.

Ich drehe erschrocken den Kopf.

»… dann hättest du deine Hand nicht weggezogen«, bringt er den Satz zu Ende. Er bleibt stehen.

Da bleibe ich auch stehen. Mir wird heiß und kalt und wieder heiß. Kai schaut mich an, aber nicht mit seinem Bühnenblick. So merkwürdig hat er mich noch nie angesehen. Das Ziehen in meiner Herzgegend wird zum Reißen, und falls ich es jetzt riskiere, den Mund aufzumachen, lalle ich. *So ist das also, wenn es knistert!*

Was immer in meinen Augen steht – Verwirrung, Schrecken, Glück –, es bringt Kai dazu, mich in die Arme zu nehmen und zu küssen. Ich sehe sein Gesicht kommen. Dann fühle ich seine Lippen auf meinen.

Und genau in dem Moment gerate ich in Panik, weil ich nicht weiß, ob ich überhaupt küssen kann. Ich weiche zurück. Mein Herz macht ba-dong, ba-dong, badong, in meinen Ohren rauscht es, und alles Gefühl aus meinem ganzen Körper ist in die zwei brennenden Stellen gefahren, die meine Lippen sind.

Kai lässt mich nicht los, sondern bleibt mit seinem Gesicht ganz nah vor meinem. Es ist zum Ohnmächtigwerden schön, ich sehe schon total verschwommen, und lange kann es nicht mehr dauern, dann sacke ich weg. Meine Augen schließen sich, denn jetzt sind Kais Lippen wieder da und drücken sich sanft auf meine, aber viel zu kurz, wo ich doch gerade versuche, nicht mehr zurückzuweichen …

Der Rucksack muss mir aus der Hand geglitten sein, denn Kai bückt sich und hebt ihn auf. Er lächelt mir zu und legt mir den Arm um die Schulter. Langsam gehen wir weiter, und Kai hat keine Ahnung, dass ich im Moment über Reißnägel laufen könnte, barfuß, und die Reißnägel wären Rosenblätter.

Nach einer Weile zieht er seinen Arm weg und nimmt dafür wieder meine Hand. Mitten im Gehen setzt er zu einer Rede an. Zuerst stockend, dann wird er immer flüssiger. Er sagt, dass er mich schon lange mag. Meine ganze Art. Und wie ich *singe!*

»Ich bin eine Anfängerin«, unterbreche ich ihn mit aufgerissenen Augen. Seit das Ba-dong langsamer geworden ist, höre und sehe ich wieder. Und wie es scheint, lalle ich auch gar nicht.

Kai schüttelt den Kopf sehr entschieden. »Das hat doch damit nichts zu tun! Jeder hat mal angefangen.

Nein, du hast von Natur aus was an dir … wie soll ich sagen? Du hast … Power!«

Ich winde mich verlegen. Aber in Wirklichkeit berste ich fast vor Glück. Wo ist mein Notizbuch?

»Und seit ich deine Augen kenne«, sagt er mit Anlauf, »also, seit ich deine Augen kenne – lach jetzt bloß nicht –, seit ich die zwei Feuer in deinen Augen kenne, sind Flammen für mich grün. Ehrlich, ungelogen! Und dann noch was: An dir ist alles echt.« Kai vergrößert seine Schritte, ganz als hätte er gesagt, was er sagen wollte, und wäre froh, seine Rede hinter sich zu haben.

Ich lasse mir ausnahmsweise Zeit mit der Antwort. Stumm setze ich einen Fuß vor den anderen. Er hat meine Figur nicht gelobt und deshalb glaube ich ihm. Er hat auch meine Fettringe nicht bestritten, er ist kein Lügner.

»Und du?«, flüstert Kai und legt behutsam den Arm um mich.

Es handelt sich um meinen ersten derartigen Dialog, trotzdem weiß ich genau, was Kai meint: mein Herzweh.

»Ich … auch«, hauche ich.

Zuerst bin ich nicht sicher, ob er es überhaupt gehört hat. Aber seine Hand an meiner Schulter antwortet mit festerem Druck. Er schaut sich suchend um. Dann findet er eine Stelle, wo keine Leute sind, einen Torweg. Dort bleiben wir stehen. Und nun küssen wir uns wirklich. Ich spüre, wie sich Kais Zunge zwischen meine Lippen schiebt, und mir knicken davon fast die Beine ein, doch ich werde von zwei Armen gehalten, zwei Hände wandern von meinen Schulterblättern den Rücken hinab.

Das hier – passiert das tatsächlich mir?

Falls ich schon mal beim Küssen zugeschaut habe, so wusste ich doch nicht, wie es wirklich ist, was dabei im Bauch und überall los ist, von den Haarspitzen bis zu den Zehennägeln, dass man Küsse in den Zehennägeln fühlt!

Auf einmal kriege ich keine Luft mehr. Mein Herz hämmert. Denn ich glaube, ich spüre bei Kai einen Körperteil, den ich kürzlich in Variationen auf Memory-Karten gesehen habe.

Hastig winde ich mich aus seinen Armen. »Du wolltest doch … Jetzt könnte ich ein Eis vertragen!«, japse ich.

Kai atmet tief durch. Dann nickt er und lächelt.

Ich bücke mich nach meinem Rucksack. Unsere Hände finden sich auf wunderbare Weise ganz von selbst. Wir gehen los und halten nach einer Eisdiele Ausschau.

Als wir uns dann aber an einem Tischchen gegenübersitzen, finde ich das unerträglich. Ich wage überhaupt nicht aufzuschauen. Kai könnte mir helfen, indem er schnell mal Bekannte begrüßen würde. Da sind aber keine, und falls doch, so sieht er sie nicht, denn seine Augen sind auf mich gerichtet. Ich möchte mich auflösen und unter den Tisch fließen! Verzweifelt stiere ich die Marmorplatte an.

Als sich der Kellner nähert, kriege ich einen Mordsschreck.

»Wenn ich jetzt ein Eis esse, kotze ich!«, stoße ich hervor.

»Willst du lieber einen Kaffee?«, fragt Kai.

»Nein, ich will raus!«

Eilig stehen wir auf. Kai sagt zum Kellner: »Wir haben es uns anders überlegt!«

Draußen lachen wir heftig, minutenlang, bis zur Erschöpfung. Davon wird mir besser, nein, richtig gut.

»Du hast gesagt, es hat dich Mut gekostet … *Was* hat dich Mut gekostet?«, frage ich ihn.

»Das! Deine Hand zu nehmen! Dich einzuladen! Das weißt du doch! Ehrlich, ich hab eine Bombendrohung gebraucht!«

»Quatsch!«, lache ich hysterisch.

Irgendwie zögere ich das Ernstwerden, von dem mir so seltsam wird, hinaus.

Da werden wir gestört. Ein Mann, der gerade an uns vorübergegangen ist, stutzt, kehrt um und kommt auf Kai zu. Ohne mich zu beachten, fängt er an, auf Kai einzureden.

Was für ein unsympathischer Zeitgenosse!

Es geht um Chorproben und Krankheitsausfälle im Allgemeinen, um den Vertretungsplan, den der Mann machen muss, um Aufführungstermine und um den Spielplan der nächsten Saison, um kleine Solostellen für Bariton und um Möglichkeiten für Kai, falls er im Herbst wieder einspringen kann. Aus alledem schließe ich, dass dieser Mensch etwas mit dem Chor der Staatsoper zu tun hat und ein wichtiges Tier ist und dass ich ein selbstsüchtiges Ekel bin, wenn ich ihn hasse und wenn ich es Kai übel nehme, dass er sich so lange von ihm belabern lässt.

Ich stütze mich auf eine Parkuhr und beobachte, wie sie unmerklich abläuft. Kai schenkt mir immer wieder mal einen Blick und die Andeutung eines Lächelns, sonst müsste ich denken, er hat mich völlig vergessen.

Als sich der Wichtigtuer endlich verabschiedet, atme ich heimlich auf. Doch Kai ist nicht mehr in derselben Stimmung wie vorher. Er legt mir zwar den Arm um die Schulter, schaut aber fast gleichzeitig auf die Uhr.

»Schon so spät ...«, sagt er bedauernd und geht los. Dann macht er sich Vorwürfe, weil er es versäumt hat, mich dem Herrn vorzustellen. Denn der Herr könne für mich noch sehr wichtig werden. Wenn ich für Aushilfe im Chor vorsingen und ein bisschen Geld verdienen wolle ...

Während Kai redet, schaue ich ihm von der Seite auf den Mund und kriege irres Herzklopfen. Seine Lippen! Sie haben mich geküsst! Aber jetzt reden sie von Jobs und Geldverdienen, und Kai kapiert nicht, dass mich das Thema im Moment nicht im Mindesten interessiert.

Zwei Häuser vor dem Konservatorium bleibe ich stehen. »Ich will da nicht hin, ich will keinen sehen!«

»Ich muss aber«, sagt Kai. »Meine Noten sind noch drin. Gleich wird zugemacht ... Wartest du auf mich?«

»Ja!«, seufze ich erleichtert.

»Lauf mir aber nicht weg!«

Weglaufen wäre das Allerletzte, was mir einfallen würde. Dann stelle ich es mir zwanghaft vor: wie Kai zurückkommt und mich nicht mehr findet, wie er ... ja, was tut er? Schaut er sich die Augen nach mir aus? Oder zuckt er die Achseln und murmelt: *Dumme Kuh?* Wird er dann später fragen: Was war denn los, wieso warst du nicht mehr da?

Also, auf keinen Fall wird er tagelang trauern!

Denn für Kai war das bestimmt nichts Neues, das Küssen und das Umarmen. Er hat mich auch bei der allerersten Gelegenheit sofort stehen lassen und sich eine ganze Parkzeit lang für etwas anderes interessiert. Vielleicht bringt er bereits jetzt aus dem Konservatorium jemanden mit, Judith zum Beispiel, mit der ich ihn häufig sehe.

Aber Kai kommt allein zurück. Meine Zweifel zerstieben.

Er legt auch sofort den Arm um mich und fragt, ob ich ihn zum Bahnhof begleiten will, er müsse zum Zug. Und ob wir uns am Montag um fünf treffen können.

Ich schwebe neben mir vor Glück.

Man kann es drehen und wenden, wie man will: Es sieht ganz danach aus, als wären Kai und ich … als würden Kai und ich … o Mann, wir gehören zusammen!

Von Nahrungsverweigerung und anderen Symptomen

Meine Eltern glauben, ich meide sie. Dabei will ich doch nur mit meiner Erinnerung an Kai allein sein. Ich kann nichts essen und will nicht reden, nur deswegen gehe ich ihnen aus dem Weg.

Meine Eltern natürlich, weil sie nur an sich denken, sind davon überzeugt, dass *sie* an meiner Veränderung schuld sind. Ihr Wunsch nach einer Aussprache ist unübersehbar, nervtötend und bald nicht mehr zu ignorieren.

Am Abend akzeptieren sie noch Kopfweh und Appetitlosigkeit, aber als ich am Morgen wieder die Nahrung verweigere, sind sie drauf und dran, den Hausarzt zu rufen – in vierzehn langen Jahren können sie sich bei mir an keinen Appetitmangel erinnern.

Ich stöhne. Es ist Samstag, ich habe frei und werde mich jetzt aufraffen, die Sorgen meiner Eltern zu zerstreuen, indem ich ihnen demonstriere, wie gesund ich bin.

Ich schlüpfe in meine Inlines. »Es treibt mich hin, es treibt mich her«, summe ich und registriere mit schielendem Auge, wie sie mich sprachlos ziehen lassen.

Die Inlines zu nehmen war eine gute Idee. Ich gleite selig dahin, ein idiotisches Lachen im Gesicht und nicht den leisesten Hunger im leeren Magen. Mein spezifisches Gewicht entspricht dem einer Gänsedaune und so flaumig fühle ich mich auch.

Nach meiner Rückkehr behaupte ich, dass ich an einer Imbissbude gegessen habe.

»Brrr!«, macht meine Mutter angewidert.

»Und jetzt muss ich zu Regina. Ihr wisst ja, wir singen.«

Himmel! Wo ich doch in Wirklichkeit nichts anderes will, als mich auf meinem Bett auszustrecken und mich zu erinnern. Aber sie lassen mich ja nicht.

»Hast du kein Kopfweh mehr?«, fragt mich mein Vater.

Ich überlege. »Doch«, sage ich, »aber nicht schlimm, echt nicht schlimm, es ist fast gar nichts.«

Ich fahre in die Innenstadt. Dort laufe ich den Weg nach, den Kai und ich zusammen gegangen sind. Ich stelle mir Gedenktäfelchen vor und die Namen, die darauf stehen müssten: *Liebeslaterne, Kussecke* …

In der Eisdiele will ich mich auf Kais Stuhl setzen, aber ich weiß beim besten Willen nicht mehr, welcher es war. Der Kellner erkennt mich wieder und fragt sich wahrscheinlich, ob diese Bekloppte heute zur Abwechslung seine Stühle zählt und warum. Ich laufe rot an und haue wieder ab.

Am Hauptbahnhof, wo ich mich gestern von Kai getrennt habe, platziere ich ein weiteres unsichtbares Täfelchen auf dem Bahnsteig: *Abschiedskussbank.*

Die Bank ist leer und ich setze mich. Wie dumm, dass Kai so weit weg wohnt! Von seinem Dorf bis zur Stadt hat er eine ganze Stunde Bahnfahrt. Nur an Theaterabenden übernachtet er hier, in einer WG, wo man ihm eine Luftmatratze überlässt, hat er mir erzählt. Wenn er in der Stadt leben würde, könnten wir uns jetzt sehen …

Als Leute kommen, stehe ich auf.

Ich gehe zum Kiosk und kaufe mir eine Butterbrezel, das erste Essen nach fast dreißig Stunden. Die Hälfte davon schaffe ich, dann wird mir übel. Das beunruhigt mich nun doch etwas. Wenn ich so weitermache, sammelt mich noch der Rettungsdienst auf. Vielleicht sollte ich etwas ganz Normales, Alltägliches tun, um wieder ein bisschen normal und alltäglich zu werden, zum Beispiel telefonieren?

Ich suche mir am Bahnhof einen freien Apparat und tippe Brittas Nummer ein. Dabei wünsche ich mir, wenn ich ehrlich bin, dass sie gar nicht da ist. Jetzt Small Talk zu machen – grässlich!

Der Small Talk bleibt mir erspart, die Leitung ist besetzt. Wahrscheinlich surft Brittas Bruder im Internet. Ein Handy besitzen wir beide nicht, Britta, weil sie keines kriegt, und ich, weil ich aus Solidarität mit ihr darauf verzichte.

Ich gehe weiter, und als ich ein geeignetes Schaufenster gefunden habe, ein Ausstellungsfenster für Teppiche, betrachte ich mich genau. Sieht tatsächlich so aus, als wäre ich gewachsen. Erst gestern hat sich meine Mutter über den Standort ihres Make-ups beschwert, fällt mir ein. Die Tube war außerhalb ihrer Reichweite, nachdem ich mir damit einen Pickel betupft hatte. Ganz klar, ich bin größer als sie. Ist das jetzt gut oder schlecht?, frage ich mich. Oder spielt es vielleicht überhaupt keine Rolle? Und was ist sonst noch mit mir los?

Zum Glück interessiert sich gerade niemand für handgeknüpfte Teppiche und ich habe diese praktische Spiegelwand für mich allein. Das Unwahrscheinliche geschieht: Vor dem Hintergrund eines wunderschönen nachtblauen Teppichs steht ein ganz normales Mädchen, nicht zu dick und nicht zu dünn, und Figur hat sie auch!

Zwei Leute kommen ins Bild, ein Mann und eine Frau. Die Frau beguckt sich das Preisschild am Teppich, ihr Mann wird nervös und zieht sie weiter.

Ich nicke dem Teppich zu und verspreche ihm, dass ich ihn von jetzt an öfter besuchen werde. Sicher ist er unverkäuflich und muss noch lange hier hängen. Außerdem schwöre ich mir, ab heute nicht mehr von Brittas zierlicher Figur zu träumen. Denn wenn Kai auf ein zierliches Mädchen stehen würde, hätte er ja Brittas Hand nehmen können.

Es geht mir unwahrscheinlich gut. Ich fahre nach Hause, komme unbehelligt in mein Zimmer und sperre mich ein.

Aber schon klopft meine Mutter. »Madeleine? Alles in Ordnung?«

Genervt antworte ich, dass ich sehr müde bin und schon bei Regina gegessen habe und auch kein Aspirin brauche. Kannst du mich vielleicht mal in Ruhe lassen?, heißt die Botschaft.

Wahrscheinlich hat meine Mutter sie verstanden, denn sie geht weg.

Nun versucht es aber mein Vater. Er bekommt dasselbe zu hören, noch eine Spur gereizter. Ich warte ungeduldig, bis er verschwunden ist, und strecke mich dann endlich auf meinem Bett aus, wie ich es mir den ganzen Tag schon gewünscht habe.

Gerade will ich noch einmal aufstehen, um Musik aufzulegen, da höre ich einen scharfen Wortwechsel in der Diele, in dem es eindeutig um mich geht. Meine Mutter meint, man solle mich zufrieden lassen, während mein Vater findet, dass man jetzt dringend mit mir reden müsse. Darüber werden sie heftig, was ich von meinen Eltern überhaupt nicht gewohnt bin.

Ich kriege auch schon ein schlechtes Gewissen. Meinetwegen müssen sie sich doch nicht in die Wolle geraten! Mir geht's gut, und es ist mit mir weiter nichts los, als dass ich einen Freund habe und nicht darüber reden will.

Zwei Türen knallen. Nach einer Weile fängt meine Mutter zu üben an. Das tut sie normalerweise am Samstagabend nicht. Und als ich zum Bad schleiche, höre ich aus dem Zimmer meines Vaters Filmgeräusche: Er hat eine DVD eingelegt und guckt sich ganz allein etwas an.

Sie haben also wirklich Streit. Und das wegen mir. Ich könnte heulen vor Wut. Wie unfair, mir so die Stimmung zu verderben! Wenn sie nicht bald aufhören, laufe ich hinaus in den Wald, wo ich endlich mal unbehelligt von den Launen anderer an Kai denken kann! Und ohne die grausamen Töne von Sciancalepore …

Als hätte sie ein Funksignal von mir empfangen, wechselt meine Mutter das Stück. Die wunderbare Sonate erklingt, die vielleicht gar keine Sonate ist.

Ich lasse mich wieder aufs Bett zurückfallen und lächle völlig glückselig vor mich hin. *Kai,* denke ich, berauscht und davongetragen von der Musik, *Kai, Kai, Kai …*

Wie oft hintereinander kann man *Kai* denken? Und wiederholt meine Mutter das Stück jetzt bereits zum vierten oder fünften Mal? Tut sie das extra für mich? Weiß sie vielleicht, was mit mir los ist? Und war ich soeben nicht bereits weggetreten? Schlafe ich am Ende schon?

Ein Gedanke blubbert nach oben: Die Sonate ist gar nicht für mich, meine Mutter spielt sie für *sich.*

Egal, die Musik ist wunderbar. *Kai, Kai, Kai …*

Von einem Schock auf nüchternen Magen

Wer glücklich ist, will auch andere glücklich sehen. Also reiße ich mich am Sonntagmorgen zusammen und erscheine wie gewohnt zum Frühstück. Hunger habe ich zwar keinen, aber ich kann ja so tun als ob. Ich trage zum ersten Mal den schmalen, langen Rock und das enge Oberteil, ein kirschrotes Ensemble, das ich von meiner Mutter bekommen und grausig gefunden habe. Vielleicht kann ich ihr damit eine Freude machen.

»He!«, staunt mein Vater und verbrennt sich die Finger am Brötchenblech, das er gerade aus dem Ofen zieht. Er wedelt mit der Hand und beguckt mich von oben bis unten.

Meine Mutter kommt aus dem Musikzimmer und bleibt wie angewurzelt stehen.

Ich marschiere zwischen ihnen hindurch. »Guten Morgen! Gibt's Frühstück?« Eine wirklich intelligente Frage, angesichts des gedeckten Tisches. Nun will ich mich an meinen Platz lümmeln, aber das geht nicht so einfach. »Bescheuerte Sonntagsklamotten«, brumme ich und halte mich notgedrungen gerade. »Ist nur mal ein Versuch …«

Endlich findet meine Mutter ihre Sprache wieder. »Das steht dir wunderbar, Madeleine, ich wusste es!«

»Na ja, wenn du meinst …«

Meinem Vater entschlüpft ein tiefer Seufzer. »Alicia, wir haben eine erwachsene Tochter«, klagt er. Anstatt dass er sich darüber freuen würde! Und dann fügt er auch noch besorgt hinzu: »Das macht es dir nicht gerade leichter …«

»Ganz im Gegenteil«, sagt meine Mutter knapp. Sie schaut mich entschlossen an. »Madeleine, ich bin schwanger. Falls du es nicht schon gemerkt hast.«

Sie setzt sich auf ihren Stuhl. Ich fahre von meinem hoch. Das Frühstücksgeschirr klirrt.

Mein Vater kommt um den Tisch herum und schüttelt missbilligend den Kopf. Wie ein Rettungssanitäter nimmt er meine Schultern, drückt mich zurück auf den Stuhl und hält mich fest. »So brutal hätte ich es dir nicht gesagt, Madeleine. Ich hätte gesagt: Wir sind sehr, sehr glücklich, noch ein Kind zu bekommen. Unheimlich glücklich! Wir waren bereits eine komplette Familie, wir drei. Aber jetzt … Es ist wie ein Wunder.«

Er schließt mich zärtlich in die Arme. Dann prüft er, ob ich umfalle, wenn er mich loslässt. Und wartet natürlich darauf, dass ich in Jubel ausbreche.

Aber ich starre ihn nur an. Ein *Wunder?* Zufällig weiß ich in Biologie Bescheid. Andere würden so ein Wunder wahrscheinlich eine *Panne* nennen. Ist mein Vater doof?

Immerhin vertraut er jetzt meiner Sitzfestigkeit und geht von mir hinüber zu meiner Mutter. Er schlingt die Arme um sie und ihren Stuhl, drückt seinen Kopf an ihren, strahlt aus allen Poren und sieht das verlegene Lächeln nicht, mit dem sie mich über den Tisch hinweg fixiert.

Und da fällt bei mir der Groschen. Es ist freilich ein Wunder! Nicht die Zeugung, sondern dass meine Mutter wieder ganz zu ihm zurückgekehrt ist. Ein Neuanfang ist das! Den sie mit einem Kind besiegeln.

Vater – Mutter – Kind, großartig. Ich komme mir auf einmal ziemlich überflüssig vor.

»Na ja, was soll ich dazu sagen …«

»Du könntest dich freuen«, schlägt mein Vater vor und richtet sich auf.

»Madeleine.« Meine Mutter schiebt bittend ihre Hand über den Tisch.

»Wann …?«, krächze ich.

Die Kaffeekanne gibt Geräusche von sich. Meine Mutter lockert den Drehverschluss. »Ende August«, informiert sie mich.

Ende August. Da sind noch Sommerferien. Da liegen noch zwei Wochen Sonne, Gartenzeit, Baden, Ausflüge vor uns. Und diesmal gibt es also – Babygeschrei.

Mein Vater sieht schon aus, als wollte er davon zu schwärmen anfangen, wie wir drei im Turnus Windeln wechseln. Aber dann betrachtet er meine Mutter und mich mit prüfendem Auge. Das Ergebnis ist, dass er unauffällig einen Abgang macht.

Der Kakao hat eine Haut, die Brötchen dürften inzwischen kalt sein. Ich sitze stumm da, völlig erschlagen von der Neuigkeit.

»Es ist seltsam«, flüstert meine Mutter endlich. »Ich hatte eine große Scheu, weißt du. Ich konnte es dir einfach nicht sagen. Keine Ahnung, warum. Scham ist es nicht, falls du das denkst.«

»Ich …«

Meine Mutter lächelt ein bisschen. »Ich seh's doch, Madeleine. Nein, es ist wahrscheinlich meine Angst, dass etwas zwischen uns beiden kaputtgehen könnte.«

»Was soll denn kaputtgehen?«, frage ich niedergeschlagen. Sie hebt hilflos die Hände. »Wie soll ich das wissen? Ich habe noch nie zuvor einer halb erwachsenen Tochter ein Baby präsentiert.«

Ein kleines Lachen flackert in uns beiden auf. Aber es verbraucht sich schnell. Es erlischt wie ein Teelicht mit einem zu dünnen Docht.

»Eine Viererfamilie«, sagt meine Mutter nach einer Weile leise, »eine Viererfamilie ist doch auch schön, oder nicht?«

Ich denke an das, was ich vorhin empfunden habe, als mein Vater meine Mutter umarmte, und male Linien auf meinen Teller. Ein Neubeginn. Vater – Mutter – Kind. Was hat das mit mir zu tun?

»Oder nicht?«, wiederholt sie.

Ich versuche, eine optimistische Miene aufzusetzen, aber meine Mutter durchschaut mich.

»Du musst dich nicht in dieser Sekunde daran gewöhnen«, beschwichtigt sie. »Oder was denkst du, wie ich mich gefühlt habe, als ich beim Arzt war? Man glaubt es nicht, bis man es auf dem Bildschirm sieht.«

»Bildschirm?«

»Ja. Ich könnte dir ein Foto zeigen, ein Ultraschallfoto, würde dir das helfen?«

»Nein!«, wehre ich erschrocken ab. »War das die Routineuntersuchung, von der du mir erzählt hast? Du hast etwas in deinen Schreibtisch geschoben …«

»Ja, den Mutterpass«, sagt sie und hat einen verdächtigen Glanz in den Augen.

»Nicht, Mama, bitte nicht!«, flehe ich.

Aber meine Mutter legt die Arme auf den Tisch und

heult. Ihr Rücken zuckt, Haarsträhnen ringeln sich auf dem Teller.

Ich bin für einen Moment wie gelähmt. Dann springe ich auf und ziehe meinen Stuhl an ihren heran. Ich lege den Arm um ihre Schultern. Ihre Haare duften, als ich mich an sie schmiege.

»Mama«, flüstere ich. »Bitte, weine doch nicht! Es gibt kein Problem mit mir, ich verspreche es. Ich muss mich nur daran gewöhnen, das ist alles!«

Wenn ich jetzt noch sagen könnte: Ich freue mich, dann wäre es vielleicht gut. Aber das schaffe ich nicht. Muss ich mich überhaupt freuen? Es reicht doch, wenn *sie* glücklich sind! Endlich sind wir alle glücklich – und ich bin es schon wegen Kai.

»Mama, ehrlich, ich bin glücklich!«

Ihr Weinen lässt nach. Sie schnieft. Dann äugt sie unter ihren Haaren hervor. Sie tastet nach ihrer Serviette, und als sie sich das Gesicht abgetupft hat, versucht sie zu lächeln.

So findet uns mein Vater. Er begutachtet die Situation und sagt erleichtert: »Können wir endlich frühstücken? Wir dreieinhalb?«

»Wird langsam Zeit«, brumme ich. »Eine solche Überraschung auf leeren Magen …«

Um noch mehr guten Willen zu zeigen, füge ich bissig hinzu: »Von Verhütung habt ihr wohl noch nichts gehört?«

»Ha, ha, ha«, sagt mein Vater.

Das amüsiert gemeinte Lächeln geht meiner Mutter daneben.

Ich habe sie nie eine Pille aus der Folie drücken sehen, wie Britta es bei ihrer Mutter täglich beobachten kann. Bei uns taucht dafür unter den Einkäufen immer wieder mal ein Päckchen Kondome auf und verschwindet wie von Geisterhand.

Kondome sind vielleicht nicht das sicherste Mittel ...

Genau da fällt mir Kai ein. Mein Magen krampft sich zusammen. Ich werde atemlos – von gar nichts. Unmöglich kann ich in dieses Brötchen hier beißen, das in meiner Hand zittert. Ich lege es in den Korb zurück und stehe vorsichtig auf.

»Ihr könnt doch sicher auch allein frühstücken ...« Wahrscheinlich falle ich um, wenn ich nicht sofort mein Bett erreiche. Wann habe ich eigentlich zuletzt etwas gegessen?

»Ist dir übel?«, fragt mein Vater erschreckt.

»Du bist bleicher als die Wand«, stellt meine Mutter so schuldbewusst fest, dass es schon fast komisch ist.

»Es tut mir leid ...« Meine Lippen gehorchen nicht richtig, ich kann die vier Silben kaum artikulieren. Mein ganzer Kopf fühlt sich merkwürdig an.

Aber die Beine funktionieren noch und ich gehe schwankend los. Bevor ich jedoch die Zimmertür hinter mir abschließen kann, sind meine Eltern da. Sie packen mich ins Bett, reden von Schock und Kamillentee und machen sich Vorwürfe, weil sie mich nicht zuerst haben frühstücken lassen.

Ich kriege trotz meiner Schwäche einen wahnsinnigen Lachreiz. Nicht gerade beruhigend für sie. Aber ich kann nicht anders. Das ist doch eine schlechte Soap, oder? So etwas passiert einem doch nicht im wirklichen Leben? Sie bemuttern und bevatern mich, suchen alle

Schuld bei sich und haben keine Ahnung, was in Wirklichkeit in mir vorgeht und warum mir der Hals eng wird, wenn ich zufällig an ein Kondom denke!

Und das kann ich nun wirklich keinem Menschen erzählen.

Von Streuselkuchen und Gesang

Ein Glas Kamillentee und ein Zwieback beruhigen meinen Magen. Mittags noch einmal dasselbe. Und schlafen soll ich, wird mir geraten.

Warum besänftigt man eigentlich den Magen, wenn der Aufruhr ganz woanders sitzt? Beziehungsweise, warum schlägt der Aufruhr, der ganz woanders sitzt, eigentlich auf den Magen? Ein ungelöstes Rätsel.

Um mich abzulenken – was ich zwar gar nicht will, aber doch sollte –, stehe ich auf und rufe Britta an. Die Leitung ist schon wieder besetzt.

Ich tippe Reginas Nummer ein. Mit ihr kann ich übers Singen reden. Singen ist ein wunderbares Thema, eins, bei dem man auch an Kai denken kann, aber ohne davon Magenkrämpfe zu bekommen.

Ich habe Glück, Regina ist da. Sie gesteht mir überrascht, dass sie gerade überlegt hat, ob sie mich fragen soll – also, ob wir nicht vielleicht miteinander Musik hören oder singen könnten, wenn ich nicht zufällig etwas Besseres vorhabe?

»Ich wollte dir dasselbe vorschlagen«, sage ich.

»Gut!«, sagt Regina. »Soll ich zu dir kommen?«

Sie kann nicht wissen, dass ich aus dem Haus will, um meine schwangeren Eltern nicht sehen zu müssen. Ich rede von Besuch, der bei mir daheim erwartet wird, und dass ich lieber zu ihr käme.

Dann sage ich meinen Eltern Bescheid, dass ich weggehe. Mein Vater findet das nicht gut, aber meine Mutter verdreht über seine Besorgnis die Augen. Dankbar grinse ich sie an und verschwinde so schnell wie möglich. Sie haben nämlich Oma zum Kaffee eingeladen, und ich kann mir denken, wozu.

Nachdem man die Nachricht an mir getestet hat und ich davon nicht tot umgefallen bin, soll nun auch Oma den Schock ihres Lebens erhalten. Ihrer Meinung nach ist eine Künstlerin ja bereits mit *einem* Kind überlastet, was gestimmt haben mag, als ich noch klein war. Aber jetzt bin ich keine Belastung mehr für meine Mutter, sie muss mir nur meine Freiheit lassen wie gerade eben. Dass sie noch einmal von vorn anfangen soll mit einem neuen Baby, das ist die Zumutung. Gerade jetzt, wo sie die CD mit Sciancalepore vorbereitet.

Ich sitze bereits in der S-Bahn und kann mich in Gedanken noch immer nicht von zu Hause losreißen. Auf einmal merke ich, dass ich eine Wut auf meinen Vater entwickle. Bei der Erinnerung an seine kindische Freude kommt mir fast der Verdacht, er könnte heimlich ein Loch ins Kondom gepiekst haben …

Vor Schreck ziehe ich die Luft ein. Woher habe ich solche krassen Ideen, bin ich denn ganz abartig? Wahrscheinlich bin ich ein Monster.

Regina erwartet mich an der Haltestelle. Bei ihrem

Anblick geht es mir besser, die irren Gedanken verfliegen. Ich bin neugierig auf ihr Zuhause und ihre Familie. Darüber haben wir noch nie geredet, und ich würde mir ein Arztehepaar in einer schönen Villa vorstellen, wenn Regina schickere Klamotten tragen würde und nicht über die Kosten für private Gesangsstunden so erschrocken wäre.

Mit einer Villa hat der Wohnblock, in den wir gehen, dann auch nicht die geringste Ähnlichkeit.

»Bei uns ist es ein bisschen eng«, sagt Regina, als wir die Treppe hochsteigen.

Altbau, fünf Stockwerke. Als es nicht mehr weitergeht, steckt sie den Schlüssel in die Tür der Dachwohnung, dreht ihn aber nicht um.

Sie schaut mich an und rückt dann endlich mit dem heraus, was sie auf dem Herzen hat: »Also, Madeleine, das ist hier anders als bei euch. Ziemlich klein … kleinkariert, alles. Es ist eigentlich die Wohnung von Thomas, dem Freund meiner Mutter. Eine Singlewohnung eher. Thomas ist im Moment weg, im Stadion. Fußball. Sein Lieblingsverein spielt.«

Ich nicke verständnisvoll, obwohl ich nicht weiß, warum sie mir von einem Thomas erzählt, der noch nicht einmal zu Hause ist.

»Er ist nett, nur kannst du mit ihm höchstens über Fußball reden.« Regina zieht ein Gesicht und zuckt die Achseln. »Was soll's. Meine Mutter mag ihn. Sie ist geschieden und jetzt ist das Baby da …«

»Ja, okay. Warum machst du nicht auf?«, versuche ich ihr zu helfen. Dass sie Minderwertigkeitskomplexe haben könnte, darauf wäre ich nie gekommen.

Nach einem tiefen Seufzer dreht sie endlich den Schlüssel um. Sie drängt mich durch einen kleinen, vollgestopften Flur direkt ins Wohnzimmer, rasch, als wollte sie es hinter sich bringen.

Ihre Mutter sitzt mit einem Baby im Arm vor dem Fernseher.

»Mama, wir sind da. Das ist Madeleine.«

Reginas Mutter steht auf und gibt mir freundlich die Hand. »Du kannst so gut singen, habe ich gehört, und bei dir daheim machen sie alle Musik!«, versucht sie, etwas Nettes zu sagen. Das Baby zieht einen Speichelfaden, den sie mit einem Lätzchen abwischt. »Das ist aber schön …«, meint sie noch.

»Wir gehen hinüber«, sagt Regina und nimmt mich am Arm.

»Ich habe den Streuselkuchen aufgeschnitten!«, ruft ihre Mutter uns nach.

In der Küche ist der Tisch für uns gedeckt, was ich sehr aufmerksam finde. Aber Regina fummelt an allem herum. Sie ist richtig nervös. »Der Kuchen schmeckt gut, ich hab ihn schon heiß probiert. Willst du? Tee hat meine Mutter auch gekocht – ich hoffe, du magst Pfefferminz?«

Seit zehn Minuten konnte ich weder an Kai noch an meine Eltern denken. Deshalb riskiere ich es, Ja zu sagen. Mein Magen hat sich beruhigt, wie es scheint. Pfefferminztee dürfte in jedem Fall richtig sein. Und Streuselkuchen mag ich normalerweise sehr.

Als Regina eingießt und fast meine Tasse umstößt, fange ich zwanghaft zu reden an: »Wie ist das so, mit einem Baby? Wir kriegen nämlich … ah, meine Mutter kriegt nämlich auch eins.« Ich mache eine Grimasse und frage mich, warum ich das jetzt erzählen musste. Wahrscheinlich, um Regina zu trösten oder abzulenken.

»Ach?« Sie stellt die Kanne ab. Interessiert schaut sie mich an – es hat geholfen. »Sonst hast du keine Geschwister, oder?«, fragt sie dann und balanciert ein Kuchenstück über den Tisch auf meinen Teller.

Ich schüttle den Kopf. »Und du?«

»Ich hab noch eine Schwester«, sagt Regina und nimmt sich auch ein Stück. »Sie wollte lieber bei meinem Vater bleiben.«

»Hat sie auch so eine gute Stimme wie du?«, frage ich, weil mir im Moment nichts Besseres einfällt.

Regina zuckt die Schultern. »Weiß nicht, sie singt nie. Aber ihr, ihr seid doch wirklich eine große Musikerfamilie?«

Große Musikerfamilie, das ist nun aber reichlich übertrieben. »Eine was?«, lache ich verlegen. »Du liebe Güte, nein! Mein Vater und meine Oma unterrichten Klavier. Und meine Mutter ... sie, ah, spielt auch Klavier.«

»Du darfst schon zugeben, dass sie eine Pianistin ist«, sagt Regina. »Das ist okay. Für mich ist alles okay, seit ich weiß, dass ich eine Aufnahmeprüfung machen und umsonst Gesangsunterricht kriegen kann.«

Weil mein Magen noch ein wenig wackelig ist, schaffe ich nur ein Stück Streuselkuchen. Vor vier Tagen noch hätte ich Reginas Mutter wahrscheinlich um das Rezept gebeten und es meinem Vater mitgebracht. Wir räumen den Tisch ab und gehen in Reginas Zimmer. Das ist nicht größer als eine Abstellkammer, verrät mir aber mit einem Schlag Reginas Geheimnis. Wer ganz anders ist als die Familie, in der er lebt, muss ja ein Geheimnis haben. Das Zimmer ist schmal und hat eine Dachgaube am anderen Ende. An der linken Wand steht das Bett. Und die rechte Wand ist von oben bis unten voller Bücher, wirklich von oben bis unten!

Regina missversteht meinen überraschten Blick. »Die meisten stammen vom Flohmarkt«, sagt sie entschuldigend, »deshalb sehen sie so aus. Aber innen sind sie ganz in Ordnung.«

»Mensch!«, rufe ich. »Hast du die alle gelesen?«

»Fast«, sagt sie und freut sich über meine Begeisterung. »Aber manche sind es nicht wert. Demnächst muss ich eine Kiste voll wegbringen. Dann hab ich wieder Platz für was Neues. Aber jetzt, zeig mal deine Noten.«

Ich horte alle Lieder, die ich kriegen kann, auch wenn ich sie zum Teil noch nicht singen darf, weil meine Stimmbänder sich erst entwickeln müssen. Nun breite ich die mitgebrachten Notenblätter auf dem Boden aus. Wir finden ein Lied, das wir beide vom Musikunterricht her kennen. *Vergebliches Ständchen* von Brahms.

»Verteilte Rollen?«, schlage ich vor.

Regina ist einverstanden und zieht zur Unterstützung etwas unter dem Bett hervor – ein Akkordeon.

»Es ist furchtbar!«, sagt sie. »Deswegen wollte ich lieber zu dir kommen. Ich hab mir ein Klavier gewünscht, aber die denken, das hier ist dasselbe.« Sie wirft das Akkordeon aufs Bett.

»Wer denkt das?«

»Meine Mutter natürlich und Thomas. Außerdem kennen sie es aus …« Regina holt Luft. »Gut, ich sag dir am besten gleich alles. Sie kennen es aus …«

»Was hast du denn?«, kichere ich, weil sie so dramatisiert.

»Sie kennen es aus der volkstümlichen Hitparade! Deswegen bezahlen sie mir auch niemals den Gesangsunterricht. Ich singe ja schon perfekt, sagen sie. Und ich soll mich beim Musikantenstadel anmelden!«

»Ha, ha, weißt du was? Ich melde mich mit an, vielleicht haben wir Glück und …«

»Glück?«, jault Regina, springt auf und reißt mir das Notenblatt aus der Hand. »Schluss mit dem Scheiß! Also, wir haben hier einen Knaben, der zu einem Mädchen hineinwill – der Knabe bin ich!«

»Okay«, sage ich sanft.

Regina öffnet die Druckverschlüsse am Akkordeon und sucht den Anfangston. Zuerst müssen wir lachen, denn was wir tun, ist einfach komisch, aber dann reißt sich Regina als Erste zusammen und fleht mich mit ihrer schönen Stimme an, ihr doch die Tür aufzumachen, aus Liebe komme sie zu mir. Und ich reiße mich auch zusammen und antworte, dass ich lieber auf den Rat meiner Mutter höre und die Tür brav zulasse und dass es mit mir vorbei wäre, wenn ich sie aufmachen würde. Daraufhin klagt Regina, die Nacht sei so kalt und der Wind so eisig, davon erfriere ihr Herz und erlösche ihre Liebe.

Sie soll ihre Liebe nur erlöschen lassen und heimgehen, singe ich.

In dem Moment bewegt sich hinter mir die Tür und ich mache einen Satz nach vorn. Eine Stimme sagt: »Das lass ich mir gefallen! Damit könnt ihr entdeckt werden! Und dann …«

»Mama!«, stöhnt Regina auf. »Das ist *Brahms!*«

Die Tür schließt sich wieder. Ich sage gar nichts, sondern setze mich vorsichtig aufs Bett.

»Hast du das gehört? Hast du das gesehen?« Regina ist mit einem Sprung an der Tür und dreht den Schlüssel um. Dann drückt sie auf ihren Radiorekorder. »*Macavity, Macavity*«, schreit es aus dem Gerät.

»Aus *Cats!* Der beste Song!«, brüllt Regina und singt dann in Bühnenlautstärke mit.

Erst als gegen die Zimmertür getrommelt wird und dumpfe Schläge von unten den Fußboden erschüttern, schaltet sie den Rekorder aus und ballt dafür die Fäuste.

Hinter der Tür jammert ihre Mutter: »Du weißt doch, dass wir hier rausfliegen können …«

Regina gibt keine Antwort. Sie stößt das Akkordeon unters Bett und schiebt meine Noten zusammen. Dann holt sie einen zerfledderten Bildband von der Bücherwand.

»Andrew Lloyd Webber«, knurrt sie und gibt mir das Buch. »Und schau, was ich habe.« Sie zeigt mir einen Stapel CDs und einen zweiten mit Kassetten. Dabei fangen ihre Augen zu leuchten an. »Alles Webber! Jetzt fehlen mir nur noch die Noten dazu. Kannst du glauben, dass Leute, die so was besitzen, es auf dem Flohmarkt verhökern?!«

Den Rest des Nachmittags spielt sie mir Webber vor und gesteht mir ihren großen Traum, eines Tages Musicalrollen zu singen.

Ich nehme mir vor, Regina nächstes Mal von den Brechtliedern zu erzählen, die *mein* Traum sind. Als ich in der S-Bahn sitze, ist *Macavity* in meinem Kopf. Wenn die Leute im Wagen hören würden, was ich höre, würden sie wahrscheinlich wimmern. Und am Samstagabend wieder glücklich Musikantenstadel gucken.

Von Frostbeulen und einer außergewöhnlichen Mutter-Tochter-Stunde

Britta ist verändert, ich merke es sofort. Wenn sie mich überhaupt anschaut, dann höchstens mit einem Schlafzimmerblick aus ungeheuer gelangweilten Augen.

Ich weiß nicht, was ich verbrochen habe. Rückwärts forschend komme ich zum Freitag. Bis zu dem Moment, als ich im Konservatorium mit Kai weggerannt bin, war Britta noch ganz normal. Nimmt sie mir vielleicht übel, dass ich mich nicht von ihm losgerissen habe? Hätte ich sie um Erlaubnis fragen sollen, als er einfach meine Hand genommen hat? Oder hat sie wieder bei Marcel den Mund nicht aufgekriegt und will jetzt mir die Schuld dafür geben? Oder hat sie auf einen Anruf von mir gewartet? In dem Fall hätte sie allerdings dafür sorgen müssen, dass die Leitung frei ist.

Es ist nicht leicht, gegen ihre Kälte anzureden. Britta teilt mir in unmissverständlichen Signalen mit, dass sie sich woandershin setzen würde, wenn irgendwo ein Platz frei wäre. Frostbeulen könnte man kriegen, wenn man nur ihren Rücken sieht.

Ich überwinde mich zu einer gezielten Frage: »Britta? Wie war's mit Marcel?«

Ein träger Blick. »Mit wem?«

Das darf doch nicht wahr sein! Die Nummer kann sie mit jemand anderem abziehen. Weil sie aber meine beste Freundin ist, gebe ich noch nicht auf. »Ich meine, du bist doch am Freitag mit Marcel …«

»Ach das«, sagt sie wegwerfend. »Also, ich muss noch was für Geschichte tun.« Damit stützt sie ihr Gesicht in die Hand und hängt ihren Haarvorhang zwischen uns.

Ich sitze völlig geschockt da. Es strengt mich sehr an, dem Unterricht halbwegs zu folgen. Brittas Verhalten ändert sich bis zur Pause nicht. Als sie dann auch noch wortlos ihr Brot auspackt und ohne einen einzigen Blick auf mich zu Franziska und Denise hinübergeht, ist endgültig klar, dass ich in tiefste Ungnade gefallen bin, meines Wissens das erste Mal, seit wir uns kennen.

Ich meditiere auf dem Klo und lege Britta nach der Pause einen Zettel aufs Mathebuch. *Kannst du mir bitte sagen, was los ist??*, steht darauf.

Britta schiebt den Zettel weg. Ich lege ihn wieder hin.

Da lässt sie sich endlich zu einer schriftlichen Antwort herab: *Du weißt es selbst.*

Nein!!!, schreibe ich darunter. Aber sie nimmt meinen Zettel nicht mehr an.

Bei Unterrichtsende bin ich wahnsinnig zornig, weil mir Britta einen ganzen Vormittag lang die schönen Gedanken an Kai vermiest hat. Zum ersten Mal stehe ich an der Haltestelle abseits und allein. In der S-Bahn gehe ich ans andere Ende des Wagens.

Aber nach dem Aussteigen spurtet Britta dann doch

an meine Seite. »So viel wollte ich dir nur noch sagen: Du bist das verlogenste … das verlogenste …«

»Was?«, frage ich ungläubig.

»Ja! Du brauchst einem ja nichts zu sagen, wenn du einen Freund hast! Das ist überhaupt nicht nötig!«, faucht sie. »Aber ganz daneben ist es, andere Leute auch noch zu *verarschen!*«

»Wen denn, um Gottes willen, und wie?«

»Mit einem blöden Geiger, der nichts im Hirn hat als seine saublöde Geigenstunde!« Britta wirft die Haare nach hinten und rauscht davon.

Da wird mir klar, dass Marcel sie stehen gelassen hat, als ich mit Kai weggegangen bin, anders kann es gar nicht gewesen sein. Aber das ist doch nun wirklich nicht meine Schuld. Soll ich ihr jetzt vielleicht hinterherlaufen? Das ist ja bescheuert. Ich habe auch meinen Stolz und meine Grenzen. Sie hätte mich ja fragen können, warum ich so plötzlich mit Kai verschwunden bin, aber sie hat mir überhaupt keine Chance gegeben, die Dinge zu klären, sondern mir einfach *gekündigt!*

Als Britta um die Ecke verschwunden ist, erwache ich zum Leben, setze mich in Bewegung und bemühe mich dabei um einen aufrechten Gang.

Unsere Nachbarin schneidet ein paar welke Narzissen aus ihrem Vorgartenbeet. Der Hund steht neben ihr.

»Hektor!«, rufe ich leise. Ich fasse über den Zaun und knuddle seine Schlappohren, wobei ich aufpassen muss, dass ich nicht zu heulen anfange. So ein Hund würde einem wahrscheinlich nie kündigen …

Nach ein paar Worten mit der Nachbarin gehe ich

zum Haus und schließe müde die Tür auf. Drinnen singt jemand.

Drinnen singt jemand?

Ich bleibe wie angewurzelt stehen. Mein Kummer ist vergessen. Die da singt – ist meine Mutter! Ich habe sie noch nie singen hören, aber es kann niemand anderer sein. Sie hat eine ungeübte, verhauchte Stimme.

Das Lied kenne ich. Ich drücke die Haustür zu und stürze ins Musikzimmer. »Mama!«, rufe ich begeistert.

Meine Mutter fährt hoch und greift sich an den Hals. »Mein Gott, kannst du einen erschrecken, Madeleine!« Sie legt die andere Hand instinktiv auf ihren Bauch, der sich doch tatsächlich wölbt, was ich bisher nicht bemerkt habe.

»Entschuldige«, sage ich zerknirscht. »Entschuldige, Mama. Das wollte ich nicht …«

Da hat sie sich aber schon wieder im Griff. Sie klappt auffallend schnell die Noten zu. »Lass uns hinübergehen und essen.«

Warum macht sie denn so ein betretenes Gesicht? Ist es ihr vielleicht peinlich, dass sie nicht besser singen kann? Es verlangt doch keiner von ihr, dass sie *alles* kann!

»Warte!« Ich strecke die Hand aus. »Warte noch, Mama – ich dachte, du magst keine Musicals!«

Mein Vater hat das gestern Abend behauptet, ohne dass sie ihm widersprochen hätte. Das könnte natürlich auch der Grund sein: Musicals sind unter ihrer Würde und nun habe ich sie ausgerechnet und auch noch gleich am nächsten Tag bei einem Musical erwischt …

»Mama, wir singen zusammen, bitte, bitte!« Wer könnte besser Lieder begleiten als sie – ganz egal welche!

»Oje, Madeleine«, sagt sie, »ich habe doch keine Stimme. Ich spiel dir die Klavierbegleitung, wenn du unbedingt willst …«

»Ich will unbedingt!« Damit schlage ich das Webberalbum an derselben Stelle wieder auf. Es gehört meinem Vater. Weil ich nach meinem Besuch bei Regina von Musicals geredet habe, um das Thema Baby zu vermeiden, hat er die Noten ausgegraben und mir erzählt, er sei mit dieser Musik aufgewachsen und er habe sie geliebt! Meiner Mutter warf er vor, sie habe ihn von Anfang an deswegen ausgelacht und sei mit ihrer Klassik ja völlig abgehoben gewesen, und deswegen habe er die Noten nie wieder angerührt. Aber jetzt! Jetzt sei sein Selbstbewusstsein nicht mehr zu erschüttern, und wenn ich, seine Tochter, Freude an den Sachen hätte, ja, dann …

Es wurde einer der ganz seltenen Abende und er fiel wie ein Geschenk vom Himmel. Mein Vater und ich sangen die Lieder aus *Jesus Christ Superstar* und aus *Evita*. Meine Mutter lag auf dem Sofa und hörte uns zu. Sie hätte uns auch auf dem Klavier begleitet, aber das konnte mein Vater selbst und er hatte Spaß daran. Einfach nur zu singen war nicht sein Ding, seine Stimme ist zwar ganz gut, aber so gut auch wieder nicht.

Eingeschlafen bin ich spät in der Nacht mit *I don't know how to love him* auf den Lippen. Und als ich aufwachte, war die Ballade schon wieder da. Ein zu Herzen gehendes Liebeslied, wo ich doch sonst eher die aggressiven Sachen mag. O *Kai, Kai, Kai …*

Dass meine Mutter soeben ausgerechnet diese Ballade probiert hat, beweist ihr unglaubliches Einfühlungsvermögen. Bestimmt hat sie mich gestern Abend heimlich beobachtet und richtige Schlüsse aus meiner plötzlichen Vorliebe für Balladen gezogen. Also, wenn sie mir auf solche Weise mitteilen will, dass sie mich versteht, ist mir das natürlich viel lieber, als über meinen Freund reden zu müssen!

Dankbar lege ich ihr das Heft aufs Pult. »Können wir, Mama?«

Meine Mutter nickt und greift in die Tasten. Ein improvisiertes Vorspiel, ein Blickkontakt, ein Impuls für mich.

»I don't know how to love him«, singe ich. Meine Mutter wiegt sich im Rhythmus und geht mit. Mit ihr ist es noch viel schöner als mit meinem Vater. Ich verstehe auf einmal, warum Sänger so gern mit ihr zusammenarbeiten. Und wie sie mich manchmal anschaut und wie sie lächelt! Wenn Regina uns so sehen könnte! Also, sollte ich je wieder vergessen, wie gut es mir geht, verdiene ich Prügel.

Jetzt weiß ich auch, was meine Mutter mit ihrer Befürchtung gemeint hat. Nein, Mama, denke ich und muss schlucken, zwischen uns soll nichts kaputtgehen, was machst du dir für unnötige Sorgen? Ein Baby kann doch kaum etwas zerstören, das vierzehn Jahre lang gewachsen ist. Das arme Baby kann einem sogar leidtun. Es fängt ja erst an, es holt meinen Vorsprung niemals auf!

Von Kleidersorgen, Zornestränen und Bahnhofsküssen

Jetzt schlottert auch schon das Kirschrote an mir, von den anderen Sachen gar nicht zu reden. Entweder ich kaufe mir lauter neues Zeug oder ich fange endlich wieder zu essen an. Wenn aber doch nichts runtergeht!

Um fünf bin ich mit Kai verabredet – falls er es nicht vergessen hat, aber daran will ich nicht mal denken. Was soll ich nur anziehen?

Das Kirschrote ist sowieso viel zu bombastisch. Alle meine Klamotten liegen inzwischen verstreut herum, und ich komme ins Schwitzen, weil mir die Zeit davonläuft. Wenn ich mich nicht bald entschließe, kann ich in ein Badetuch gehüllt zur S-Bahn rennen.

Das Haus ist still, der Flügel schweigt, heute ist nicht Sciancalepore-Tag. Ich suche meine Mutter und klopfe an ihre Tür. »Mama? Kann ich mir von dir etwas zum Anziehen ausleihen?«

»Ich komme gleich zu dir rüber«, antwortet sie.

Ich hebe Shirts auf und lasse sie wieder fallen, ich wühle durch die abgelegten Hosen vom vorigen Jahr, die noch hinten im Schrank liegen. Als meine Mutter endlich in meiner Tür steht, habe ich wieder das Kirschrote an. Aber es ist wirklich viel zu auffällig.

»Sieht aus, als hättest du etwas vor«, stellt meine Mutter fest.

»Ja, ja, ja! Aber ich hab nichts zum Anziehen!«

Sie besieht sich das Durcheinander. Von den Klamotten wandert ihr Blick zu mir und bleibt an mir hängen. Sie stutzt. »Madeleine …? Du bist *verliebt*«, ruft sie.

Gut gespielt. »Das hast du doch sowieso schon gemerkt«, knurre ich. »Gib mir bitte was zum Anziehen!«

Sie will mich mit ausgebreiteten Armen in den Kreis der Liebenden aufnehmen. Aber als ihr mein verzweifeltes Stöhnen sagt, dass dafür jetzt wirklich keine Zeit ist, lässt sie ernüchtert die Arme sinken. »Hol dir aus meinem Schrank, was du brauchst. Soll ich dir dabei helfen oder soll ich weggehen?«

»Weggehen!« Ich stürze in ihr Zimmer und reiße den Kleiderschrank auf. Furchtbar. Meine Mutter hat so viel Zeug, dass sie einen Basar ausstatten könnte. Das alles durchzuwühlen kostet viel zu viel Zeit und Kraft. Zum Letzten entschlossen, renne ich in mein Zimmer zurück und zerre die abgelegten Jeans heraus, die ich voriges Jahr nicht mehr zugekriegt habe.

Schon die erste sitzt. Nur ist sie, verflucht noch mal, zu kurz geworden.

Von der halb offenen Tür her kommt ein Vorschlag:

»Kremple sie noch zweimal um, dann ist sie richtig.«

»Danke, Mama!«, sage ich verblüfft.

Mein Spiegel behauptet, dass ich tatsächlich so aus dem Haus gehen kann. Vor lauter Freude darüber habe ich gleich eine eigene Idee. Ich nehme das blaue Urlaubshemd meines Vaters heraus, das ich ihm letztes Jahr abgestaubt habe, um damit meine Fettpolster zu verdecken. Anstatt das Hemd wie früher über die Hose fallen zu lassen, verknote ich es.

»Jawohl«, sagt meine Mutter.

Ich kneife die Augen halb zu, betrachte mich kritisch und finde, sie hat recht. Zwar bin ich viel kräftiger als zum Beispiel meine Freundin Britta, und bauchfrei könnte ich mir niemals leisten, aber direkt unschön sehe ich mit diesen Klamotten nicht aus. Der nachtblaue Teppich würde es vielleicht bestätigen.

»Danke, Mama!« Ich werfe meine frisch gewaschenen Haare nach hinten. Sie fallen viel schöner, seit ich sie nicht mehr schneiden lasse. Wer sagt eigentlich, dass Braun eine üble Farbe ist?

Meine Mutter steht noch immer in der Tür. »Wenn du mein Make-up benützen willst?«

»Nein.« Ich schüttle den Kopf. »Weil nämlich … also, jemand hat gesagt, er findet es gut, dass an mir alles echt ist.« Dann sause ich an meiner Mutter vorbei ins Bad. »Frag mich jetzt nichts«, flehe ich sie an, »ich gehe nur zum Konservatorium. Macht es was aus, wenn ich das Essen verpasse?«

»Ich hebe dir einen Fingerhut voll auf.«

»Danke, Mama!«

Eine Bahn fährt mir davon. Als die nächste kommt, kann ich mich vor Nervosität überhaupt nicht mehr setzen. Ich hänge an einer Haltestange und stelle fest, dass es heute noch mal so viele Stationen bis zum Zentrum sind wie sonst. Außerdem ziehe ich alle Blicke auf mich. Bin ich vielleicht doch doof angezogen? Sind mir die Haare ausgegangen? Habe ich was an der Nase? Jeder, wirklich jeder begutachtet mich, aber sobald ich das nachprüfe, stimmt es gar nicht.

Als ich endlich wieder laufen darf, geht es mir besser. Um meinem Vater nicht zu begegnen, der jetzt auf dem Weg nach Hause sein könnte, leiste ich mir einen kleinen Umweg. Danach beobachte ich die Eingangstür des Konservatoriums von einem gegenüberliegenden Laden aus, wo ein Kleiderständer auf dem Gehsteig mich bis zum Hals schützt. Die moderne Kunst auf der Insel in der Straßenmitte hindert meinen freien Blick, aber nicht sehr.

Vereinzelt kommen Studentinnen und Studenten aus dem Gebäude heraus. Kai wäre vielleicht dabei, wenn er nicht drinnen auf mich warten würde. Er hatte bis fünf Uhr Musikgeschichte und vorher Werkanalyse. Als Vollstudent nimmt er ja nicht nur Gesangsstunden, sondern muss auch alle Theoriefächer und außerdem Klavier und Chorgesang belegen.

Wäre ich nur gleich hineingegangen! Vielleicht ist mein Vater noch in seinem Zimmer, und wenn es dumm geht, verlässt er es gerade im richtigen Moment, um mir zu begegnen. Jetzt aber Augen zu und durch, nehme ich mir vor und überquere die Straße. In dem geknoteten Hemd und der wadenlangen Jeans erkennt er mich vielleicht gar nicht.

Mein Vater bleibt mir zum Glück erspart. Dafür sehe ich schon von der Treppe aus Kai hinter der Glaswand der Cafeteria sitzen, zusammen mit anderen Studentinnen und Studenten. Judith ist auch dabei. Sie war den ganzen Winter über mit Kai zusammen, wie ich damals heimlich beobachten konnte, aber jetzt sind sie nur noch Freunde – als netten kleinen Beweis hat Miguel heute seinen Arm um sie gelegt.

Kais Anblick bringt mich völlig durcheinander. Wenn mein Herz schon hinter dem dämlichen Kleiderständer wie verrückt geklopft hat, legt es jetzt einen Wirbel vor, der mir die Luft nimmt. Ich bleibe nur eine Sekunde stehen, dann sause ich nach oben, vielleicht finde ich einen Fluchtweg übers Dach. Aber wie immer gibt es nur geschlossene Türen und den langen Flur im dritten Stock, der an einem Fenster endet. Dort stütze ich die Ellenbogen auf und kühle mein heißes Gesicht in zwei eiskalten Händen, die mir gehören und die sonst immer gut temperiert sind.

In die Cafeteria hinuntergehen? Unmöglich.

Im Haus schlagen Türen, manchmal höre ich einen Fetzen Musik und aus der Cafeteria im ersten Stock dringt eine Mischung aus Reden, Lachen und Stühlerücken zu mir herauf.

Ich muss ganz ruhig werden, mich dann umdrehen und würdevoll zurückgehen. Aber wie denn? Auf dem Flur kommen Schritte näher. Und ich ahne, wer das ist! Nur einer, der mich sucht, geht den ganzen Flur hinunter bis zum Fenster, wo ich bin. Hinter mir bleibt er stehen, so nah, dass ich fast seinen Atem in meinem Nacken fühle. Der Moment, in dem ich mich vor glücklicher Aufregung nicht bewegen kann, dehnt sich endlos.

Wenn es aber mein Vater ist? Ich fahre herum – und geradewegs hinein in Kais Arme.

Er zieht mich an sich. »Madeleine! Was machst du denn hier oben? Hast du mich vergessen?«, flüstert er an meinem Ohr.

Mir ist total schwindlig. Ich kriege kein Wort heraus und beantworte seine Frage mit einem stummen Kopfschütteln.

»Warum bist du dann vorbeigelaufen?«

Ein idiotisches Grinsen gelingt mir immerhin.

Kai schiebt mich ein bisschen von sich und berührt

meinen Mund mit den Fingerspitzen. Dazu lächelt er so, als würde er etwas Verbotenes tun. »Wir sollten uns jetzt besser nicht küssen, weißt du, sonst ist mein Arbeitsgeist weg. Komm, Madeleine, gehen wir hinunter.«

»Zu ... zu den anderen?«, krächze ich verständnislos.

»Mhm«, nickt er, »sie warten auf mich. Wir machen noch eine Werkanalyse zusammen. Das ist ökonomischer, dann müssen sich nicht fünf Leute einzeln plagen.« Er legt mir den Arm um die Schulter.

Ich gehe mit, plötzlich kraftlos vor Enttäuschung. Drei, vier, acht, zehn Schritte. Das kann nicht sein Ernst sein! Ich habe mich nicht tagelang darauf gefreut, in einer Cafeteria zu sitzen und ein paar Studenten dabei zu beobachten, wie sie ein Lied zerlegen! Soll das vielleicht unser Date sein?

»Wissen die alle, dass ...« Ich bleibe stehen.

»Was sollen sie wissen?«, fragt Kai. Er wartet mit einem fiesen kleinen Grinsen darauf, dass ich es ihm sage. »Meinst du das?«, flüstert er endlich und küsst mich – aber so, als würde ihn jemand hinten am Pulli ziehen. »Sollen sie es denn nicht wissen?«

Ja. Nein. Ja ... Ich finde in meinem verwirrten Kopf zwei einander widersprechende Wünsche. Einer wäre, dass Kai alle Mitstudenten und Werkanalysen sausen lässt und für uns beide einen geheimen Winkel sucht. Der andere wäre, dass ich in der Cafeteria unmissverständlich an Kais Seite als seine Freundin auftrete – für den Anfang vielleicht mit einer Tarnkappe ...

»Ich weiß nicht«, murmle ich.

»Komm«, sagt er, »du setzt dich einfach mit an unseren Tisch, das ist doch nicht schwer.«

Eine Tarnkappe erwähnt er nicht.

»Ich warte lieber irgendwo, bis du fertig bist«, sage ich und blicke auf den Boden.

»Oooch …! Das kann aber dauern! Wo willst du denn warten?«

Ich will überhaupt nicht warten, liegt es mir auf der Zunge. Und wieso ziehst du mir eine Werkanalyse vor? Verflucht!

»Vielleicht finde ich ein Zimmer, dann singe ich ein bisschen«, sage ich und versuche, dabei munter zu klingen.

»Na gut«, meint Kai und hilft mir auch noch, ein freies Zimmer zu suchen.

Als die Tür zu ist und ich allein bin, heule ich los. Hinter mir liegen drei Tage, in denen ich null Komma null Kalorien zu mir genommen und fast nicht geschlafen habe, in denen mir vor Aufregung ständig übel war, in denen ich meine beste Freundin vergrault und meine Eltern völlig verunsichert habe – und die Ursache von alledem sitzt seelenruhig in der Cafeteria über irgendeiner blöden Hausaufgabe!

Wobei ich mich auch gleich frage, wer eigentlich *meine* Hausaufgaben macht? Ich darf gar nicht daran denken, was mir morgen in der Schule blüht, falls ich heute keine Nachtschicht einlege. Salzige Tränen laufen mir in den Mund, ich vergrabe das Gesicht in den Armen und schluchze.

Nach einer Weile dämmert mir, wie verheerend mich die Tränen zurichten werden. Ich male mir auch noch zwanghaft aus, dass jemand ins Übungszimmer kommt und über das Mädchen mit dem rot verquollenen Gesicht erschrickt. Entschlossen stelle ich mich auf beide Beine und fixiere die Tür. Ich rede mir mit Engelszungen ein, sie sei Frau Dorians Spiegel.

Es hilft. Als Kai mich endlich abholen kommt, findet er keine Spuren meiner Tränen mehr.

»Deine Augen sind heute noch grüner als sonst«, bemerkt er und küsst mich. Er küsst mich richtig und ohne von irgendwem am Pulli gezogen zu werden. Mit dem Fuß angelt er sich die Tür und schiebt sie zu. Er küsst mich wie letztes Mal und meine Knie werden weich. Dabei wollte ich mich eigentlich wehren und mich überhaupt nicht küssen lassen – nicht von einem, dem eine Hausaufgabe wichtiger ist als ich. Aber ehe ich es kapiere, hat die Berührung seiner Lippen die ganze Wartestunde ausgelöscht. Und ich weiß wieder, warum ich drei Tage lang nichts gegessen und fast nicht geschlafen habe, und ich kann im Moment nicht mal bedauern, dass ich Britta vergrault und meine armen Eltern fertiggemacht habe.

Die Putzfrau wirft uns schließlich hinaus. Der Hausmeister wartet mit seinem Schlüssel auf die letzten Nachzügler, die sind wir. Und dann gehen wir Hand in Hand zum Bahnhof.

Wie ist es möglich, staune ich, dass ich sofort aufgehört habe, sauer zu sein? Und wieso fühle ich mich an Kais Hand, als würde ich ihn schon ewig kennen?

»Madeleine?«, sagt er und bleibt stehen.

»Hm?« Ich strahle ihn schwachsinnig an.

Er schüttelt den Kopf und amüsiert sich über sich selbst. Oder über mich? Oder über ein furchtbar witziges Erlebnis, von dem er mir gleich erzählen wird? Jedenfalls steckt er mich an.

»Was hast du?«, frage ich ihn kichernd.

»Lach du nur!«, sagt er und legt die Stirn in komische Falten. »Jetzt kannst du ruhig lachen! Aber wenn du's getan hättest, als ich deine Hand genommen habe, beim ersten Mal, weißt du noch? Wenn du da …«

Ach, das meint er. Sein Aufgebot an Mut. »Stimmt, du hast ja eine Bombendrohung gebraucht«, lache ich.

Er zwickt mich gemein in den Arm. »Jetzt glaub mir doch! Wegen der Bombendrohung war alles unwirklich – irgendwie theatralisch. Und deshalb hätte ich so tun können, als wär's nicht ernst gemeint. Und da hab ich mich getraut, da ist es mir leichter gefallen!«

Ich spiele mit. »Sehr leicht!«, sage ich lachend. Woher kann ich das? Seit wann habe ich dieses lockere Reden drauf?

»Das hat nur so ausgesehen.« Er schaut mich bitterböse an. »Du hast wohl überhaupt nicht mitgekriegt, dass ich immer absichtlich zu früh in deine Stunde geplatzt bin? Und jedes Mal einen Anschiss von Frau Dorian riskiert habe?«

»Wozu?«, frage ich verwirrt. Irgendwie scheint das nicht nur ein Spiel zu sein.

»Da muss ich aber mal wahnsinnig nachdenken! Um dich zu sehen vielleicht? Um dich zu hören, um dieselbe stickige Luft zu atmen wie du, um … Was weiß ich noch alles!«, stößt Kai hervor und setzt sich und mich wieder in Marsch. Er drückt meine Hand, dass es wehtut. Ich spüre es und spüre es nicht.

Was er da aufgezählt hat, kommt mir sehr bekannt

vor. Ich erinnere mich, dass ich beim Stundenwechsel immer extra getrödelt habe, dass ich mir seitenlange Notizen von meinem Unterricht gemacht habe, dass ich jede kleinste Anregung von Frau Dorian aufgeschrieben habe – nur um Kai noch ein Weilchen zu sehen, zu hören, um dieselbe Luft zu atmen wie er und mein Herzweh zu spüren.

»Und ich bin nie sofort aus deiner Stunde verduftet«, murmle ich, »weil ich so lange wie möglich in deiner Nähe sein wollte …«

Kai bleibt mitten in der Bahnhofshalle stehen. Sein Blick wiegt jetzt nicht eine, sondern hundert Wartestunden auf.

Wir küssen uns lange. Das machen wir auch wieder in der Unterführung, wo man uns fast umrennt, und auf dem Bahnsteig, wo wir endlich eine Ecke für uns finden. Ich kann überhaupt nicht genug davon kriegen. Habe ich wirklich vor ein paar Tagen an einem Tischchen in einer Eisdiele gedacht, ich zerfließe? Ganz falsch. *Jetzt* zerfließe ich! Jedes Mal, wenn wir uns umarmen.

Als der Zug einfährt, drückt Kai meine Hand. »Wenn ich mich nicht getraut hätte …!«, murmelt er.

»Aber warum solltest du dich nicht getraut haben?«, flüstere ich. »Warum?« Er zieht die Augenbrauen bis zum Haaransatz hinauf. »Weil ich dich beobachtet habe! Weil du anders bist als die anderen. Weil man dich nicht einfach anbaggern kann! Weil man mit einer Abfuhr rechnet!« Dann lässt er mich los und springt in den Zug. »Bis morgen, Madeleine!«

Ich schaue ihm nach und bleibe mit allen ungelösten

Rätseln zurück. Wieso bin ich anders? Wie anders? Und anders als wer? Habe nicht ausgerechnet ich die ganze Zeit sehnlichst darauf gewartet, angebaggert zu werden?

Von meiner Zwiespältigkeit, Marcels Gefühlen und Reginas Klaviertraum

In meiner Klasse war ich schon immer eher eine Außenseiterin. Eigentlich wollte nur Britta, die von derselben Grundschule kam wie ich, meine Freundin sein. Weil sie mich gut leiden kann, habe ich bisher gedacht.

Jetzt mag sie mich nicht mehr, und ich frage mich zum ersten Mal, ob ich nicht einfach nur nützlich für sie war. Denn anfangs waren ihr ja alle anderen fremd. Wir beide hatten denselben Schulweg, sie konnte von mir die Hausaufgaben haben, wenn sie Probleme damit hatte, und eingesagt habe ich ihr auch oft genug.

Aber andererseits – das kann es nicht nur gewesen sein. Britta ist schließlich auch zu mir nach Hause gekommen, obwohl man immer leise sein musste, weil meine Mutter übte oder sich ausruhte oder sich mental auf ein Konzert vorbereitete. Andere Mädchen, die einmal bei mir waren, fühlten sich total unbehaglich und rissen sich nicht darum, ein zweites Mal zu kommen.

Ich glaube, Britta hat mich wirklich gemocht. Und ich sie. Sie sah genauso aus, wie ich gern ausgesehen hätte, und sie war immer nett, aber nicht nur zu mir, sondern zu allen. Letzten Herbst, als ich beim Musical mitmachte und sie nicht, muss sich etwas zwischen uns geändert haben. Oder vielleicht schon vorher, im Sommer, als sie dauernd mit den anderen im Schwimmbad war? Und ich nicht mitgegangen bin, weil ich mir im Badeanzug zu dick vorgekommen bin? Dann wäre aber ich diejenige gewesen, die sich abgesondert hat!

Und wenn ich schon dabei bin: Ich habe Britta nicht gerade wie eine beste Freundin behandelt – sonst hätte ich ihr letztes Jahr doch wenigstens angedeutet, dass ich in Ulrich Falkenhauser verknallt war. Oder ich hätte ihr von der Affäre meiner Mutter erzählt und von meiner Angst, dass meine Eltern sich trennen könnten. Und ich hätte ihr verraten, dass es am Konservatorium einen gibt, von dessen Lächeln ich Herzklopfen kriege. Tatsächlich habe ich alles, was mir besonders wichtig war, immer schön für mich behalten.

Na, wunderbar. Ich darf es Britta und auch den anderen wahrscheinlich gar nicht übel nehmen, wenn sie mich für eingebildet halten. Aber was kann ich dagegen tun? Wenn ich jetzt plötzlich anfange, über meinen Freund zu reden, wird es doch nur schlimmer! Denn Kai ist ja keiner von der Schule, sondern ein Student vom Konservatorium, um den man mich garantiert beneidet. Ich kann machen, was ich will, es wird immer falsch sein.

Heute haben Kai und ich ausprobiert, ob er Klavier spielen, singen oder überhaupt arbeiten kann, wenn ich in seinem Übungszimmer sitze. Wie befürchtet, hat es nicht funktioniert, Kai konnte sich nicht konzentrieren.

Bevor man unkonzentriert übt, hat er gesagt, soll man es lieber gleich bleiben lassen, es bringt nichts, es schadet höchstens.

Und nun sagt er auf dem Weg zum Bahnhof, wie viel Arbeit er am Abend noch zu erledigen hat und dass alles besser wäre, wenn er ein Zimmer in der Stadt hätte und seine Zeit nicht in Zügen verplempern müsste. Dummerweise hat er die meiste Arbeit auf das Ende des Studienjahres gelegt – mehrere Scheine sind fällig, die er erst bekommt, wenn er hier eine Analyse und dort einen Kontrapunkt abgeliefert hat. Dazu hat er wegen des bevorstehenden Vortragsabends der Klasse Dorian *dreimal die Woche* Gesangsstunde. Außerdem gibt es Ärger zu Hause, weil er ein Zimmer sucht, das seine Eltern viel teurer kommen wird als die Monatskarte der Bahn.

Ich verkneife es mir, von meiner Schule oder von zu Hause zu erzählen. Das kann ich nachholen, wenn wir mal eine Menge Zeit haben. So wie die Dinge im Moment stehen, versuche ich lieber, aus jeder Minute Zärtlichkeit eine Ewigkeit zu schlagen.

Kai hat heute ein Lied geübt, in dem es um eine Rose, eine Lilie, eine Taube und die Sonne geht. Ein hektisches, heftiges Lied, über das wir beide in Lachen ausgebrochen sind – sein letzter Versuch übrigens, in meiner Anwesenheit zu arbeiten. Seitdem habe ich einen Kosenamen.

Bevor Kai in den Zug einsteigen muss, drückt er mich fest an sich und flüstert: »Sonnentaube … kommst du morgen um fünf? Gehen wir wieder zusammen zum Bahnhof?«

»Morgen nicht, morgen gehst du alleine«, sage ich so zum Spaß, während er sich rückwärtsgehend entfernt und dabei einen langen Arm kriegt, weil er mich noch nicht loslassen will.

»Dann Donnerstag?«, fragt er.

Ein gestresster Mensch drängt sich mit seinem Gepäck zwischen uns und knurrt etwas Unfreundliches. Als ich Kai wieder sehen kann, steht er schon auf den Stufen des Waggons.

»Bis übermorgen!«, ruft er mir zu und lacht. Es scheint ihm überhaupt nichts auszumachen, wenn wir uns morgen nicht sehen.

»Nein, Quatsch, halt!«, rufe ich.

»Donnerstag auch nicht?«, fragt Kai und zieht jetzt die Hand vom Türrahmen zurück.

»Doch, sicher! Sicher!«, rufe ich verstört. Was habe ich getan? Ich habe den Mittwoch verschenkt!

Die Tür ist zu. Der Zug fährt an und entfernt sich schnell. Ich stehe belämmert da. Den ganzen Tag nichts anderes im Kopf gehabt als Kai, und jetzt ist er weg …

Ein paar Typen missverstehen meinen orientierungslosen Blick und umkreisen mich. Ich blitze sie wütend an. Dann schlage ich einen Haken und laufe zur Unterführung.

»Zicke!«, schimpfen sie hinter mir her.

Es war ein Irrtum, ein Versehen, ich kann ihn ja trotzdem abholen! Während mich diese Erkenntnis erleichtert, verspüre ich aber einen kleinen, perversen Wunsch, es doch nicht zu tun. Warum bin ich eigentlich so komisch? So zwiespältig? Warum ist meine

Laune plötzlich gekippt? Den verschenkten Mittwoch kann ich doch rückgängig machen!

Die Leute haben es eilig, heimzukommen. Sie schleppen Taschen, Büromappen und Einkaufstüten zu ihren Bahnsteigen. Sie konsultieren die Uhr, sie beschleunigen, sie haben ein Ziel. Nur ich schlurfe mit den Händen in den Taschen dahin und lasse den Kopf hängen. Die Worte der Ballade kommen mir in den Sinn und ich singe sie mit sparsamsten Lippenbewegungen ganz leise vor mich hin. Das ist keine Haltung, in der man singt, sondern eine, in der man verwirrt oder traurig ist, würde Frau Dorian sagen. Sie hat recht.

Ich möchte so gern mehr sein als nur das letzte halbe Stündchen auf Kais Tagesplan!

Regina spürt mich in der Pause auf oder vielleicht auch ich sie, weil ich ja Britta nicht mehr habe. Sie bittet mich, das Webber-Album zur Gesangsstunde mitzubringen. Und ob wir uns vielleicht vor meinem Unterricht ein freies Zimmer suchen wollen? Seit Regina weiß, wie viele Klaviere im Konservatorium stehen, würde sie am liebsten dort einziehen.

»Können wir machen«, sage ich. »Kommt Marcel wieder mit?«

Regina sieht mich von der Seite an. »Nein, das glaube ich eigentlich nicht«, sagt sie mit merkwürdig flacher Stimme.

»Oh?« Ich versuche, aus ihrem Blick schlau zu werden. Die beiden müssen sich gestritten haben, denn Marcel schaut immer weg, wenn Regina und ich ihm begegnen. Auch ich kriege keine Chance, ihm zuzulächeln.

»Wundert dich das?«, will Regina wissen.

»Wundert mich was?«, frage ich verdutzt zurück.

»Dass Marcel nicht mehr mitkommt!«

»Nein ... ich weiß nicht. Ihr hattet Zoff, oder?«

»Was?« Regina bleibt stehen. »Warum sollten wir?« Wie angewurzelt steht sie da. »Du denkst ...!«

»Was ist denn los?«, frage ich unbehaglich.

»Madeleine! Du hast nichts gemerkt? Du hast gar nicht kapiert, dass Marcel ...? Ach, du meine Güte!« Regina faltet die Hände vor dem Gesicht. »Du hast gedacht, Marcel und ich ...!«

»Ja, eigentlich schon!«, sage ich pikiert.

»Nein, tut mir leid, Fehlanzeige.« Sie lässt die Hände fallen und lacht auf. »Wir sind Freunde, wir reden miteinander, weil wir zufällig in derselben Klasse sind und auch noch den gleichen Schulweg haben – hast du das nicht gewusst?«

»Das mit dem Schulweg nicht.«

»Marcel wohnt genau neben mir! – Aber es geht ja nicht um mich, sondern um dich. *Du* hältst doch Händchen mit einem vom Konservatorium. Marcel ist aus allen Wolken gefallen, als er das gesehen hat. Weil ... er hat sich doch schon monatelang Hoffnungen gemacht. Du und er, hat er gedacht, das könnte was werden. Nur hat er sich bisher nicht getraut und fast hätte ich mich auch noch eingemischt.«

Mir laufen seltsame Schauer über die Haut. »Regina, machst du blöde Witze?«

Regina verzieht das Gesicht wie bei Zahnweh. Sie schüttelt langsam den Kopf. »Ich mache keine Witze, über so was doch nicht. Aber ich hätt's dir vielleicht nicht erzählen sollen. Lass dir bloß nichts anmerken. Wenn Marcel mitkriegt, dass ich gequatscht habe!«

Der Lärm des Pausenhofs, den ich vorübergehend nicht wahrgenommen habe, dringt jetzt wieder an meine Ohren, während mir die Neuigkeit allmählich in voller Bedeutung aufgeht. Nicht Britta, nicht Regina, sondern *ich*. Das ist ein Schock. Ich suche Marcel mit den Augen und treffe zufällig auf einen verstohlenen Blick von ihm. In größter Verlegenheit bücke ich mich und zupfe an meiner aufgekrempelten Hose herum, damit mir die Haare ins Gesicht fallen können, die ich danach wieder nach hinten streichen muss.

Marcel ist wegen mir zum Konservatorium gelatscht, ohne Unterricht zu haben. Und Regina hat es gewusst. Und ich hab mir zur selben Zeit den Kopf darüber zerbrochen, wie ich Britta beibringen soll, dass er mit Regina geht!

Ein Gedanke durchzuckt mich: Wenn Marcel meine Hand genommen hätte, wie Kai ... Wenn er mitten in unserem Austausch von Übungserfahrungen ... Undenkbar, weil wir doch Freunde sind. Wenn er das getan hätte, dann hätte er ja riskiert, dass ich ihn verblüfft anstarre und sage: *Was machst du da, Marcel?* Dass ich vielleicht meine Hand nicht sofort wegziehe, mir aber ständig überlege, wie ich ihm schonend beibringe, dass es ein Irrtum ist. Peinlich, peinlich. Jetzt weiß ich plötzlich, was Kai mit Mut gemeint hat.

Regina beobachtet mich und will etwas fragen. Aber sie verkneift es sich doch lieber. Und ich bringe es im Moment auch nicht fertig, ihr von Kai zu erzählen.

Wir sitzen auf dem niedrigen Sockel der modernen

Kunst, Regina und ich, und schauen uns mein Webber-Album an. Ein Klavierzimmer haben wir leider nicht gekriegt, alle Räume sind besetzt. Eigentlich dürfen wir sowieso nicht im Konservatorium üben, und jeder Student hat das Recht, uns rauszuwerfen.

»Ich würde furchtbar gern Klavier lernen«, seufzt Regina. Sie betrachtet die überschaubaren Noten der Ballade, die meine Mutter mit so viel Hingabe gespielt hat.

»Wäre nicht schlecht«, sage ich. »Wenn man später mal Gesang studieren will, braucht man Klavier. Kai Schilling studiert Gesang, er hat jetzt gerade Klavierstunde. Aber nicht bei meinem Vater. Mein Vater unterrichtet nur Hauptfächler, also, ich meine Studenten, die Klavier als Hauptfach belegen, die zukünftigen Pianisten.«

»Kai Schilling?«, unterbricht Regina endlich meinen Redefluss. Wie lange braucht sie eigentlich, um einen Namen mitzukriegen?

»Mhm«, nicke ich. Die Wärme steigt mir ins Gesicht. Ich erzähle Regina mit aufgestütztem Kopf und in die Ferne schweifendem Blick – das, was man eben so erzählt, die dürren Fakten. Kai, wie gesagt. Stimmlage Bariton. Kriegt kleine Jobs im Theaterchor, wenn mal ein Namenloser in der Menge einen Satz allein zu singen hat. Lebt irgendwo auf dem Land. Sucht ein Zimmer, in einer WG vielleicht, aber im Mai gibt es keine freien Studentenbuden, erst wieder im Herbst.

Ich quassle zielgenau am Thema vorbei. Das Thema wäre, wie schrecklich verknallt ich in ihn bin und wie ich schon ein Flattern kriege, wenn ich nur seinen Namen ausspreche.

»Wie sieht er aus?«, will Regina wissen.

»Gut! Oh – du hast ihn doch gesehen, bei Frau Dorian!«

Regina überlegt. »Richtig, da ist einer reingekommen. Aber ich hab nicht auf ihn geachtet, mir ist nichts aufgefallen.«

»Du musst ihn singen hören!«, begeistere ich mich. »Du wirst ihn singen hören, demnächst ist ein Vortragsabend.«

Regina nickt. Dann will sie wissen, wie alt Kai ist.

Ich kann es ihr nicht genau sagen, weil ich ihn noch nicht gefragt habe. »Zwanzig oder einundzwanzig. Vielleicht sogar schon zweiundzwanzig. Er hat Abitur …« Das weiß ich, weil er seine Facharbeit fürs Abitur in Musik gemacht hat, über die Schumannlieder, die er zurzeit studiert.

Regina schaut mich groß an. »Oje«, sagt sie.

»Was?«, wundere ich mich.

»Ach, ich denke nur an Marcel«, sagt sie. »Der Ärmste hatte ja gar keine Chance! Bei einem Vergleich, meine ich.«

»Nein!«, rufe ich. »So ist das nicht! Regina, ich hab doch keine Wahl getroffen! Ich hab doch überhaupt nicht gewusst, dass Marcel …«

»Ja, richtig.« Regina nickt. Dann dreht sie den Kopf weg und schaut mit halb zugekniffenen Augen die Straße hinunter, wo gar nichts Besonderes zu sehen ist. Die Autos fahren rechts und links an unserer Verkehrsinsel vorbei, wie vorher auch schon.

Ich beiße mir auf die Lippe. Ich weiß nicht, was Regina plötzlich hat. Irgendwas nimmt sie mir übel.

Vielleicht das, was mir auch die Klasse übel nehmen würde, sobald ich Kai erwähne?

»Es ist sowieso alles ganz verworren«, murmle ich. »Mein Vater weiß noch gar nichts von Kai, meine Mutter ahnt etwas und wartet jeden Tag darauf, dass ich auspacke, Britta ist total sauer, und Kai, der hat nie Zeit!« Meine Stimme wird immer heller und lauter. »Wenn seine Stunde heute aus ist, darf ich wahrscheinlich mit ihm zum Bahnhof gehen und das ist schon alles. Dabei kann ich nicht mehr schlafen und nichts mehr essen und ich singe *Balladen!*«

Ich habe einen Kloß im Hals. Im Notenbuch auf unseren Knien sehe ich mein Lied und das *love* in der ersten Zeile ist beim Singen wie ein Schluchzer. Und wenn Regina m meinen Kopf gucken könnte, wüsste sie, was mir in Wirklichkeit so zusetzt: Kai lacht unbeschwert, wenn ich sage, ich kann morgen nicht; er ist damit zufrieden, wenn ich irgendwann wiederkomme; er begnügt sich mit der Aussicht auf einen Spaziergang vom Konservatorium zum Bahnhof, und seit wir zusammen sind, ist für ihn alles andere – sein Studium, die Leute, die er trifft, der Vortragsabend, seine Familie – noch genauso wichtig wie zuvor. Während ich praktisch nur noch für das halbe Stündchen Zusammensein mit ihm lebe. Und das bilde ich mir bestimmt nicht ein.

Heute überzieht Frau Dorian nicht, sondern beendet meine Stunde genau zur festgesetzten Zeit. Im Anschluss soll eine Programmbesprechung mit den Leuten stattfinden, sagt sie, die beim Klassenabend singen werden. Bei weitem nicht alle werden singen, sondern genau fünf Leute, nämlich die besten, das weiß ich bereits.

Mit Kai kommen auch die anderen herein. Was bedeutet, dass sein Unterricht, der eigentlich jetzt wäre, verlegt worden ist.

Ich kriege es gleich bestätigt, als Frau Dorian über die Köpfe hinweg ruft: »Ach, Kai – wenn du im Anschluss noch ein halbes Stündchen Zeit hast …?«

Na, wunderbar. Nun kann ich also die Bahnhofsminuten auch noch abschreiben.

»Wartest du trotzdem auf mich?«, flüstert Kai mir zu.

Was bleibt mir schon anderes übrig? Ich nicke und packe meine Noten ein. »Ich suche mir ein Zimmer.«

Regina und ich sind schneller draußen, als ich gedacht habe, und mein kurzer Dialog mit Kai war genauso karg, wie ich mich jetzt fühle. Nicht einmal singen durfte ich ihn hören.

»Siehst du nun, wie es läuft?«, grummle ich.

»Nicht auf Anhieb«, meint Regina und lässt es sich erklären. Danach bleibt sie bei mir, aus Mitgefühl. Und aus Liebe zum Klavier. Wir ergattern ein freies Zimmer, wo sie sich auf den Hocker setzt und glücklich Töne sucht.

Ich beobachte sie und mir kommt ein abartiger Gedanke: Ist man vielleicht besser dran, wenn man *nicht* verliebt ist? Wieso sollte man sich dann überhaupt verlieben wollen?

Wieder so ein Rätsel! Wäre es nicht lohnender, sich in ein Klavier zu verlieben? Ein Klavier gibt einem genauso viel zurück, wie man investiert hat: Es hält sich an die Regeln, es steht da und wartet, bis man kommt, es hat keine eigenen Pläne und springt in keinen verfluchten Zug.

Und ist Klavierspielen und Sich-begleiten-Können nicht sowieso etwas Phänomenales? Sollte ich vielleicht noch einmal mit Klavier anfangen und diesmal richtig? Ich brauche es ja sowieso, wenn ich Gesang studiere, warum also nicht gleich? Da meine Mutter zurzeit wenig übt, könnte ich oft genug an den Flügel. Ganz abgesehen vom Klavier, das bei uns noch im Keller steht.

Das ist es!

»Regina«, sage ich, ohne auch nur eine Sekunde an weiteres Nachdenken zu verschwenden, »wir haben ein Klavier im Keller, das man nur stimmen lassen muss. Außerdem könnte ich meine Oma fragen, ob sie uns beide unterrichtet.«

»Uns beide?«, fragt Regina und wird ganz blass.

»Ja. Meine Oma hat mir früher schon mal Unterricht gegeben. Sie war ziemlich geknickt, als ich nicht mehr wollte. Bestimmt nimmt sie mich mit offenen Armen auf. Und dich dazu, denn wegen dir will ich jetzt wieder spielen!«

Regina versucht sich anzulehnen. Auf einer Klavierbank geht das aber nicht. Sie fällt nach hinten, fängt sich und tritt mit Wucht gegen das Klavier. »Ohhh … Mist! Erfindest du das, Madeleine?«

»Nein.«

»Dann lass mich mal meine Mutter fragen.«

»Du hast mich nicht verstanden, Regina. Es wäre natürlich ohne Bezahlung – meine Oma nimmt doch kein Geld von uns!«

Regina holt ganz vorsichtig Luft. »Ach.«

»Ich rede noch heute mit ihr und sag dir morgen in der Pause Bescheid.«

Glückwunsch für mich, jetzt kann ich nicht mehr zurück, auch wenn ich es wollte. Ich habe mich für Klavier entschieden.

Um sechs taucht die Putzfrau in unserem Übungszimmer auf. »Unten wird gerade abgeschlossen«, raunzt sie uns an.

Wir machen uns schnell auf die Socken. Ich schiebe Regina zur Tür hinaus und erzähle dem Hausmeister, ich selbst müsse noch auf Frau Dorian warten. Dann laufe ich zurück und setze mich vor der schallgedämpften Tür auf den Boden. Das Herzweh, das mir Regina zu vertreiben geholfen hat, naht wieder. Ich spüre es kommen und tue nichts dagegen. Was soll's? Mir geht's wunderbar – wenn Kai und ich zum Bahnhof rennen müssen, dann rennen wir wenigstens Hand in Hand. Es ist mehr, als ich mir vor Kurzem noch hätte träumen lassen. Man muss auch mit wenig zufrieden sein und sich nicht das Wenige kaputt machen.

Und außerdem kann man einen Menschen nicht mit einem Klavier vergleichen.

Von der Sorge meines Vaters

Als ich heimkomme, wollen meine Eltern wieder mal mit mir reden. Meine Mutter wüsste gern, wann ich eigentlich noch meine Hausaufgaben mache. Die wahre Frage, was genau mich von den Hausaufgaben abhält, verkneift sie sich.

Und mein Vater hat ein besonderes Anliegen: Er möchte, dass ich die Kieler Großeltern über Mamas Schwangerschaft informiere. Ich könne das am besten, denn ich sei die Einzige, die noch ein Verhältnis zu ihnen habe. Sie seien Mamas Eltern und hätten ein Recht darauf, zu erfahren, was los ist. Auch wenn die Kieler Oma verschnupft sei und nicht mehr mit Mama rede. Seit Dezember nicht mehr, ich wisse es ja. Seit man sie im Hotel nicht zu Mama gelassen hat, obwohl sie extra von Kiel nach Hamburg zum Konzert gekommen war.

Das alles prasselt auf mich ein, während ich doch nur in mein Zimmer will, um mir ein bestimmtes Gesicht anzusehen. Meines nämlich, das Kai am Bahnhof geküsst hat. Ich spüre noch ganz genau, wo überall. Jetzt will ich da hinfassen und sehen, was Kai gesehen hat, und mich erinnern, was ich gesehen habe.

»Muss es sofort sein?«, maule ich. *Lieb Liebchen* hat er mich heute genannt, wieder nach einem Lied, das er gerade übt. Und er wird jetzt mit Nachdruck ein Zimmer suchen, damit ihm mehr Zeit bleibt und wir uns auch mal am Wochenende sehen können, nur ist es eben furchtbar schwer, ein Zimmer zu kriegen.

Meine Mutter holt Luft, schaut mich an, als hätte ich sie geprügelt, und dreht sich wortlos um.

»Mama …«

Aber sie geht ins Musikzimmer und schließt die Tür. Mein Vater ist eine einzige, lebensgroße Anklage.

Das ist mir zu viel. Ich mache eine rasche Bewegung auf mein Zimmer zu. Sie sollen mich mit ihren Problemen zufrieden lassen. Bin ich etwa daran schuld?

Aber mein Vater hat mich schon am Arm, und das kräftig. Wutentbrannt reiße ich mich los, auch wenn es jetzt bereits egal ist. Der Zauber ist weg, mein Gesicht ist nicht mehr dasselbe wie gerade noch.

»Darf ich vielleicht zuerst ins Bad?«, fauche ich.

Da macht mein Vater etwas Überraschendes. Er sieht sich verstohlen um und bittet mich mit unterdrückter Stimme, ich möchte mich beeilen, er würde gerne mit mir reden, und zwar am besten in meinem Zimmer. Etwas muss passiert sein.

»Ich kann auch später ins Bad.« Verwirrt gehe ich ihm voran und halte ihm die Tür auf. Er schließt sie sorgfältig hinter sich.

»Ich mache mir Sorgen um Mama«, flüstert er, ohne sich zu setzen. »Merkst du auch, wie sie sich verändert? Sie mag den Sciancalepore nicht mehr …«

»Der ist ja auch grässlich!«

»Schsch! Diese Musik verstehst du noch nicht. Es ist ihre große Chance, über die sie sich riesig gefreut hat! Redet sie mit dir darüber?«

»Nein«, sage ich verwundert. Und dann füge ich nachdenklich hinzu: »Aber es stimmt, dass sie am Nachmittag nicht mehr übt. Am Vormittag weiß ich es natürlich nicht …«

»Hast du sie am Wochenende gehört?«

»Nein.«

»Siehst du!« Jetzt lässt sich mein Vater in den Sessel fallen. »Es ist zum Verzweifeln! Die einzige Erklärung, die sie mir gibt, ist, dass die Dissonanzen für das Baby nicht gut seien – hast du so was schon gehört? Ich glaube aber, sie verliert den Mut. Sie hat Angst, dass sie es nicht mehr schafft, wenn das Kind erst da ist. Dabei könnte sie jetzt alle Stücke einüben, und wenn sie im Oktober ins Studio muss, sind wir beide doch für das Baby da, nicht wahr?«

Er sieht mich beschwörend an. »Madeleine, ich will nicht, dass Mama einen Karriereknick hat und ihn der Familie zur Last legt! Sie ist sehr ehrgeizig, und auch wenn sie den Vorwurf nie aussprechen würde – ich wüsste, er wäre da.«

»Puh!« Ich setze mich wie erschlagen aufs Bett.

»Das«, sagt mein Vater leise, »ist meine schleichende Sorge. Ich habe jetzt vielleicht ein bisschen dramatisiert, damit du begreifst, was ich meine …«

»Ich bin nicht blöd, Papa.«

»Natürlich nicht.« Er streckt begütigend die Hand aus. »Und nun kam mir der Gedanke, dass das feindselige Schweigen ihrer Eltern … dass das Schweigen deiner Kieler Großeltern Mama zusätzlich belastet. Da können wir doch sofort etwas tun, oder?«

»*Ich*, meinst du, *ich* kann was tun.«

»Ja, du. Ich bitte dich darum. Du hast einen guten Draht nach Kiel, ich hatte den noch nie. Ich wusste doch nicht, dass ich ihn mal brauchen würde. Ich habe vorhin extra vor den Ohren deiner Mutter davon angefangen, denn wir wollen nichts hinter ihrem Rücken tun. Aber vielleicht kannst du beim Telefonieren ein bisschen klug vorgehen. Ich meine, du darfst mit Oma schon eindringlich reden. Ich will, dass sie anruft oder schreibt und jedenfalls nett zu Alicia ist. Sie soll ihr sagen, dass auch sie sich auf das Baby freut und dass sie kommt, sobald es ihr möglich ist. Und dann soll sie sich nach Mamas Arbeit erkundigen und ihr Mut machen …«

»Papa!«, stöhne ich. »Das ist zu viel, das kann ich mir nicht merken!«

»Mach dir vorher ein paar Notizen«, rät mir mein Vater. »Und jetzt wärme ich dir dein Essen auf, damit Mama denkt, ich wäre die ganze Zeit über in der Küche gewesen.«

Als mein Vater draußen ist, stehe ich auf. Aber ich suche nicht mehr vor dem Spiegel nach den Spuren von Küssen, im Moment gibt es andere Prioritäten.

Wenn ich im letzten halben Jahr mit der Kieler Oma telefoniert habe, hat sie es verstanden, meine Mutter in dem Gespräch auszusparen und fast ausschließlich von meinen Gesangsstunden zu reden. Wie sie schon meine Mutter musikalisch gefördert hat, so würde sie wahrscheinlich auch mich fördern, wenn nicht die ganze Republik zwischen uns läge. Und sie konnte überhaupt nicht begreifen, warum ich mit Klavier aufgehört habe. Ich werde das mit den Klavierstunden sofort regeln, dann habe ich eine gute Nachricht für sie. Eine gute Nachricht ist ein feiner Starter. Alles, was ich danach noch brauche, ist eine Überleitung zum Thema Schwangerschaft … Zuerst also die Klavierstunden. Neben Regina und meinen beiden Omas kann ich damit vielleicht sogar meine Mutter glücklich machen, falls es wirklich eine Depression ist, was sie hat. Und wenn ich schon beim Beglücken bin, könnte ich ihr auch ihre ungestellte Frage beantworten und meine ruppige Antwort von vorhin wiedergutmachen.

Ich laufe in die Küche und raune meinem Vater zu:

»Ich will kein Essen! Wenn du mich jetzt mit Mama ein wenig allein lässt, telefoniere ich anschließend mit Kiel.«

Mein Vater nickt mir dankbar zu. Als ich zurückschaue, scheuert er hingebungsvoll das Gewürzbord.

Von meiner Mutter sehe ich im Musikzimmer nur den Hinterkopf. Auf Zehenspitzen gehe ich um ihren Sessel herum. Sie hat beide Hände auf ihrem Bauch liegen und schaut sich durch die transparenten Terrassenvorhänge den Himmel hinter den Nachbarhäusern an. Ich setze mich vor ihr auf den Boden. Der dünne Vorhangstoff kitzelt mich an den Haaren.

Meine Mutter scheint vergessen zu haben, wie patzig ich war. Sie sagt träumerisch: »Das Abendrot ist heute wunderschön …«

Ich warte, ob noch etwas kommt. Als das nicht der Fall ist, räuspere ich mich. »Du, Mama?«

Es dauert noch ein paar Sekunden, dann lässt sie den Himmel endlich Himmel sein und sieht mich an. »Ja, Madeleine?«

»Mama, was hältst du davon, wenn ich mir von Oma wieder Klavierstunden geben lasse? Diesmal richtig?«

»Du hörst dich sehr entschlossen an«, sagt sie aufmerksam.

»Ich bin's auch. Und außerdem wollte ich fragen, ob ich Oma bitten kann, dass sie Regina auch unterrichtet. Regina hat nämlich kein Geld …«

Meine Mutter lässt es sich durch den Kopf gehen. »Das dürfte kein Problem sein«, meint sie. »Oma wird es gern tun. Sie hat ja ihre Arbeit an der Musikschule reduziert. Für dich würde sie, wenn nötig, bestimmt einen weiteren Schüler abgeben. Fragen musst du sie natürlich selbst ...«

»Logisch. Ich wollte nur mal hören, was du davon hältst. Und, Mama ...« Anlauf und los: »Du hast es ja schon mitgekriegt ...«

»Was?«, fragt sie lächelnd.

»Nun ja, nun, ah – dass ich einen Freund habe.« Es ist noch verflucht ungewohnt, so etwas auszusprechen.

Meine Mutter nickt. Sie lehnt sich zurück, noch immer lächelnd. »Ich hab's nicht weitergesagt.«

»Ja, ist mir klar, ich hätte es Papa angemerkt. Aber du kannst es ihm sagen, wenn du willst. Er ist ein Schüler von Frau Dorian.«

»Das freut mich«, sagt sie schnell. »Ein Sänger! – Kennt Papa ihn?«

»Wahrscheinlich nicht. Denn Kai hat Klavier nur als Nebenfach. Kai Schilling.«

»Kai ...«, wiederholt meine Mutter nachdenklich. In ihrem Kopf scheint etwas abzulaufen. Aber sie sagt mir nicht, was. Wäre es vielleicht möglich, dass sie sich plötzlich an den Jungen erinnert, von dem mir die Kieler Oma erzählt hat, an ihren ersten Freund? Damals war sie ja genauso alt wie ich. Ob sie seinen Namen überhaupt noch weiß?

Dieser Gedanke jagt mir einen Schrecken ein. Ich werde Kais Namen doch niemals vergessen?

»Mama, weißt du zufällig noch den Namen von deinem ersten Freund?«, frage ich schnell.

Meine Mutter lacht leise. »Natürlich.«

»Gott sei Dank!« Mir fällt ein Stein vom Herzen.

»Gott sei Dank? Warum denn?«

»Das … das ist nicht so wichtig.« Ich stehe auf. »So, jetzt kannst du wieder dein Abendrot genießen, Mama.«

»Madeleine, warte – was macht eigentlich dein Vater?«

»Er kratzt die Scheuermilch vom Gewürzregal.«

»Was? Wie ist die denn da hingekommen?«

»Er muss sie drübergegossen haben.« Ich gehe zur Tür.

»Madeleine?« Meine Mutter steht auch auf. Der Himmel hinter ihr hat nun eine Pastellfarbe, die bald vergangen sein wird. »Wegen der Klavierstunden. Soll ich dich vielleicht unterrichten? Ich würde es gern tun.«

Ich stehe da wie ein Standbild und fühle die Türklinke in meiner Hand. Habe ich mich verhört? Meine Mutter hat noch nie Unterricht gegeben!

»Aber Regina und ich sind Anfänger, Mama!«

»Du bist meine Tochter«, antwortet sie darauf.

Ich weiß überhaupt nicht, was ich sagen soll. Wenn ich jetzt zu ihr zurückgehe, stehen wir uns feierlich im Zwielicht gegenüber. Meine Mutter wartet schon darauf. Ich mache aber nur zwei Schritte und schüttle dann den Kopf. »Meinst du wirklich? Aber … vielleicht lieber später. Lass mich doch bei Oma anfangen, ich würde dich zur Verzweiflung bringen. Und Regina erst!«

Meine Mutter denkt darüber nach. Sie lacht ein wenig. »Regina war noch nie hier, oder? Wann bringst du sie mal mit?«, fragt sie.

Ich zucke die Achseln. »Du wirst sie bald jeden Tag sehen, denn sie hat kein Klavier. Sie muss bei uns im Keller üben und ich natürlich auch.«

»Oje. Das ist allerdings schlimm«, sagt meine Mutter heiter.

»Mit Sciancalepore fegst du uns weg wie nichts.«

Das Lächeln weicht ihr von den Lippen. Sie dreht sich zum Fenster um. »Wir bestellen einen Handwerker und lassen den Keller bedämpfen, das geht«, sagt sie mit abgewandtem Gesicht.

»Und Sciancalepore?«, frage ich.

Meine Mutter bewegt sich nicht. »Ich verschiebe das Projekt«, murmelt sie.

»Auf wann?«

»Ich … weiß nicht.«

Die Befürchtungen meines Vaters sind also wahr.

»Aber Sciancalepore findet dann eine andere Pianistin oder einen Pianisten!«, sage ich erschrocken.

»Ja«, sagt meine Mutter leise und fast gleichgültig. »Damit hat er bereits gedroht.«

»Aber Mama!«

Meine Mutter schlingt die Arme um sich selbst und flüstert: »Ich kann jetzt nicht, ich kann jetzt nicht, ich kann wirklich nicht!«

Hilflos stehe ich hinter ihr. »Mama!«

»Madeleine, gebt mir Zeit, gebt mir doch Zeit – ich bekomme ein Baby!«

Mein Vater kommt aus der Küche herübergelaufen, er muss gelauscht haben, und nimmt meine Mutter in die Arme. Ich gehe leise hinaus.

Man hat mir gesagt, dass meine Mutter während ihrer ersten Schwangerschaft hochinspiriert gewesen sei. Sie habe praktisch Tag und Nacht gespielt, aus Freude und weil sie mich schon in ihrem Bauch mit ihrer geliebten Musik vertraut machen wollte. Damals war sie zweiundzwanzig, ihre Karriere hatte gerade begonnen und von einem anschließenden Knick weiß ich nichts. Was ist los mit ihr – ist es das Alter?

Ich werfe mich in meinen Sessel und grüble. Meine Mutter tut mir wahnsinnig leid. Es muss für sie eine irre Belastung sein, ein Baby zu kriegen. Ich will ihr, sobald es mal da ist, wirklich helfen, wo ich nur kann. Speichelfäden abwischen und was sonst zu tun ist. Wenn sie's nur schon überstanden hätte. Ob sie Angst vor der Entbindung hat?

Bevor ich mich jetzt noch selber verrückt mache, erledige ich lieber meine Telefonate.

Von meinem Alltag und der Melancholie meiner Mutter

Langsam ahne ich, dass ein Decodierprogramm für so etwas Verzwicktes wie das Verhalten meiner Mutter erst erfunden werden muss. Ich habe mein Bestes getan.

Die Kieler Oma schickte gleich nach meinem Anruf einen freundlichen Brief, dem Opa in seiner kargen Art ein paar Zeilen hinzugefügt hatte. Aber bei meiner Mutter ist dadurch leider nichts anders geworden: Wenn ich sie Klavier spielen höre, dann immer nur die alten Sachen. Mein Vater hatte ein Gespräch mit Matteo Sciancalepore, in dem er ihn um Geduld gebeten hat; wegen ihrer Schwangerschaft sei meine Mutter etwas durcheinander, aber hinterher würde sie sicher die Arbeit mit Freude wieder aufnehmen. Den Studiotermin allerdings werde man wohl verschieben müssen.

Sciancalepores Antwort war nicht endgültig, und ich weiß, dass mein Vater vor seiner Entscheidung Angst hat.

Meine Eltern gehen jetzt häufig aus oder fahren aufs Land, wo sie stundenlang wandern. Wie mir scheint, handelt es sich dabei um liebevolle Initiativen meines Vaters. Er spricht von der wunderbaren Mailuft, der verschwenderischen Blütenpracht, der üppigen Natur, dem erwachenden Leben überall. Vokabeln, die er möglicherweise einem Ratgeber gegen Depressionen entnommen hat.

Die Spaziergänge tun meiner Mutter bestimmt gut, aber auf die ermunternden Worte meines Vaters sehe ich sie genervt oder melancholisch reagieren. Zwei Tage war sie bei ihrer Freundin Isabelle, kehrte aber nicht heiterer zurück.

Das Baby kommt mir allmählich wie ein Parasit vor, der an ihr frisst und sie aushöhlt – eine grausige Vorstellung, total abartig. Aber kann ich etwas für meine Gedanken? Wenn ich mal viel Mut habe, werde ich mit Regina darüber sprechen. Ich hätte nichts gegen die erleichternde Auskunft, dass Regina während der Schwangerschaft ihrer Mutter ähnliche Sachen gedacht hat.

Wenigstens habe ich mich in meiner Oma nicht getäuscht. Sie hat Regina und mir gleich die erste Klavierstunde verpasst. Unser Klavier im Keller wurde gestimmt, und mein Vater hat Dämmplatten angebracht, damit meine Mutter oben ungestört üben oder Musik hören oder lesen kann. Sogar eine Spezialtür wollte er anschaffen, aber das fand meine Mutter nun doch übertrieben.

Oma gibt uns Etüden und Tonleitern zu üben auf. Ich habe mir noch zusätzlich etwas beigebracht: die Klavierstimme von *I don't know how to love him*. Damit ich mich selbst begleiten kann und meiner Mutter nicht erklären muss, warum ich dieses Lied gern fünfzig Mal hintereinander singe. Ich habe noch keinen Gehörschaden davon und meine Gefühle für Kai blühen beim Singen richtig auf. Das ist manchmal schöner, als ihn vom Konservatorium abzuholen, wenn er nicht allein ist und wenn ich nicht weiß, ob uns wenigstens am Bahnhof noch ein paar Minuten füreinander bleiben. Neun Mal haben wir uns jetzt schon getroffen, aber immer viel zu kurz. Dabei konnte es auch noch passieren, dass er in der wenigen Zeit über sein bevorstehendes Konzert oder den Kontrapunkt in einer Bachfuge geredet hat. Wenn ich meine Schule so wichtig nehmen würde wie Kai sein Studium!

Ausgerechnet in Musik habe ich jetzt beim Abfragen die schlechtestmögliche Note kassiert. Dieser öde Referendar hat mich erstens blank erwischt, weil ich nichts gelernt habe, und zweitens ging er mir so auf den Keks, dass ich ihm auch das verschwieg, was ich wusste. Er zückte seinen Stift und gab mir korrekt eine Sechs.

In Brittas Augen lag Mitgefühl, wie früher, aber dann hat sie schnell weggeguckt. Wenn wir beide miteinander reden, merkt niemand, dass wir einmal beste Freundinnen waren. Ich habe ein paar Anläufe gemacht, um das dumme Missverständnis aufzuklären, aber was ich zu sagen versuchte, kam mir selber schon wie Lüge und Ausrede vor, und das deshalb, weil Britta mir sowieso nicht glaubt. Ich könnte ihr höchstens noch einen langen Brief schreiben. Aber dann stelle ich mir immer vor, wie sie ihn mit Franziska, Nina und Denise zusammen liest.

Britta muss übrigens von Kai geschwatzt haben, denn zufällig habe ich eine Unterhaltung im Toilettenvorraum aufgeschnappt: »... Freund am Konservatorium. Ein Tenor oder so, der peinliche Lieder durchs ganze Haus blökt ...« Die Mädchen verstummten, als sie mich sahen. Ich tat, als hätte ich nichts gehört, und ging mit rotem Kopf in eine Kabine.

Sie können es nur von Britta erfahren haben, Marcel oder Regina waren es sicher nicht. Marcel würde sich wahrscheinlich eher die Zunge abbeißen, als auch nur Kais Existenz zu erwähnen. Neuerdings fragt er häufig Regina etwas, wenn sie in der Pause bei mir steht, Sachen über die Schule, und während er mit ihr redet, sieht er mich merkwürdig lauernd an. Eine komische Art, mit Gefühlen fertig zu werden. Ich tu so, als würde ich nichts merken, weil ich ja von seinen Gefühlen gar nichts wissen darf. Ich mache auf harmlos und hoffe, in Marcel bald wieder meinen alten Kumpel zurückzuhaben. Es reicht schon, dass ich Brittas Freundschaft verloren habe, das ist schlimm genug; wenn ich auch noch Marcel abschreiben darf, werde ich am Ende melancholisch wie meine Mutter.

Britta scheint meine Freundschaft nicht zu vermissen. Sie ist jetzt viel mit SMS-Botschaften beschäftigt, nachdem sie ihren Eltern endlich ein Handy abgetrotzt hat. Ihre Methode war einen Tag lang Gesprächsstoff in der Klasse: Sie und Nina, hat Britta zu Hause erzählt, seien von brutalen Gestalten verfolgt worden. Sie hätten sich nur dank Notruf über Ninas Handy retten können. Eine gute Geschichte – jetzt haben auch die Letzten in der Klasse Handys.

Ich habe keine Geschichte nötig, um ein Handy zu kriegen. Mein Vater will mich dauernd zu einem Handy überreden, damit er mich immer und überall erreichen kann – vielleicht um telefonisch einzugreifen, wenn ich mit Kai zusammen bin. Er weiß inzwischen von meiner Mutter, dass ich einen Freund habe, und seinem besorgten Blick nach kann mir bei Kai Schreckliches passieren. Die Gelassenheit meiner Mutter in dieser Sache ist ihm leider völlig fremd.

Von einem ganz besonderen Tag mit Kai

Heute ist nichts wie sonst: Kai hat für mich Musikgeschichte geschwänzt!

Es ist der erste wirklich heiße Frühlingstag in diesem Jahr und wir spazieren zum Fluss. Kai schwingt meine Hand. Er sagt, dass er sich einmal Blaumachen leisten kann und dass Judith für ihn mitschreiben wird. Allerdings denkt Judith, er sitze jetzt im Zug und sei auf dem Weg nach Hause. Einen Augenblick später erzählt er mir, er wisse eine schöne Stelle am Fluss, die er von früher kenne, und ich solle mich überraschen lassen.

Ich kann mir nicht helfen, aber ich bringe Judith mit der schönen Stelle am Fluss in Verbindung, was mich ordentlich wurmt. Aber dann sage ich mir, dass ja ich es bin, die jetzt mit Kai dorthin geht, während Judith in Musikgeschichte schwitzt, und dass es keinen Sinn macht, auf seine Ehemalige eifersüchtig zu sein. Das wäre ja, wie wenn Kai ein Problem mit Ulrich Falkenhauser hätte. Zum Totlachen!

Kai redet über das bevorstehende Konzert. Judith muss Eisbrecher spielen und das Programm eröffnen, aber er hat Glück gehabt, als die Reihenfolge festgelegt wurde: Er wird als Letzter vor der Pause singen.

Während ich Kai zuhöre, versuche ich heftig, mir nicht vorzustellen, was er und Judith miteinander gemacht haben, als sie noch zusammen waren. Alles natürlich, oder nicht?

»Und dann habe ich noch eine gute Nachricht«, sagt er geheimnisvoll, »eine wirklich gute Nachricht. – Nein, nein, nein, jetzt noch nicht, die heben wir uns noch ein bisschen auf.« Er lacht, als ich ihn erwartungsvoll anschaue. »So, wir sind da. Hier!« Er beugt sich über die Ufermauer. »Gefällt es dir?« Er legt mir den Arm um die Schultern.

Die Wellen glitzern in der Sonne und der breite Uferstreifen lockt mit weißem, trockenem Kies. Früher war ich oft hier und habe Steine ins Wasser geworfen – das war mit Oma oder mit meinen Eltern. Oder wir haben uns von oben die Pärchen beguckt – das war dann mit Britta.

»Ja, schön«, sage ich, als würde ich die Stelle zum ersten Mal sehen. Mein Herzschlag beschleunigt sich, weil Kai meine Schulter fest drückt und mich eng an sich zieht. Er küsst mich auf die Haare.

»Komm!«, flüstert er und winkt mit einer Kopfbewegung zum Fluss.

»Wer zuerst unten ist!«, sage ich atemlos und renne ihm davon. Kai setzt mir nach und holt mich ein. Er greift lachend nach mir. Ich bleibe aber nicht stehen und so laufen wir Hand in Hand über die breite Kiesbank zum Wasser.

Dort fange ich an, Steine zu sammeln. Früher konnte ich sie immer ein paar Mal übers Wasser hüpfen lassen – ob das noch geht?

Aber heute hüpft nicht einer. Nicht richtig jedenfalls.

»Die taugen alle nichts«, murmle ich und suche neue. Dass ich zu aufgeregt bin, um sauber zu peilen, ist eine andere Sache.

Kai setzt sich ein Stück hinter mir in den Kies.

»Madeleine?«, sagt er nach einer Weile geduldig.

»Hm?«

»Kommst du?«

»Ja, gleich.«

Endlich werfe ich die Steine weg, drehe mich um und schlendere auf ihn zu. Kai streckt einladend seine Hand aus und legt den Arm um mich, sowie ich mit einem Plumps an seiner Seite gelandet bin.

»Schön«, lobe ich die Aussicht und beuge mich vor, als würde mitten im Fluss etwas Kleines treiben, das ich unbedingt genau sehen muss.

Kai sagt nichts. Er spielt mit meinen Haaren und summt, mal dies, mal das, lauter Liedzeilen aus seinem Übungsprogramm, während die Sonne Lichtreflexe in die Wellen zaubert. Zuletzt bleibt er bei einem Lied, das mich eigentlich zum Lachen bringen müsste mit seinem komischen Text: *Lieb Liebchen, leg's Händchen aufs Herze mein …* Aber ich lache nicht. Denn Kai beugt sich nun auch vor. Er hört zu summen auf und küsst mich in den Nacken. Ich erschrecke und fahre herum, wodurch wir uns endlich richtig küssen können.

»Komm, mach's dir bequemer«, flüstert er und glättet den Kies hinter mir. Dann liege ich auf dem Rücken und blinzle in den hellen Himmel. Kais Gesicht ist über mich gebeugt, und das ist eine Perspektive, an die ich nicht gewöhnt bin. Deshalb schiebe ich schnell meinen Arm zwischen uns.

Es sind nicht die anderen Pärchen, die mich stören, auch nicht die Brücke oder der Uferweg, von wo aus man uns sehen kann, und kein Handy lauert neben mir, um zu klingeln und mit der Stimme meines Vaters dazwischenzufunken. Das alles ist es nicht. Und weil ich keinen vernünftigen Grund für mein Benehmen weiß, gebe ich endlich nach. Ich ziehe meinen Arm weg.

Kai schaut mich aber nur an und schüttelt den Kopf. »Du bist immer in Abwehr«, sagt er, »warum, Madeleine?«

»Weiß nicht«, hauche ich.

»Kannst du mich nicht leiden?«

»Doch.«

»Mach ich was falsch?«

»Vermutlich nicht …«

»Willst du, dass ich mich neben dich lege?«

Ich nicke erleichtert.

Die Steine unter mir sind warm, am blauen Himmel segeln ein paar weiße Wölkchen, ich kann Kai neben mir fühlen und riechen und ich mag seinen Geruch. Und jetzt legt er mir seine Hand auf die Brust und lässt sie dort ganz ruhig liegen, was ich wunderschön finde.

Ich schließe die Augen. Der Verkehrslärm von der nahen Brücke und der Uferstraße hat etwas Beruhigendes, ebenso der flüchtige Gedanke, dass nicht einmal meine Oma, wenn sie zufällig oben spazieren ginge, mich erkennen würde – weil ich das überhaupt nicht sein kann!

Aber ich bin es eben doch und fühle mich auch noch wohl dabei. Nach langen, langen Zauberminuten wird mir klar, dass ich endlich mit Kai ein Stückchen Zeitlosigkeit genieße. So will ich liegen bleiben, für immer …

»Madeleine? Jetzt kommt die gute Nachricht. Willst du sie hören?«

»Hm.«

»Also: Ich habe ein Zimmer in Aussicht, und diesmal wirklich!«

Ich drehe Kai das Gesicht zu. »Ende Mai zieht doch niemand aus, dachte ich.«

»Eben doch. Immer wieder ziehen Leute aus. Es ist eine koreanische Studentin, sie muss zurück nach Hause.«

»Vor Semesterende?« Ich kann es noch nicht glauben.

»Anscheinend. Vielleicht hat sie genug vom Studium. Ist auch egal. Wir können uns das Zimmer anschauen.

Ich habe mich für halb fünf mit ihr verabredet. Und es wäre schön, wenn du mitkämst …«

Im Liegen ist das Küssen ganz anders. Nicht nur wegen der Steine, die mich drücken. Kai streichelt meine Brust, sein Mund ist sehr feucht, seine Hand wandert. Er kriegt die Knöpfe vorn an meinem Hemd auf, ohne hinzugucken. Er schiebt seine Hand in meinen BH und sein Kuss wird noch einmal anders. »Madeleine …«, murmelt er, wenn er mich mal mit den Lippen loslässt. Seine Augen sind die ganze Zeit geschlossen, was mir Angst macht. Auf einmal kann ich mir sehr genau vorstellen, wie es sein wird, wenn Kai sein Zimmer hat und nur noch vier Wände um uns sind, keine Uferstraße, keine Brücke …

Ich unternehme eine Kraftanstrengung und winde mich unter ihm hervor. Benommen setze ich mich auf. Ich schüttle die Haare und kämme sie mit den Fingern durch. Aus meinem Hemd riecht es warm nach Seife, Deo und Schweiß, meine Beine zittern und ich kriege schwer Luft.

Der Kies und das Wasser blenden. In unserer Nähe liegt ein Pärchen reglos auf einer Decke. Ein Stück weiter sonnt sich einer völlig nackt, er hat schon Indianerfarbe. Ein Penner sitzt am Wasser und badet seine Füße und ein herrenloser Hund streunt über den Strand. Über die Brücke gehen Leute, von denen man nur die Köpfe und Schultern sieht.

Auch Kai setzt sich auf. Er zieht mich schweigend an sich. Die Haare fallen ihm feucht ins Gesicht. Er streichelt mein Bein. Unter meiner engen Jeans ist es heiß, und wo Kais Hand liegt, wird es noch heißer.

»Wir waren noch nie wirklich allein«, flüstert er.

»Doch, jetzt«, widerspreche ich matt.

»Aber es macht dir etwas aus, dass die Leute gucken.«

Ich schüttle den Kopf.

Die Leute sind es nicht – was gehen die mich an? Wie soll ich erklären, was los ist? Am liebsten möchte ich einfach nur so sitzen bleiben, unbeweglich. Es reicht mir schon, wenn ich Kais Geruch habe und seinen Atem fühle, wenn sein Arm um meine Schulter und seine Hand auf meinem Bein liegen. So bleiben, mit seiner Nase, die mir das Haar von der Wange schiebt, damit seine Lippen mich berühren können, das ist alles, was ich will. Außer natürlich zurückküssen. Aber dann wird er wieder so anders!

Vielleicht, wenn ich mich überhaupt nicht bewege, vielleicht ist er dann auch zufrieden mit dieser wunderschönen Nähe und all den Stimmen, die uns nicht betreffen, und dem Straßenlärm und den Autos, die an der Brücke anfahren, wenn die Ampel umspringt.

»Madeleine?«, sagt Kai leise. »Weißt du, dass ich mich schrecklich, schrecklich in dich verliebt habe?«

Ich atme tief ein. Mir wird schwindlig von dem vielen Sauerstoff. Kais Worte sind da, in der Luft um mich herum, überall. Ich bade darin, ich halte die Zeit an. Noch nie zuvor hat jemand so etwas zu mir gesagt, und wenn, dann wäre es sowieso bedeutungslos, jetzt, da er es gesagt hat. Jetzt, da er mich mit dem Arm, der um meine Schulter liegt, noch fester an sich zieht und anfängt, mein Gesicht und meine Haare zu streicheln.

Hu, bin ich glücklich!

»Warum sagst du nichts?«, flüstert Kai.

Ich möchte ja gern, mein Mund öffnet sich ganz von selbst – aber nur zum Atmen. Wenn ich es jetzt zugebe! Wenn ich sage, dass ich ihn liebe, oh mein Gott, dann legt er mich wieder in den Kies. Und das ist genau das, was ich mir vorstelle und wünsche und was ich trotzdem nicht zulassen sollte …

Kai kriegt meinen inneren Kampf nicht mit. Er wartet. Zärtlich reibt er seine Schläfe an meiner.

»Du …«, flüstert er dabei, »duhu, lieb Liebchen …«

Und gerade als ich es vielleicht doch sagen will, genau in dem Moment, macht auch er den Mund auf: »Hat deine Abwehr – hat sie etwas damit zu tun, dass ich acht Jahre älter bin?«

Seltsame Frage. Darüber muss ich erst nachdenken. Aber nicht jetzt, wo es so schön ist und ich die Augen für immer zulassen will. Und reden möchte ich eigentlich auch nicht …

»Dann bist du schon zweiundzwanzig«, murmle ich zurück.

»Zweiundzwanzig?« Kai richtet sich auf.

Oh, jetzt hat er mir einfach seine Wange weggezogen. Warum konnte er nicht so bleiben? Ich öffne widerstrebend die Augen.

»Wie kommst du denn darauf?«, lacht er leise. »Wie kommst du auf zweiundzwanzig?« Er legt mir die Arme um den Hals und schaut mich an.

Ich blinzle verwirrt. »Du hast doch acht Jahre gesagt. Oder hast du nicht acht Jahre gesagt?«

»Ja, wenn ich noch rechnen kann: Sechzehn und acht ist …« Sein Mund hört zu lächeln auf, und es ist, als würde die Sonne weggehen. »Du bist doch sechzehn, Madeleine, oder vielleicht nicht?« Langsam zieht er seine Arme weg.

»Nein, noch nicht«, hauche ich. Er starrt mich nur an. »Ich bin vierzehn.«

Es ist furchtbar, vierzehn zu sein, das weiß ich plötzlich.

»Aber für die Aufnahmeprüfung muss man doch sechzehn ...«

Etwas schnürt mir den Hals zu. »Ich hab keine Aufnahmeprüfung gemacht, ich bekomme Privatstunden!« Alles kaputt, die wunderschöne Stimmung, die Nähe, alles vorbei.

»Das kann nicht wahr sein.« Kai guckt mich an, als hätte man ihm einen Eimer Wasser über den Kopf gegossen. »Vierzehn – du bist wirklich erst vierzehn?«

»Ja«, sage ich und finde mich sehr tapfer, »und in einem halben Jahr werde ich fünfzehn.« Dann dämmert mir, dass ich den acht Jahren Altersunterschied, von denen Kai ausgegangen ist, noch weitere zwei hinzufügen muss. Macht zusammen zehn. Großartig. Zehn Jahre! Zehn Jahre liegen zwischen uns, und das heißt, dass Kai bereits vierundzwanzig ist.

Er fährt geistesabwesend mit den Händen durch den Kies und will hören, dass es einfach nicht sein kann. So, wie ich aussehe, und bei der Stimme, die ich habe.

»Mit vierzehn hat man noch keine solche Stimme!«, wiederholt er fünfmal hintereinander und fängt an, mit Steinen zu werfen.

»Ich schon!«, stoße ich hervor. Ich merke, wie ein zorniges kleines Feuer in mir aufflackert und wächst. »Ich bin angeblich eine Naturgewalt, frag doch Frau Dorian, wir haben schon mit technischen Studien angefangen. Und was ist bitte an mir anders geworden in den letzten zwei Minuten, kannst du mir das sagen?« Ich werfe den Kopf zurück. Meine Brüste hüpfen im BH und ich ziehe schnell mein Hemd zusammen.

Aber Kai sieht sowieso nichts. Er lässt sich in den Kies zurückfallen und legt seinen Arm über die Augen. Ich höre ihn etwas zwischen den Zähnen murmeln, das wie *Naturgewalt, ja wirklich* klingt.

Auf einmal springt er auf, als hätte er auf Ameisen gelegen. »Ich brauche einen Spaziergang – komm!«

Meine Knöpfe sind so winzig, dass sie mir immer wieder durch die Finger schlüpfen. Kai zupft mir das Hemd hinten zurecht und streicht es glatt, mit einer Bewegung, als würde er mich lieber schlagen.

Ich drehe mich zu ihm um. Dass die Sonne noch scheint, ist wie ein Hohn.

»Es war keine Absicht«, sage ich. Meine Stimme ist auf einmal klein und wackelig, so, wie ich sie an mir überhaupt nicht kenne. Der Zorn von gerade eben ist vorbei. »Wir haben nur irgendwie nie darüber geredet. Über das Alter, meine ich. Ist das denn so wichtig?«

»Ich weiß es nicht, ich bin ganz durcheinander. Deswegen brauche ich ja einen Spaziergang«, knurrt er und streckt die Hand aus.

Ich lege meine hinein. »Aber zwischen acht und zehn ist doch kaum ein Unterschied!« Wir steigen zum Uferweg hoch. »Oder?«, frage ich ängstlich.

Kai sagt nichts.

»Oder?«, wiederhole ich nach einer ganzen Weile.

»Nicht zwischen acht und zehn«, sagt Kai. »Sondern zwischen sechzehn und vierzehn.«

»Wieso denn?«, rufe ich.

Ich kriege wieder keine Antwort. Und wenn Kai sonst meinen Arm immer gern geschlenkert hat, so hält er ihn jetzt starr von sich, als würde er mich lieber wegschieben. Nur wenn uns jemand entgegenkommt und wir ausweichen müssen, gibt er nach.

Die Hände sind unsere einzige Verbindung. Unsere Gedanken, das weiß ich sicher, driften in verschiedene Richtungen davon, obwohl ich mich verzweifelt bemühe, mich in seine hineinzufühlen.

Kai sagt überhaupt nichts, sondern marschiert nur. Nach einer Weile ist mein Mund so ausgetrocknet, dass ich wahrscheinlich gar nichts mehr herausbrächte, selbst wenn mir etwas einfallen würde. Es ist nur egal, wohin wir laufen. Solange ich seine Hand habe, kann nichts passieren, rede ich mir voller Angst ein.

Ab und zu schaut er mich an, als hätte er mich noch nie zuvor gesehen. Es ist zum Fürchten. Er wird mir mit jeder Sekunde fremder, ich kann mir schon gar nicht mehr vorstellen, dass es wirklich wir beide gewesen sein sollen, die sich am Fluss so nah waren.

Bevor auch noch meine Hand jedes Vertrautsein verliert, fange ich an, die Finger ein wenig zu bewegen, vielleicht erreichen sie ihn mit ihren kleinen Signalen.

Kai umschließt sie mit hartem Druck.

Wäre noch alles wie vorher, würde er stehen bleiben und wir würden uns anschauen und uns zulächeln und uns umarmen und uns küssen. Und es gäbe nur ihn und mich, egal an welcher Ecke wir stehen würden. Aber er marschiert mit vorgerecktem Kopf weiter. Ich werde praktisch mitgezogen und das ist allmählich ein ganz blödes Gefühl. Was hat er vor? Will er mich irgendwo abgeben? In einem Kindergarten vielleicht? Ich spüre meine Wut wieder wachsen. Lange kann es nicht mehr dauern, bis sie so weit gediehen ist, dass ich mich losreißen kann.

Aber Kai bleibt bereits mit einem Ruck stehen und gibt meine Hand von selbst frei. »In welcher Klasse bist du eigentlich? Doch höchstens in der achten?«

»Ja!« Meine dämliche Stimme ist belegt. Ich räuspere mich. »Scheiße, was soll das?«, schreie ich plötzlich los.

Kai starrt mich an. »Du hast noch fünf Jahre bis zum Abitur!«

Ein toller Rechner ist er, einfach genial.

Ich halte seinem Blick stand. Ja, es ist ziemlich furchtbar, noch fünf Jahre bis zum Abitur zu haben. Leider bin ich kein Überflieger und kann nicht einfach zwei oder drei Jährchen abknapsen – leider bin ich keine Studentin und heiße nicht Judith, und wenn ich im Konservatorium übe, hat jeder das Recht, mich aus dem Zimmer zu werfen –, leider bin ich erst in der achten Klasse, und wenn ich am Jahresanfang darauf auch noch stolz gewesen sein sollte, weiß ich jetzt wirklich nicht mehr, weshalb.

Und wenn ich nicht aufpasse, dann heule ich gleich!

Das darf auf keinen Fall passieren. Ich drehe auf dem Absatz um, presse die Lippen zusammen und gehe los, irgendwohin, in die Gegenrichtung. Das Wasser steht mir schon in den Augen.

Kai läuft mir nach. »Madeleine ...«, versucht er, mit mir zu reden.

Ich passe genau auf: Er nimmt nicht meine Hand und sagt, pfeif drauf, ist doch wurscht, in welche Klasse du gehst. Ich hab mich wahnsinnig in dich verliebt, Sonnentaube, komm, lass uns jetzt zusammen mein zukünftiges Zimmer besichtigen.

Nein, er erzählt mir, dass er wirklich fürchterlich durcheinander ist und dass er gar nicht weiß, was er jetzt sagen soll, und dass ihm alles furchtbar leidtut. Dazu fuchtelt er mit den Händen herum und fährt sich durch die Haare, was ich plötzlich bescheuert finde.

»Madeleine, deine Abwehr, verstehst du, die ist mir jetzt klar, ich war ja so blöd ...«

»Und ich erst!«, fauche ich. Mein Gesicht glüht. Ich gehe jetzt so schnell, dass er mir ganz sicher nicht mehr folgen wird – er müsste sich ja wie ein Volltrottel vorkommen.

Und tatsächlich bleibt er zurück. Ich höre keine Schritte. Er ruft auch nicht mehr meinen Namen.

Und ich drehe mich nicht um.

Wenn mir jetzt irgendwas helfen kann, dann ist es die Vorstellung, dass ich es war, die ihn hat stehen lassen, und nicht umgekehrt.

Von meinem Alleinsein. Marcels fixer Idee und der Schwärmerei meines Vaters

Ich gehe einfach weiter, egal wohin. Ich frage mich nicht, was ich in dieser Straße eigentlich soll. Ich könnte genauso gut mitten im Meer treiben, ohne Richtung, ohne Sinn und ohne Ziel. Mir ist dabei klar, dass dieser Zustand wehtun müsste und dass er spätestens anfangen wird wehzutun, wenn ich irgendwo stehen bleibe. Oder wenn ich zu Hause ankomme, wo ich in meinem Zimmer oder in meinem Musikkeller allein sein werde, weil ich ja ganz sicher weder meiner Mutter noch meinem Vater etwas vorheulen will.

Mein Schmerzabwehrsystem befiehlt mir weiterzulaufen, nur, wohin?

Das einzige Ziel, das ich mir vorstellen kann, heißt Regina. Ich nehme die S-Bahn zu ihr hinaus. Aber als ich an der Haltestelle aussteige, ist mir, als hätte Regina irgendwas gesagt – und da fällt es mir auch schon ein: Sie besucht ihre Schwester und wird erst morgen zurück sein.

Hinter mir geht die Tür zu und die Bahn setzt sich in Bewegung. Ich muss auf den Gegenzug warten und das ist furchtbar. Ich merke, wie ich anfange, auf dem Boden Dinge zu suchen, nach denen ich treten kann.

Die wenigen Leute haben sich bald verlaufen. Ich bin allein. Als ich mich auf der Wartebank niederlasse, bin ich viel schlimmer allein, als ich es je war, bevor es Kai gab. Ich hasse ihn, ich hasse ihn! Und wenn er auch nur einen Funken Gefühl hat, dann tut es ihm bereits leid, dass er mich hat gehen lassen, dann merkt er, wie sehr ich ihm fehle. Und er sucht mich, nein, falsch, er ist mir gleich gefolgt, ich bin ihm nur dummerweise weggefahren, und jetzt nimmt er die nächste Bahn und guckt sich an jeder Haltestelle die Augen nach mir aus, ich darf mich nicht bewegen, und gut nur, dass Regina verhindert ist, sonst wäre ich jetzt auf dem Weg zu ihr und Kai könnte mich nicht finden …

Ich ziehe die Beine hoch und lege mein Gesicht in die Arme.

»I don't know how to love him«, schluchze ich. Ein schrecklicher, hoffnungsloser Text, und wenn der jetzt zu meiner Verzweiflung passt, bin ich selber schuld – was musste ich das Lied auch schon singen, als es mir noch gut ging?

Ich hasse Kai.

Falls er mich aber tatsächlich sucht und mich auch noch findet – was völlig unwahrscheinlich ist –, werde ich hier sitzen und auf keinen Fall aufsehen. *Ich werde nicht aufsehen!*

Schritte nähern sich.

Sie stocken. Sie hören ganz auf. Es ist unheimlich still. Bis auf meinen Herzschlag, den hört man wahrscheinlich im Umkreis von fünf Kilometern. Die Schritte knirschen wieder, kommen ganz vorsichtig, ganz sachte heran, und ich könnte schreien, denn so kommt nur einer auf mich zu, und gleich ist er da, gleich, gleich, gleich …

Ich ersticke fast an meinem Herzklopfen.

Aber nichts mehr. Keine Bewegung, kein Schritt, keine Hand, die mich berührt, keine Arme, die sich um mich legen.

Ich hebe den Kopf.

Vor mir steht – Marcel.

Er wird blass, als er mein Gesicht sieht, und ich kann es ihm nicht verdenken, denn wahrscheinlich sind mir die Mundwinkel so schnell nach unten gefahren, dass er den Schreck seines Lebens gekriegt hat.

»Was machst denn du hier?«, sagen wir beide.

Wir haben lange nicht mehr allein miteinander geredet, nur noch, wenn Regina dabei war. Marcel weiß zwar nicht, dass ich seine Gefühle kenne, aber er hat sie schließlich. Und ich bin über sie informiert. Das reicht uns beiden, um schrecklich gehemmt zu sein.

Marcel fängt sich als Erster. »Das ist meine Haltestelle«, sagt er.

»Ich weiß. Ich wollte zu Regina …«

»Sie ist bei ihrer Schwester«, klärt er mich auf.

»Ist mir auch wieder eingefallen.«

Peinliches Schweigen.

Marcel bricht es. »Wo hast du denn deine Sporttasche?«

»Sporttasche?«

»Na, wegen der Skatenight! Oder machst du diesmal nicht mit?«

»Ach, Mist!« Ich schlage mir an die Stirn, als wäre die Skatenight noch von Bedeutung. Natürlich habe ich sie vergessen, denn ich plane doch nie über ein Treffen mit Kai hinaus!

Jetzt ist dieses Treffen vorbei – und man würde es nicht für möglich halten, aber das Leben geht weiter.

»Das schaffe ich noch«, behaupte ich. »Schade, dass du nicht kannst«, füge ich hinzu. Es kostet mich weder große Überlegung noch Kraft, weil es etwas ist, das ich schon öfter zu ihm gesagt habe.

Marcel schaut mir prüfend ins Gesicht. Die Trostlosigkeit sickert mir wahrscheinlich aus allen Poren und könnte irgendwie zu meinen Worten passen.

Marcel zieht auch gleich die falschen Schlüsse. »Nächstes Mal vielleicht«, sagt er aufgekratzt. »Noch bin ich nicht sicher genug auf den Dingern.«

»Was?« Ich wundere mich hauptsächlich darüber, dass ich in meinem katastrophalen Zustand trotzdem alles wahrnehme. »Du hast doch nicht plötzlich Inlines, Marcel? Als Geiger kannst du dir doch keine Verletzung leisten!«

Inlineskates kamen für ihn bisher nie infrage. Skier, Snowboard und dergleichen auch nicht. Ein Fahrrad ist Marcels gefährlichstes Sportgerät. Schon ein Ball könnte sein Leben ruinieren, indem er ihm einen Finger beschädigt. In der Beziehung ist Marcel genau wie meine Mutter.

»Ich muss mir ja nicht gleich die Hand brechen«, sagt er. »Für den Anfang tut's vielleicht der Hals ...«

Ich starre ihn an. »Du bist verrückt geworden!«

Als Marcel grinst und schon wieder errötet, fällt es mir wie Schuppen von den Augen: Er riskiert seine kostbaren Finger für *mich!* Wie furchtbar und sinnlos!

Die Bahn kommt und befreit uns aus der Verlegenheit, stumm in verschiedene Richtungen schauen zu müssen. Zwei Stationen haben wir gemeinsam. Marcel erholt sich und erzählt, dass er zu einem Freund will und später in die Innenstadt. »Heute schau ich bei der Skatenight noch zu. Öh … woran erkennt man dich?«

»Du willst mich erkennen? Marcel! Unter zwanzigtausend Leuten! In der Dunkelheit!«

Ich schüttle noch den Kopf, als wir uns schon verabschiedet haben. Ich glaube, ich habe meine Trostlosigkeit für dreieinhalb Sekunden vergessen. Jetzt ist sie wieder da.

Am Ende der Skatenight flattern Handzettel durch die Gegend, von denen ich mir einen schnappe und gleichgültig überfliege. Ich bin erschöpft, aber nicht von den lächerlichen dreißig Kilometern Stadtfahrt, sondern davon, dass jeder große und dunkelhaarige Mensch, ob Teilnehmer oder Zuschauer, meinen Puls zum Jagen gebracht hat. Und das, während ich laut mit mir redete. Was ich mir sagte, war Folgendes: Ich hasse ihn. Er kann neben mir fahren, ich sehe ihn gar nicht. Gut, dass er überhaupt keine Inlines hat und noch nie gefahren ist. Gut, dass er wahrscheinlich total unsportlich ist. Gut, dass er gar nicht in der Stadt wohnt. Gut, dass er tausend Meilen weg ist.

Der Zettel in meiner Hand stammt von Jumbo-Sport. Für die nächste Skatenight wird jemand gesucht, der auf Rollen singen kann. Er oder sie müsste mit einem Funkmikrofon vor dem Firmenwagen herfahren. Der Firmenwagen liefert den Begleitsound dazu über eine Verstärkeranlage. Bewerber sollen sich im Geschäft melden. Für den Job gibt es eine neue Ausrüstung mit allen Schikanen von Jumbo-Sport, bla, bla, bla.

Ich schiebe den Zettel in die Tasche und suche meinen Vater, der mich mit dem Auto abholt. Er will nicht, dass ich so spät allein in der S-Bahn fahre. Wo mir doch jetzt Britta fehlt, was ich versehentlich mal erwähnt habe.

Am vereinbarten Treffpunkt wartet aber nicht nur er, sondern auch meine Mutter.

Ich setze mein Familiengesicht auf und rolle um die beiden herum. »Wo parkt ihr denn?«, frage ich mit meiner Familienstimme.

Mein Vater zeigt in eine Richtung. Mir fällt auf, dass er und meine Mutter Hand in Hand gehen und unternehmungslustig aussehen. Und da kommt es auch schon.

»Madeleine«, sagt mein Vater, »können zwei Oldtimer wie wir das auch noch lernen?« Er erzählt mir, wie beeindruckt sie beide sind. »Nicht, Alicia?«, vergewissert er sich. Sonst hätten sie immer nur in der Zeitung darüber gelesen, aber ein Zeitungsfoto könne doch diese Stimmung nicht wiedergeben!

Meine Mutter schaudert. »Aber ich hatte eine Heidenangst um die Babys!«

Mein Vater lacht. »Ach was, diese geschlossenen Dreiräder sind eine feine Sache. So ein Ding schaffen wir uns auch an.«

Danach entwirft er seinen Plan. Zunächst will *er* das Fahren lernen. Wenn er dann bestätigen kann, dass es ungefährlich ist, und wenn das Baby da ist und wenn meine Mutter wieder ihre normale Figur hat, soll sie sich auch Inlineskates kaufen oder vorher mal meine anprobieren und dann …

»Die sind ihr zu groß«, unterbreche ich ihn. Da ich

meine Mutter lächeln sehe, spiele ich das Aufheiterungsspiel mit. Vielleicht passiert ein Wunder und es heitert auch mich auf.

Mein Vater schwärmt vom Skaten mit dem Baby. Das Fantastische sei, dass man Sport und Spaß und Babysitten in einem haben kann. Und gleich morgen will er sich Inlines kaufen. So alt sei er schließlich auch noch nicht, und wenn andere Paare mit ihren Babys fahren …

Er schwingt ihre Hand, was mich an Kai erinnert und jedes Wunder im Keim erstickt.

Meiner Mutter dagegen scheint es besser zu gehen. Vielleicht, weil wir sie nicht mehr mit Sciancalepore nerven? Das sollte mich eigentlich freuen. Doch Freude gehört nicht mehr zu den Gefühlen, die ich aufbringen kann.

Ich drehe Kreise um meine Eltern, bis wir am Wagen sind. Wenn sie das wirklich vorhaben, o mein Gott, dann ist es nur gut, dass in einer Skatenight zehntausend Leute zwischen mir und ihnen rollen!

Aber ich glaube eher, dass es nur eine Phase ist. Weil sie auf das Baby warten und nichts anderes mehr im Kopf haben. Sobald sich der körperliche Zustand meiner Mutter wieder normalisiert hat, wird sie Schreie ausstoßen, wenn jemand ihr vorschlägt, dass sie ihre Hände gefährden soll. Eher übt sie Sciancalepore rückwärts, als dass sie sich auf acht kleine Räder stellt.

Von einem peinlichen Gespräch und rollenden Köpfen

Mein Vater hat seine Drohung wahr gemacht und Inlines gekauft. Jetzt übt er im Kellerflur. Meine Mutter nützt die Gelegenheit und spielt alte Sachen am Flügel. Zumindest hat sie damit angefangen, ehe ich in meinen Musikkeller ging.

Ich habe meine Stereoanlage im Zimmer abgebaut und sie im Keller installiert. Ich brauche ein paar Songs in der richtigen Lautstärke und die kann ich mir nur hinter Dämmplatten geben. *»I will survive!«*, brüllt die Anlage.

Früher habe ich hinter den Dämmplatten heimlich und fünfzig Mal hintereinander ein peinliches Liebeslied gesungen …

»I will survive!« Gloria Gaynor und ich zusammen geben unser Bestes.

Leider habe ich die Tür nicht abgeschlossen. Denn plötzlich sehe ich meinen Vater da stehen und sich die Ohren zuhalten. Das ist sehr gewagt, denn wer auf Rollen noch nicht sicher ist, sollte die Hände zur Verfügung haben. Mein Vater fährt auch unfreiwillig los und landet auf dem Hosenboden.

Ich stoppe die CD und helfe ihm auf.

»Habe ich soeben *I will survive* gehört?«, fragt er und reibt sich das Hinterteil. »Du meinst hoffentlich nicht mich und meine Tätigkeit?«

»Ich überlebe auch dich und deine Tätigkeit«, knurre ich.

»Au wei, dicke Luft.« Mein Vater hangelt sich wieder in Richtung Tür. »Gestern war doch noch alles in Ordnung«, fragt er, »oder nicht?«

Ich drehe ihm den Rücken zu.

Sein Einfühlungsvermögen ist grandios. »Möchtest du darüber sprechen, Madeleine? Kann ich …«

Ich verdrehe die Augen. »Papa, du bist penetrant!« Ein Wort, das sich meine Mutter in der Zeit angewöhnt hat, als wir uns noch trauten, sie nach Sciancalepore zu fragen.

Doch mein Vater muss die Wortbedeutung nicht kennen, er kehrt um und peilt meinen Klavierstuhl an, erreicht ihn ohne Schaden und lässt sich vorsichtig darauf nieder.

»Madeleine«, beginnt er und guckt danach unschlüssig von mir zu seinen Füßen.

Eine unbehagliche Sekunde, in der ich mich frage, was das werden soll. Er ist ja auf einmal todernst!

»Madeleine, ich hätte lieber einen Augenblick gewählt, in dem ich dir nicht in so einer lächerlichen Verfassung gegenübersitze. Aber nun … Egal, wir sind wenigstens allein. Würdest du bitte?«

Er zeigt zu meinem alten Sofa an der anderen Wand. Seinem Ton nach hat er mir Dramatisches mitzuteilen. Überrumpelt setze ich mich.

Mein Vater räuspert sich. »Ich wollte eigentlich, dass Mama mit dir darüber redet. Aber nach gründlichem Nachdenken … Also, in Wahrheit verstehe ich doch mehr davon. Ich spreche von deinem Freund Kai Schilling.«

Ich erstarre zur Salzsäule.

Das spornt meinen Vater an weiterzumachen. »Ich spreche davon, dass dieser Kai Schilling *vierundzwanzig* ist, wie ich im Studentenverzeichnis gelesen habe, *vierundzwanzig!*«

»Ja … und?«, sage ich mühsam.

Mein Vater beugt sich vor. »Madeleine, das ist doch keine Kinderfreundschaft!«

Ich zucke zusammen. »Sollte es das sein?«, flüstere ich ungläubig.

Mein Vater rutscht auf dem Sitz herum. Ich sehe schon seine Füße davonfahren – aber diesmal werde ich ihm nicht aufhelfen, wenn er wieder hinknallt. So wie er mich provoziert!

»Ich habe mich ungeschickt ausgedrückt, aber du weißt, was ich meine«, sagt er.

»Nein, ich weiß es nicht!« Und außerdem hasse ich die Nachsicht in seinem Ton.

Die verschwindet jetzt wenigstens. »Dann gebrauche einmal deinen Verstand. Ein Vierundzwanzigjähriger, Madeleine, der begnügt sich nicht mit … mit …«

»Händchenhalten?«, schlage ich vor. Mein Gesicht ist flammend heiß. »Ist es das, was du mir erlauben willst? Oder darf es vielleicht auch noch ein Küsschen sein?« Noch nie im Leben habe ich mit meinem Vater oder meiner Mutter so geredet.

Er öffnet den Mund für ein heftiges Wort, schnappt aber nur nach Luft. Dann steht er unbeholfen auf. Es sieht lächerlich aus, wie er sich ans Klavier klammert, wie er zur Tür rollt, wie er sie öffnet. Und furchtbar, wie er sich noch einmal umsieht, wie er nach Worten sucht, wie er sich beherrscht.

Ich habe Herzklopfen und schwindlig ist mir auch.

»Du bist in einem schwierigen Alter, das will ich dir anrechnen«, sagt er. »Aber du solltest dir nicht einbilden, alles besser zu wissen.«

»Ich bilde mir überhaupt nichts ein!«

»Lass mich ausreden, Madeleine! Wir beide hatten doch noch nie Probleme, miteinander zu sprechen. Es ist wohl dieses heikle Thema. Sprich dann wenigstens mit deiner Mutter darüber.«

Er wartet auf ein Zeichen von mir. Als keines kommt, sagt er harsch: »Ich sehe schon, ich habe einen Fehler begangen. Das kann ich jetzt nicht mehr ändern. Eigentlich wollte ich dir den Unterschied zwischen einem Jungen und einem Mann klarmachen. Vorschriften kriegst du keine. Nur eines noch …« Er hält sich am Türrahmen fest und sagt mit harter Stimme: »Hab kein Vertrauen, was die Verhütung betrifft, kümmere dich selbst darum, verstehst du? Einem Mann können die Pferde durchgehen und dann ist es ihm vielleicht egal …«

Ich stöhne auf und vergrabe das Gesicht im Sofarücken. Wird mir denn gar nichts erspart – kann er nicht endlich *gehen*? Muss ich mir wirklich so einen Mist anhören?

Das Sofa riecht ziemlich muffig, aber ich bleibe in meiner verdrehten und verkrampften Haltung, bis die Tür ins Schloss gefallen ist. Dann erst sacke ich zusammen.

Das ist ja widerlich! Wahrscheinlich sind *ihm* die Pferde durchgegangen, sonst wäre meine Mutter nicht in dieser Lage!

Ich höre ihn an der Kellertreppe die Inlines ausziehen, dann stapft er hinauf.

Ich warte auf das Gefühl der Erleichterung. Aber es kommt nicht. Ich stelle mir vor, wie er jetzt oben mit meiner Mutter erregt über mich redet. Sie beide diskutieren über Kai und mich und über das, was wir miteinander tun – oder tun *könnten*.

Was, bitte, tut man denn mit einem, von dem man sich getrennt hat? Soll ich über so viel schreiende Ungerechtigkeit heulen, mir die Haare raufen, soll ich die Kellereinrichtung zerschlagen oder was?

Ich springe auf und schalte meine Anlage ein. Mir ist jetzt nach der Seeräuberjenny, ich will Köpfe rollen sehen. Mein Vater, dieser geniale Verhüter und Pianist, hat mir letzten Winter einen Playbacksound auf der Orgel eingespielt. Die Kassettenhülle habe ich sogar kunstvoll bemalt. Mit einem Piratenschiff. Und *Seeräuberjenny* darüber geschrieben, *Text von Bert Brecht, Musik von Kurt Weill*. Ich lege die Kassette ein.

Das lumpige Hotel am Hafen. Die Ankunft des Piratenschiffes. Hundert Mann betreten die Stadt. Gemetzel und Geschrei. Ich bin Jenny, die keiner beachtet. Aber um meinetwillen bleibt die jämmerliche Absteige verschont, in der ich Gläser wasche. Sodass sich alle fragen, wer denn Besonderer darin wohnt. Und dann – trete ich heraus.

»Und an diesem Mittag wird es still sein am Hafen«, artikuliere ich böse, »wenn man fragt, wer wohl sterben muss. Und dann werden sie mich sagen hören: Alle! Und wenn dann der Kopf fällt, sag ich: Hoppla!«

Ich schließe die Augen und verliere mich an den

Refrain: »Und das Schiff mit acht Segeln und mit fünfzig Kanonen wird entschwinden mit mir ...«

So, jetzt sollte mir wohler sein.

Von einem Heulanfall

Regina übt auf meinem Kellerklavier. Als sie mit ihrer Etüde fertig ist, schlägt sie das Webberalbum auf.

»Madeleine?«

Ich liege auf dem alten Sofa und lese. Meine Mutter hat heute Ansätze gemacht, mit mir zu reden. Da bin ich lieber in den Keller gegangen.

»Begleitest du mich?« Regina zeigt auf die Noten meiner ehemals bevorzugten Liebesschnulze, für die sie genau die richtige Stimme hat, ich nicht.

»Das? Nie im Leben! Nie wieder!« Ich schüttle den Kopf und lese weiter.

Sie kommt her und setzt sich neben meinem Sofa auf den Boden. »Hast du was, Madeleine?«, fragt sie nach einer Weile und kippt mein Buch nach oben, um den Titel zu sehen.

»Ob ich was habe?« Ich gebe es auf, so zu tun, als würde ich lesen. »Mein Vater fürchtet irgendwie, dass er gleichzeitig Vater und Großvater werden könnte. Wie findest du das?«

Regina schaut mich entgeistert an.

»Da bleibt auch dir die Spucke weg! Das ist so lächerlich, dass man sich kringeln könnte!«

»Warum«, fragt Regina leise, »kringelst du dich dann nicht, sondern weinst?«

Ich drehe mich von ihr weg. »O Scheiße, Regina, schau mich nicht an! Ich will nicht heulen!« Starr fixiere ich die Kellerecke, bis es besser wird. »Hab ich dir schon mal die *Seeräuberjenny* vorgespielt?«

»Wieso hast du denn deine Anlage in den Keller geschafft?«

»Weil ich den maximalen Sound brauche. Willst du jetzt meinen Lieblingssong hören?« Ich springe auf, um das Gerät einzuschalten, komme aber nur bis zum Klavierstuhl.

Denn Regina sagt: »Nimm's mir nicht übel, Madeleine, aber ich mag die Dreigroschenoper eigentlich nicht. Erzähl mir lieber, was wirklich los ist.«

Ich lasse mich auf den Klavierstuhl fallen und drehe mich hin und her, genau wie mein Vater. Als ich das merke, höre ich schnell damit auf. »Kai hat wahrscheinlich Schluss gemacht. Weil ich noch nicht sechzehn bin«, murmle ich.

»Wieso sechzehn?«, fragt Regina verblüfft.

Ich zucke die Achseln. »Das Rätsel kann nur er lösen.«

»Und wieso wahrscheinlich?«

»Weil nichts geklärt ist, deshalb.«

»Du meinst, du weißt nicht, ob ihr Schluss gemacht habt?«

»Eigentlich schon«, ächze ich. »Ich bin weggegangen und er hat mich nicht zurückgehalten.« Ich schlage die Hände vors Gesicht. »Solange er dachte, ich bin sechzehn, war ich ihm recht. Dann, von einer Sekunde auf die andere, ohne dass ich mich geändert hätte – bumm, aus!«

Regina schiebt sich voller Mitgefühl näher, ich sehe es durch die Finger.

»Bleib! Sonst muss ich heulen! Aber das will ich nicht! Ich will nicht ...« Zu spät. Ich kann nur noch vom Stuhl rutschen und mich auf dem Boden zusammenrollen. Ich wehre mich auch nicht dagegen, dass Regina mit Engelsgeduld über meinen Rücken streicht, während ich mein ganzes Unglück in den Teppich schluchze.

Aber irgendwann habe ich keine Tränen mehr.

Ich weiß nicht so recht, wie ich mich jetzt eigentlich fühle. Auf jeden Fall ist mir etwas besser. Regina steht Schmiere, und ich verschwinde im Hobbykeller, wo es ein Waschbecken, Handtücher und einen Spiegel gibt.

Mein Gesicht ist gekühlt und nicht mehr verschwollen, als wir eine halbe Stunde später zu Oma fahren. Sie gibt uns Klavierstunde, wie jedes Wochenende. Kaum sitzen wir in der Bahn, erinnert mich Regina an den Liederabend der Klasse Dorian, an den ich sowieso ständig denken muss. Ich habe mich auf dieses Ereignis so sehr gefreut, dass ich sogar Britta während einer Unterrichtsstunde davon erzählt habe.

Regina fragt mich vorsichtig, ob ich zu dem Liederabend denn jetzt überhaupt noch gehen will.

Ich habe für eine flüchtige Sekunde eine alte Vision: Ich sitze im Publikum und Kai steht auf der Bühne neben dem Flügel und ich höre seine schöne Stimme und mein Gesicht strahlt. Das Schlimmste ist, dass er gesagt hat, er würde für mich singen.

»Nein! Ganz sicher nicht.«

»Gut. Ich kann dir hinterher erzählen, wie's war – falls du es hören willst.« Pause. »Ach, übrigens, Marcel hat neuerdings Inlineskates, mir sind fast die Augen aus dem Kopf gefallen«, sagt sie munter.

Ein netter Versuch, das Thema zu wechseln. Dankbar gehe ich darauf ein. »Er hat's mir gesagt. Hoffentlich stellt er sich besser an als mein Vater.«

»Hä? Der auch?«

»Mhm. Er übt vorerst noch im Keller. Wenn das Baby da ist, soll meine Mutter auch fahren.«

Regina lacht. »Gibt's ja nicht! – Komisch, mir macht es keinen besonderen Spaß.«

Das wundert mich nicht. Ich habe einmal ihre Inlines unter dem Bett hervorgezogen und die Rollen angeschubst. Mir kommt eine Idee und ich sage: »Ach, übrigens, meine Inlineskates vom letzten Jahr liegen noch herum. Sie sind mir zu klein geworden, und mein Vater meckert ständig, dass sie ihm im Weg sind, ich soll sie endlich verschenken.«

Wenn mein Vater etwas von diesen Geräten wüsste, würde er sie meiner Mutter geben. Aber meine Mutter soll sich einfach neue kaufen, falls sie überhaupt jemals fährt.

»Du kannst nicht zufällig welche brauchen?«, frage ich. »Sie dürften deine Größe haben.«

»Ach, ich weiß nicht …«

»Du probierst sie einfach an. Okay?«

»Okay«, sagt Regina.

»Und übrigens wird für die nächste Skatenight ein Sänger oder eine Sängerin auf Rollen gesucht. Sollen wir uns bewerben?«

Regina lacht. »Du meinst – singen und fahren?«

»Ja. Mit einer Verstärkeranlage in einem Auto hinter dir. Du hast ein Funkmikrofon. Die komplette Inlineausrüstung mit Reflektoren und einem Extradress kriegst du von Jumbo-Sport.«

»Reflektoren?«

»Damit man dich nachts sieht.«

»Und was muss man singen?«

»Pop, Rock … was du eben kannst. Man bringt seine Musik mit und die entscheiden dann.«

Noch während ich das sage, weiß ich schon, dass ich auf jeden Fall vorsingen werde: *I will survive.*

Vom Vorsingen und von Liebesgesäusel

Das Vorsingen ist am Montag nach Ladenschluss in der Verkaufshalle von Jumbo-Sport. Beim Abendessen erzähle ich meinen Eltern, wohin ich gehe, aber ich sage nicht, wozu. Seit ich den Aufkärungsversuch meines Vaters abgeschmettert habe, beschränken wir beide uns auf das Nötigste.

Meine Mutter vermittelt zwischen uns. Sie liest meinem Vater die Fragen, die er mühsam zurückhält, von seinen Stirnfalten ab.

»Ist was Besonderes bei Jumbo-Sport?« Ihre Wortwahl und ihr Tonfall reizen mich nicht zum Widerspruch. Dazu macht sie ein heiteres Gesicht und unterstellt mir nicht, dass ich das Haus verlasse, um mit Kai zu schlafen.

»Ja, man darf zu Musik inlineskaten. Regina kommt auch mit. Ich habe ihr übrigens meine alten Inlines geschenkt, sie hatte nur Schrott.«

»Das ist okay.« Meine Mutter schiebt die Hand unter den Tisch, um sie auf ihren Bauch zu legen. Das macht sie ständig. Auf ein Räuspern meines Vaters hin sieht sie ihn noch einmal an und dolmetscht: »Ach, Madeleine, weißt du, wie lange es dauern wird? Nur so ungefähr?«

»Keine Ahnung.«

Auf seiner Stirn kann man in Leuchtziffern *zehn Uhr* lesen. Aber meine Mutter zieht es vor, diesmal ungenau zu übersetzen.

»Soll ich dich gegen elf abholen?«, fragt sie.

Ich murre: »Müsst ihr mich immer abholen?«

»Wir machen das gern, Madeleine.«

Genervt gebe ich nach. »Wenn's unbedingt sein muss. Dann ruf ich eben an. Irgendjemand hat immer ein Handy dabei.«

Ich schiebe meinen Teller weg. Nach einem bedauerlichen Rückfall am Wochenende habe ich es heute erfolgreich vermieden, zum Frustesser zu werden. Die Aussicht auf das Vorsingen hat mir dabei sehr geholfen. Regina und ich haben Marcel in der Pause davon erzählt und er möchte gerne mitkommen. Nur so als Begleiter, hat er vorgeschlagen. Seine Stimme klang dabei etwas angestrengt. Außerdem fummelte er wieder auf seltsame Weise an seinem Handy herum und warf mir kurze, unerklärliche Blicke zu. Ich konnte Regina noch nicht fragen, ob sie diesen Tick auch schon an ihm beobachtet hat und ob sie weiß, was das soll.

Beim Gedanken an Marcel fällt mir ein …

»Sekunde mal«, sage ich, »ihr müsst mich überhaupt nicht abholen, Marcel bringt mich heim!«

Bei ihm brauchen sich meine Eltern keine Sorgen zu machen, dass mir nachts in der S-Bahn etwas Unaussprechliches zustoßen könnte.

Mein Vater vergleicht offenbar den Namen *Marcel* mit dem Namen *Kai*, findet keine Übereinstimmung und runzelt die Stirn. »Marcel?«

»Der Geiger aus dem Musical, du kennst ihn. Er ist sechzehn«, informiere ich meinen Vater, denn er hat keine Schülerlisten vom Gymnasium. »Und er ist schüchtern«, füge ich hinzu, damit mein Vater merkt, dass ich ihn durchaus verstanden habe.

»Machen wir es so, Madeleine: Falls Marcel dich nicht heimbringen sollte, rufst du an, ja?«, bestimmt meine Mutter.

Ihre verbindliche letzte Silbe gibt mir immerhin die Möglichkeit, auch Nein sagen zu können. »Alles klar. Ist versprochen«, sage ich.

Das Probesingen bei Jumbo-Sport besteht aus einem einzigen Auftritt, in dem wir alles geben müssen, bevor die Musik abrupt stoppt und der Kandidat mit einer Handbewegung weggeschickt wird. Als Dankeschön fürs Kommen gibt es ein T-Shirt und eine Baseballmütze mit einem Werbeaufdruck von Jumbo-Sport.

Vier Jungen haben schon ihre Kassetten zurückerhalten und sind hinausgerollt. Zwei Mädchen und ein Junge sind nach ihrem Ausscheiden geblieben, um sich die anderen noch anzuhören. Sie halten ihr Geschenk fest, als wären sie deswegen hergekommen.

Hinter dem Jurytisch sitzen zwei Manager von Jumbo-Sport und ein Musiktechniker, der die Anlage bedient. Die Manager tragen Anzüge und Krawatten und haben das letzte Wort. Der Techniker macht seinen Job in abgewetzten Jeans und könnte sich auch mal die Haare waschen. Aber sonst ist er nett. Eine Verkäuferin gibt die Trostgeschenke aus und öffnet die Tür, wenn jemand gehen möchte.

Regina und ich sitzen zusammen mit sechs weiteren Jungen auf Holzbänken in der Halle. Die Verkaufsständer wurden an die Wände gerollt, sodass wir für unsere Darbietung über eine große, mit Filz belegte Fläche verfügen.

Regina wird aufgerufen.

»Du schaffst es!«, flüstere ich ihr zu.

Man muss zuerst eine Inlinerunde drehen und ein paar Kunststückchen vorführen, um zu beweisen, dass kein Rettungswagen in unmittelbarer Nähe mitzufahren braucht.

Regina knallt bei der ersten Drehung schon hin. Sie steht schnell wieder auf, aber einer der beiden Manager winkt bereits ab.

Ohne nachzudenken, rolle ich zum Jurytisch. »Sie ist auf diese Schuhe noch nicht eingefahren«, sage ich, »aber sie singt unheimlich gut!« Damit schmälere ich zwar meine eigenen Chancen, aber Gerechtigkeit muss sein.

Der Techniker schaut die Manager fragend an und

Regina darf singen. Der Techniker gibt ihr das Headset mit dem Funkmikro und klipst ein Kästchen an ihren Hosenbund. Dann legt er ihre CD ein.

Sein Gerät hat eine Karaoke-Einrichtung, die mal besser, mal schlechter oder auch überhaupt nicht funktioniert, je nach Titel. Wenn sich die Frequenzen überlagern, verzichtet er lieber darauf. Bei *Macavity* ist das der Fall. Regina muss schreien, um die Sängerinnen zu übertönen, und das schafft sie auch. Aber sie fährt leider keinen Zentimeter von der Stelle.

Die Männer sehen sich ratlos an. Am Ende verweisen sie Regina auf die Reservebank.

Marcel und ich grinsen sie an, als sie zwischen uns plumpst. »Du wirst sehen, Regina«, sage ich, »die verpassen dir ein Inlinetraining!«

Der nächste Kandidat hat eine Karaoke-Version seines Songs mitgebracht, kommt aber leider nicht damit klar. Nie klappen die Einsätze.

Nach ihm wird ein Junge aufgerufen, der zwar fahren und rappen kann wie ein Teufel, aber singen kann er überhaupt nicht.

Dann bin ich dran. Marcel und Regina halten die gedrückten Daumen hoch. Ich gebe dem Techniker meine Maxi-CD.

»*I will survive.* Die Karaoke-Version.« Danach beackere ich den Filzboden mit meinen Rollen und mit aller Kraft, die man auf so kurzen Strecken überhaupt entfalten kann.

Ich bekomme das Headset und das Gürtelkästchen vom Techniker. »Wenn du so singst, wie du fährst …«, meint er.

Ich stelle mir vor, dass ich für Kai singe. Dass er mich zurückhaben will und wie ich ihn abblitzen lasse:

»I've got all my life to live
and I've got all my love to give
and I survive – I will survive ...«,

schreie ich. Ich bin in der engeren Auswahl.

Ein Junge schafft es noch auf die Reservebank, allerdings mit einem peinlichen Machwerk aus der volkstümlichen Hitparade. Die anderen bekommen ihr Geschenk, das sie mit sauren Mienen entgegennehmen.

Der Almdudler, Regina und ich bleiben hier. Wir sollen noch ein Lied singen. Regina wählt *Memory*. Die Manager schütteln die Köpfe und winken dem Almdudler.

Der hat im Moment nichts weiter auf Lager. Doch kann er schon bis morgen etwas eingesungen haben, erklärt er eifrig.

»Das glaub ich sofort«, murmelt Regina und schüttelt sich.

Der Zufall – oder Kai – hat es gewollt, dass ich zurzeit auf grelle, aggressive Nummern stehe, und nach dem zweiten Durchgang, in dem ich noch einen Titel von Gloria Gaynor singe, habe ich den Job.

Ich soll in der nächsten Skatenight starten. Die Aktion ist natürlich mit Firmenwerbung verbunden, und wenn es sich lohnt und alles gut klappt, gibt es vielleicht weitere Auftritte. Die Manager sehen zufrieden aus.

Der eine ist ein Herr Wunderlich und der andere ein

Herr Bauer. Herr Wunderlich nimmt meine Personalien auf. Ich bekomme eine Einverständniserklärung mit, die meine Eltern unterschreiben müssen. Sobald ich sie zurückbringe, sagt Herr Wunderlich, werde ich eingekleidet und darf mir neue Inlineskates aussuchen.

Herr Bauer winkt mich zum Techniker hinüber.

»Ich bin Jens«, sagt der Techniker. »Gratuliere!«

»Danke. Ich bin Madeleine.«

»Wir sollten uns auf drei oder vier Titel von dir einigen«, sagt er. »Dazwischen gibt's Instrumentaltitel, damit du dich wieder erholen kannst. Und morgen sollten wir proben. Geht es bei dir nach sechs? Früher kann ich nicht.«

Morgen? Morgen ist der Liederabend der Klasse Dorian. Obwohl ich den gar nicht besuchen will, zögere ich.

»Lieber übermorgen!«, schlage ich vor.

»Da kann ich überhaupt nicht«, sagt Jens.

Ich trete von einem Fuß auf den anderen. Dann gebe ich mir einen Ruck. »Gut, dann eben morgen.« So dürfte man sich fühlen, wenn man jemandem, der gegangen ist, seinen Koffer hinterherwirft.

Es ist weit nach elf, als ich draußen bin und zum ersten Mal auf die Uhr sehe. Ich erstarre im grünlichen Schein der Beleuchtung von Jumbo-Sport. Regina und Marcel schauen mich fragend an.

»Kannst du mir dein Handy leihen, Marcel? Mein Vater kriegt die Krise, wenn ich jetzt nicht sofort anrufe!«

Marcel fährt mit der Hand in die Tasche. Aber dann stutzt er. »Hast du deines nicht mit?«

»Ich? Wieso, ich hab doch gar keines.«

Marcel legt den Kopf schief. »Was?«

»He, was ist so schlimm daran, Marcel? Wird man aus der Gesellschaft ausgestoßen, wenn man kein Handy hat?«

»Du hast … kein Handy?«, krächzt Marcel.

»Das sag ich doch! Gibst du's mir nun oder nicht?«

Regina schaut verwundert zwischen uns beiden hin und her.

Marcel streckt mir sein Handy entgegen und wendet das Gesicht ab.

»Ist was, Marcel?« Regina greift nach seinem Arm.

Ich beobachte die beiden, während ich mit meinem Vater telefoniere. Ich kann mir auf Marcels Stöhnen keinen Reim machen. Auch nicht auf Reginas Staunen. Sie schlägt die Hand vor den Mund. Ziemlich abwesend erzähle ich meinem Vater, dass es ein bisschen länger gedauert hat und dass Marcel mich heimbringen wird. Ich lege auf, ehe er einen Gegenvorschlag machen kann.

Dann schaue ich mir Marcel noch einmal genauer an und wähle wieder. »Papa? Kannst du mich vielleicht doch abholen? Marcel hat ein Problem, ihm ist übel. – Danke, bis gleich.«

Ich gebe Marcel vorsichtig sein Handy zurück. Es wäre besser, jemand würde *ihn* nach Hause bringen. Dann drehe ich mich zu Regina um. Sie hat das Gesicht in den Händen vergraben, ihre Schultern zucken. Ich weiß nicht, ob sie weint oder lacht.

»Erklärt mir vielleicht mal jemand, was eigentlich los ist?«

»Hach, Madeleine«, seufzt Regina.

Marcel legt die Stirn ans Schaufenster. Er hat die Augen zu.

»Los, Marcel.« Regina geht hin und gibt ihm einen sanften Stoß. »Jetzt sag's schon, dann ist es vorbei!«

Marcel stöhnt. »Sag du es«, murmelt er.

Und da erzählt mir Regina, dass Marcel ungefähr zwanzig Liebeserklärungen über SMS bekommen hat, alle von einer Person.

»Und?«

»Na ja, Madeleine, sie waren anonym. Er hat gedacht, sie sind von dir.«

»Was? Von mir?«

Marcel fährt herum. »Ich habe keiner sonst meine Nummer gegeben!«

O du Schande! Marcel hat beim Abrufen von irgendwelchem Liebesgesäusel gedacht, dass ich ... Sein Erröten, sein Wegschauen, sein demonstratives Fummeln am Handy, seine Blicke ... Und deshalb ist er auch heute mitgekommen!

»Aber im Display war doch sicher die fremde Nummer!«, sage ich.

»Ja, das schon. Ich hab auch probiert, den Namen rauszukriegen. Keine Chance«, verteidigt er sich.

»Hast du geantwortet?«

»Die Botschaften waren ... na ja – sonst bist du eben anders! Ich hab noch gewartet. Ich dachte, wenn wir uns sehen, wirst du ... Quatsch, nicht du ... Du warst es ja nicht.«

In dieser Sekunde fällt es mir ein. Britta! Ich habe ihr Marcels Nummer gegeben, lange bevor sie ein Handy hatte. Weil sie damals gesagt hat, dass sie vielleicht am Telefon den Mut aufbringen könnte, mit ihm zu reden.

Mir wird abwechselnd heiß und kalt. Ich kann unmöglich sagen, dass es Britta war!

»Marcel«, sage ich forsch, »so was würde ich nie tun. Ich vergraule doch keinen guten Kumpel mit Liebesgesäusel – wie konntest du mir das zutrauen?«

Sosehr er sich auch auf die Schaufensterdekoration konzentriert, zuckt er doch beim Wort »Liebesgesäusel« schmerzlich zusammen.

»Hey, Marcel, ich war's echt nicht! Ich schwöre!«

Regina grinst erleichtert, als Marcel einen gequälten Blick riskiert und auch noch die Kraft aufbringt, ihn maßlos zu übertreiben.

Darüber lachen wir uns alle drei schief.

Erst bei meinem Vater im Auto überkommt mich ein großes Bedauern. Was wird aus unserer Freundschaft werden, wenn Marcel jetzt anfängt, sich die Augen nach der wirklichen Absenderin der Botschaften auszuschauen?

Von drei Dingen, die mir allmählich den Hals zuschnüren

Als ich mittags aus der Schule komme, ist zu meiner Überraschung mein Vater da. Mit erschreckten Augen teilt er mir mit, meine Mutter sei in der Klinik. Es hätten bei ihr ziehende Schmerzen eingesetzt, nur leichte, aber immerhin. Eine Fehlgeburt sei zu befürchten.

Die Spannung zwischen ihm und mir ist sofort vergessen. Ich sehe seine Angst. Er will gleich wieder in die Klinik fahren und ich möchte doch bitte hier erreichbar bleiben.

»Klar, Papa«, sage ich sofort.

Er murmelt: »Wenn ich nur etwas tun könnte …« Dann versucht er ein optimistisches Lächeln. »Es ist vielleicht alles nur halb so wild. In ein paar Tagen kann sie wieder daheim sein. Solche kleinen Störungen kommen vor, hat ihr Arzt gesagt. Man nimmt sie natürlich ernst, aber meistens gehen sie vorüber.«

Ich atme auf. Das hört sich schon besser an. »Sag Mama einen Gruß von mir! Kann man sie anrufen?«

»Nein, sie soll ja absolute Ruhe haben. Aber ich melde mich bei dir, Madeleine.«

Mir fällt meine Vereinbarung mit Jens ein. »Ach, Papa, um sechs hab ich eine Probe …«

Er runzelt die Stirn, als wüsste er nicht mehr, was eine Probe ist. Dann meint er zerstreut, bis dahin hätten wir längst miteinander telefoniert und würden wohl auch schon weitersehen.

Eine Minute später bin ich allein. Ich mache mir ein schönes Schokomüsli und verschlucke mich gleich am ersten Bissen: Dass meine Mutter das Baby verlieren könnte, ist vielleicht noch nicht das Schlimmste – ich hab ja gar nicht danach gefragt, ob sie selbst auch in Gefahr ist!

Doch da nichts auf einen überstürzten Aufbruch hindeutet – davon überzeuge ich mich durch einen Blick in ihr Zimmer und ins Badezimmer –, beruhige ich mich wieder. Dass meine Mutter das Haus sozusagen geordnet verlassen hat, halte ich für ein gutes Zeichen. Und außerdem, was soll einem passieren, wenn man in der Klinik ist?

Nur das Wort »Fehlgeburt« will mir nicht aus dem Kopf, es hat etwas Bedrohliches. Andererseits aber: Wenn es mit dem Baby schiefgeht, können wir zu dritt bleiben, nichts wird sich ändern, meine Mutter kann im Oktober ganz unbelastet ihre Aufnahmen machen …

Ich betrachte den gefüllten Löffel in meiner Hand und lege ihn vorsichtig in die Schale zurück. Dass ich so egoistisch bin, erschüttert mich. Meine Eltern freuen sich wie die Blöden auf das Baby – und ich? Kann ich wirklich wollen, dass es … stirbt?

Nein, das nicht. Wenn ich genau in mich hineinhorche: Ist da vielleicht nicht sogar schon eine kleine Vorfreude auf das Baby? Ich falte die Hände, schließe die Augen und konzentriere mich. Aber bei aller Mühe, die ich mir gebe: nichts. Keine Vorfreude, sondern nur das unangenehme Gefühl, das sich immer einstellt, wenn ich an den dicken Bauch meiner Mutter denke.

Ich schiebe die Müslischale weg, jetzt kriege ich endgültig nichts mehr runter. Vielleicht passiert meiner Mutter genau deswegen etwas, weil ich so ein mieses Stück bin!

Ich halte es nicht mehr aus, allein zu sein, und rufe Regina an. Ich erzähle ihr, dass meine Mutter im Krankenhaus ist und dass mein Vater und ich uns Sorgen machen.

»Soll ich zu dir kommen, Madeleine?«, fragt sie sofort.

Ja!, möchte ich rufen. Aber sie hat morgen einen Test, und wenn sie zu mir kommt, kann sie nicht lernen. »Nein, lass mal. Aber vielleicht kannst du mir eine Frage beantworten.« Ich hole tief Luft. »Regina, ist man ein Monster, wenn man sich nicht unbedingt auf ein Geschwisterchen freut?«

Regina hustet. »Lässt du mich mal allein, Mama?«, höre ich sie sagen. Danach gesteht sie mir flüsternd, dass sie sich diese Frage auch gestellt hat, vor einem Jahr, und dass sie vor allem Thomas gehasst hat. Ich solle mir bloß nichts denken. Das gehe vorüber, bestimmt. Sie liebe ihr kleines Schwesterchen ja nun auch.

»Hauptsache, deine Mutter steht es gut durch«, sagt sie.

Ich bin fahrig und unkonzentriert und bringe kaum meine Hausaufgaben zustande, während ich mit einem Ohr ständig auf das Läuten des Telefons warte. Auch meine Gesangsübungen taugen nichts und für Omas Tonleitern habe ich schon gar keinen Sinn.

Mein Vater ruft aber nicht an, sondern taucht in Person auf. Man habe ihn weggeschickt, weil meine Mutter sonst nicht zur Ruhe käme. Dabei habe er nur stumm an ihrem Bett gesessen, weiter nichts!

»Und was ist mit Mama?«, frage ich ungeduldig.

»Sie hängt am Tropf.«

»Was?«

»Sie kriegt ein Medikament, damit die Wehen aufhören. Wir sollen uns keine Sorgen machen.«

»Dann zeig mir mal, wie das geht!«, rufe ich.

Mein Vater lächelt angestrengt. »Gut, ich brutzle uns was Feines. Was möchtest du denn, Madeleine?«

Ich würde jetzt gern bei ihm bleiben, wenn ich könnte. »Papa, ich habe doch die Probe, ich muss los!«

Wenn er darauf eingeht – nehme ich mir schnell vor – und sich für die Probe interessiert, erzähle ich ihm die ganze Geschichte und unterschreibe die Erlaubnis nicht einfach selbst.

Aber mein Vater fragt nicht nach. Er will nur wissen, wie ich wieder nach Hause komme. Denn er kann mich nicht abholen, er möchte nicht vom Telefon weg. Ob er Oma oder Onkel Bangemann bitten soll?

»Nicht nötig«, wehre ich ab. »Marcel bringt mich heim. Er ist wieder in Ordnung.«

»Sicher?«

Nein, gelogen! Marcel wird überhaupt nicht bei der Probe dabei sein. Ich nicke und werde gesprächig, damit mein Vater nicht auf dumme Ideen kommt. »Marcel hatte nur eine, öh, Magenverstimmung. Ihm wurde übel von den Liebeshymnen, mit denen Britta seinen SMS-Speicher zugeschrottet hat und …«

Mein Vater kriegt den abwesenden Blick, wie immer bei solchen Themen, und ich gehe erleichtert in mein Zimmer.

Drei Dinge schnüren mir allmählich den Hals zu:

Die Erkenntnis, dass man so viel bequemer lebt, wenn man lügt.

Dass meine Mutter in der Klinik liegt und am Tropf hängt. Dass Kai heute singt und hinterher mit den anderen feiern geht und ich bin nicht dabei.

Matt und weh ziehe ich mich um. Vielleicht hätte

ich zum ersten Mal das Kirschrote getragen. Durchaus möglich, dass ich inzwischen für das Kirschrote reif gewesen wäre, wenn der Fiesling Kai nicht unsere Beziehung gekappt hätte! Nun zwänge ich mich stattdessen in die üblichen Sportklamotten und werfe mir den Rucksack über die Schulter.

Ich soll mir vor der Probe bei Jumbo-Sport neue Inlines aussuchen. Dazu wird man mir reflektierende Schützer verpassen und einen Helm mit Lampe. Auf jeden Fall will ich Leuchtrollen, denn die besitze ich noch nicht. Mit solchen Gedanken versuche ich, mich von der Tatsache abzulenken, dass mein Herz gerade eben in Stücke geht.

Mein Vater ruft mir nach: »Madeleine, um was für eine Probe handelt es sich eigent ...«

Die Haustür fällt hinter mir zu.

Bei Jumbo-Sport gibt es neben der Verkaufshalle auch noch eine große Lagerhalle. Dort baut Jens heute für unsere Probe seine Verstärkeranlage auf, die er in der Skatenight im Firmenbus installieren wird. Während er noch mit dem Soundcheck beschäftigt ist, helfen mir Herr Bauer und die Verkäuferin, meine Ausrüstung zusammenzusuchen. Vom Sparen halten sie nichts. Wenn ich alle Reflektoren trage, die sie mir anbieten, leuchte ich in der Skatenight wie ein amerikanischer Weihnachtsbaum.

Das sei beabsichtigt, klären sie mich auf, vom Helm bis zu den Rollen soll ich eine spektakuläre Erscheinung sein. Ich erkenne mich im Spiegel nicht wieder. Unmöglich kann es sich hier um dieselbe Person handeln, die jetzt eigentlich im kirschroten Ensemble auf dem Weg ins klassische Konzert sein könnte.

Das Konzert beginnt um halb acht …

Aber ich, ich habe Probe mit Jens.

Er ist nicht zufrieden mit mir. Er nörgelt herum, weil ich den Anfang vom Song verschleppe und dann auch noch in die falsche Textzeile gerate, weil ich die Arme hängen lasse und meine neuen Inlines überhaupt nicht zum Fahren benütze, wo man doch extra Platz geschaffen hat. Und warum ich nicht so aggressiv singe wie gestern Abend, sondern matt und fad? Himmelherrgott, ob ich einen Tritt brauche, oder was?

Ich finde es schade, dass ich ihn so enttäusche, er hat das nicht verdient. Ich versuche, mich auch zusammenzureißen, aber es geht nicht. Denn da, wo mal mein Herz war, ist jetzt ein schwarzes, blutendes Loch.

Es muss mir in den Augen stehen, denn Jens schlägt versöhnlich vor, wir sollten den Song jetzt mal kurz vergessen und ein paar Takte reden.

Zu seinem und meinem Schreck breche ich in Tränen aus. Jens lässt den Regler los und beugt sich vor. Ich nehme das Headset ab und den dämlichen Leuchthelm, an den ich mich gewöhnen soll.

»Was hast du denn?«, fragt Jens.

Stumm schüttle ich den Kopf.

»Hast du Angst? Bist du der Sache nicht gewachsen?«

Was? Lächerlich. Natürlich bin ich der Sache gewachsen. Aber heute nicht, nicht in dem Augenblick, in dem sich im Konservatorium der Konzertsaal füllt. Regina geht jetzt auch hinein. Nur ich sitze in einem anderen Stadtteil auf einem Betonboden und zähle acht Leuchtrollen an meinen Füßen. Warum bin ich eigentlich immer im falschen Film?

Jens kommt her. »Hör mal, Madeleine, falls ich zu streng war, das wollte ich nicht …«

Ich reiße mich hart zusammen und schaue ihn an. »Es liegt nicht an dir.«

»Was ist es dann?« Er hockt sich zu mir auf den Boden.

Bei so viel Nettigkeit kriege ich fast nichts mehr heraus. »Es ist nur – ich sollte jetzt bei meinem … Freund sein.« In dieser Sekunde bin ich mir sicher, dass Kai auf mich wartet und dass alles gut werden könnte, wenn ich komme.

»Oje, hat er was?«

»Ja, ein Konzert.«

Jens rauft sich die Haare und steht auf. »Warum hast du das denn nicht gleich gesagt? Hau schon ab, wir sehen uns morgen, ich lege meinen Termin um … Bist du noch nicht weg?« Er hilft mir auf die Beine.

Ich verstreue meine Ausrüstung um mich herum, soll sie aufsammeln, wer will.

Die S-Bahn fährt unerträglich langsam. Als ich keuchend das Konservatorium erreiche, ist niemand mehr im Treppenhaus und in den Gängen. Der Hausmeister sitzt auf einem Stuhl vor der Saaltür und schüttelt streng den Kopf. Dazu legt er den Finger an die Lippen.

Ich höre nichts.

Doch, das Gemurmel des Publikums.

»Es hat noch nicht angefangen«, flüstere ich.

Aber der Hausmeister sieht nur meine Aufmachung.

»Ich hatte eine Probe!«

Jetzt erkennt er mich endlich. Und während drinnen der Beifall aufbrandet, öffnet er mir die Tür gerade so weit, dass ich mich hindurchzwängen kann. Weil der Eingang an der Seite des Saals ist, ziehe ich viele Blicke auf mich, bis ich endlich ganz hinten in der letzten Stuhlreihe einen Platz finde.

Ich sitze noch nicht mal richtig, als mit einem Klaviervorspiel das Konzert beginnt. Judith, im tief ausgeschnittenen Bühnenkleid, singt eine Arie.

Ich habe Zeit durchzuatmen, mich auf meinem Stuhl einzurichten, unmerklich an meinen Achseln zu schnüffeln und heimlich die Leute zu betrachten. Frau Dorian sitzt in der ersten Reihe ganz rechts und lächelt Judith zu. Ich verrenke mir den Hals, bis ich auch Regina finde. Sie ist mit Marcel gekommen. Kai singt sich jetzt ein; ich muss also nicht befürchten, dass ich plötzlich seinem Blick begegne. Trotzdem habe ich feuchte Hände und übel ist mir auch. Tief und ruhig atmen, befehle ich mir. Atemtechnik ist alles, eine zukünftige Sängerin kennt doch den Trick!

Nur – leider funktioniert er nicht, obwohl ich zwei Arien lang Zeit habe, ihn anzuwenden. Vielleicht liegt es an Judiths verflucht schöner Erscheinung, die sie allerdings hauptsächlich dem Kleid verdankt. Aber ihr Gesang ist auch vom Feinsten und dabei hilft ihr kein Kleid.

Beim Applaus für Judith geht noch einmal die Saaltür auf und der Hausmeister lässt vier mir wohlbekannte Personen ein: Britta, Franziska, Nina und Denise.

Im ersten Schreck denke ich, sie haben sich in der Veranstaltung geirrt. Einen zweiten Schreck kriege ich, als mir klar wird, warum sie hier sind: Sie wollen Kai begucken! Und zwar nabelfrei, in ihren engsten Sachen und mit schrillen Frisuren. Vorher war das Auffälligste im Saal ein Student mit Dreadlocks. Sie peilen die zweite Reihe an, wo ein paar Ehrengäste anscheinend nicht erschienen sind. Das einzig Gute an ihrem Auftauchen ist, dass sie mich da hinten nicht gesehen haben.

Jetzt ist Miguel an der Reihe, mit ernsten Gesängen von Brahms, die von Staub und Asche und Tod handeln. Man fühlt beim Zuhören, wie man in die Erde sinkt und in zwei Metern Tiefe waagrecht zu liegen kommt. Derselbe Miguel hat kürzlich mit Judiths Lippenstift eine Rose auf Frau Dorians Spiegel gemalt, über die Frau Dorian einen ganzen Nachmittag lang lachen konnte. Jetzt singt er mit Grabesstimme und einem Gesicht wie ein Leichenträger seine Sterbelieder, und das ganze Publikum atmet auf, als er fertig ist.

Kai hat als Letzter vor der Pause den besten Rangplatz im Konzert. Garantiert wird er heute das Pausengespräch sein. Wenn er in der Menge auftaucht, werden ihm alle Augen folgen, jeder wird ihm zulächeln, seine Verwandten und Bekannten werden ihn glückstrahlend umringen und Frau Dorian wird ihn halb tot drücken.

Mein Herz pocht, als das Klatschen für Miguel verebbt ist. Erwartungsvolle Stille. Frau Dorian rückt ihren Stuhl zurecht und schaut zur Bühnentür. Ein paar Sekunden, dann geht die Tür auf. Unter Applaus betritt Kai mit der Pianistin zusammen die Bühne.

Ich spüre einen heftigen Stich in der Herzgegend. Wie gut er aussieht – noch viel besser, als ich ihn in Erinnerung hatte! Im dunklen Anzug und weißen Hemd, ein Lächeln auf den Lippen und ein bisschen Gel in den Haaren, so steht er fern, völlig unerreichbar für mich, neben dem Flügel. Was immer ich mir vorgemacht habe, wozu ich hergekommen bin – es war ein Irrtum, das sehe ich jetzt.

Kais Augen wandern über die erste und zweite Reihe. Dann schließt er sie und sammelt sich.

Einmal, als wir über den bevorstehenden Klassenabend geredet haben, hat er gesagt, dass ich mich unbedingt in die erste Reihe setzen soll, dann wird er mich bei *Schöne Wiege meiner Leiden* unverwandt ansehen. Ich habe gekichert und gesagt, einen solchen Text könnte ich nur in der letzten Reihe ertragen. Dorthin hätte er jetzt also schauen müssen, wenn ich für ihn noch eine Rolle spielen würde.

Kai macht nach den zarten Tönen des Vorspiels die Augen auf. Weich setzt er ein:

»Im wunderschönen Monat Mai,
als alle Knospen sprangen,
da ist in meinem Herzen
die Liebe aufgegangen.«

Ich rutsche in meinem Stuhl nach unten und presse die Fäuste auf den Mund. Ich darf auf keinen, keinen, keinen Fall daran denken, dass Kai für mich singen wollte. Der Text passt nur zufällig – dass Kai von unserer Liebe singt, ist nichts als Wunschdenken von mir. Wir hatten zwar einen Mai miteinander und vorher ein Stückchen April, aber an den Schumannliedern arbeitete er schließlich schon seit Januar. Und natürlich hat auch die zweite Strophe nichts mit mir zu tun:

»Im wunderschönen Monat Mai,
als alle Vögel sangen,
da hab ich ihr gestanden
mein Sehnen und Verlangen.«

Liebesgedichte von Heinrich Heine gehen sowieso alle schlecht aus. Ich hasse Liebesgedichte. Und nun singt Kai:

»Aus meinen Tränen sprießen
viel blühende Blumen hervor.«

Ein gutes Publikum unterbricht die Lieder nicht durch Klatschen und hier im Saal sitzt ein gutes Publikum. Es ist aufmerksam, bewegt, Anteil nehmend. Die weiche Stimmung trägt meine Trauer wie auf Daunen. Unglaublich, dass etwas, das furchtbar wehtut, gleichzeitig so schön sein kann.

Vor dem letzten Lied macht Kai eine Pause, in der es fast atemlos still ist. Die Pianistin beobachtet ihn und wartet auf die Bewegung, mit der er die Schultern strafft und den Kopf hebt. Jetzt!

Sie fängt an und dann kommt Kais Stimme:

»Schöne Wiege meiner Leiden …«

Also, wenn ich das überstehe, kann mir im Leben nichts Schlimmeres mehr passieren. Ich rühre mich nicht und versuche, zu Stein zu werden, zu Marmor, Granit oder was immer. Meine Nachbarn zur Rechten und zur Linken kämen niemals darauf, dass zwischen ihnen eine Tränensäule sitzt, zusammengehalten von reiner Willenskraft.

Schöne Wiege meiner Leiden ist das ultimative Lied. Diese Minuten jetzt und hier sind die ultimativen Minuten. Für immer und ewig werde ich mich an sie erinnern, vorher vergesse ich noch Kais Namen.

»Nie wollt ich dein Herze rühren,
Liebe hab ich nie erfleht …«

Da klingelt ein Handy. Der ganze Saal fährt zusammen.

Es gibt ein paar Dinge, die einfach nicht passieren dürfen, und dies ist eines davon. Vier schrill frisierte Köpfe geraten in Bewegung, in vier Handtäschchen wird gewühlt. Das Handy klingelt weiter. Kai sind die Gesichtszüge entgleist, er bricht ab. Abrupt dreht er sich zum Flügel und wendet uns den Rücken zu. Die Pianistin lässt die Hände sinken. In ihrem Gesicht kann man für einen Moment lesen, dass die Menschen in diesem Saal ihre Anstrengung nicht wert sind, danach wird ihre Miene so starr wie Kais Gestalt. Sämtliche Augen sind auf die Mädchen gerichtet, die das Handy endlich zum Schweigen bringen, wobei man nicht ausmachen kann, wem es eigentlich gehört.

Kai zeigt uns wieder seine Vorderansicht. Die Pianistin und er beginnen das Lied von vorn, als wäre nichts geschehen.

Aber es ist doch etwas geschehen – der Zauber ist gebrochen. Es gelingt Kai nicht mehr, den ganzen Saal in Bann zu schlagen. Ein einziges Lied reicht einfach nicht aus, um in die wunderbare Stimmung von vorher zurückzufinden. Ich frage mich bereits, ob es diese Stimmung überhaupt gegeben hat oder ob ich sie mir nicht nur eingebildet habe.

Mein linker Nachbar lässt die Fingergelenke knacken, und es ist durchaus möglich, dass er das schon vorher getan hat.

Britta und ihre Freundinnen haben mich in die Wirklichkeit zurückgeholt – dafür sollte ich ihnen eigentlich dankbar sein. Denn ich sehe jetzt, dass das scheinbar ultimative Lied nur so viel Bedeutung hat, wie man ihm gibt.

Kai, zum Beispiel, hat nicht mal daran gedacht, es für mich zu singen. Denn als er fertig ist, lächelt er bis zur Saalmitte, bis nach hinten reicht sein Blick nicht. Ich kann vollkommen aufrecht sitzen, ohne dass er mich sieht. Wenn das keine Ernüchterung ist.

Es ist sehr unhöflich, einen Konzertsaal zu verlassen, während die Leute noch Beifall klatschen. Aber manchmal geht es eben nicht anders. Denn in meinen Sportklamotten kann ich mich unmöglich in der Pause unters Publikum mischen.

Aber das ist eine Ausrede. In Wirklichkeit halte ich es einfach nicht aus, Kai zu begegnen, und ich habe auch keine Antwort, wenn Britta fragt, warum ich jetzt nicht an Kais Seite bin und wieso ich mich so schrecklich angezogen habe.

Ich nütze die Sekunden, die Kai hinter der Bühne verbringt, ehe er zum dritten Mal herauskommen und sich verneigen wird. Mit abgewandtem Gesicht husche ich zur Tür. Der Hausmeister hat sie bereits einen Spaltbreit geöffnet, wahrscheinlich, um zu sehen, wer so viel Applaus bekommt. Ich drücke sie weiter auf und renne an dem Mann vorbei die Treppe hinunter.

Vom Überleben

Meine Mutter muss vorerst in der Klinik bleiben. Die Wehen haben aufgehört, dem Baby geht's gut, aber sie braucht absolute Ruhe. Schon der Anblick ihres Mannes kann sie aufregen, glaubt ihr Arzt, der ein striktes Besuchsverbot verhängt hat. Schreiben darf man ihr, wenn man möchte, aber nur über alltägliche Dinge. Auch Musik hören ist meiner Mutter erlaubt. Die Station, auf der sie liegt, hat eine Liste ihrer Wunsch-CDs gefaxt. Mein Vater hat die CDs, einen Player und sonst ein paar Sachen in die Klinik gebracht.

»Ein paar Tage halten wir das locker aus«, meinte er.

Doch das Haus ist merkwürdig leer. Als ich das erwähne, sagt mein Vater: »Es fehlen ja auch zwei.« Sosehr hat er sich schon auf das Baby eingestellt!

Ein Junge soll es angeblich werden. Seit ich das weiß, kann ich mir in unserem Haus plötzlich ein Gitterbettchen vorstellen und so etwas Kleines, Kreischendes, Sabberndes darin, um das meine Eltern ununterbrochen herumsausen.

Bei einem Jungen bleibe ich aber wenigstens die einzige Tochter meiner Eltern.

Ansonsten habe ich im Moment nur die Skatenight, wenn ich mich auf etwas freuen will. Die ganze Klasse und auch Britta nehmen begeistert daran Anteil und freuen sich mit mir. Ich habe Britta von meinem geplanten Auftritt erzählt. Es war meine Antwort auf ihre Frage, ob ich mich neuerdings im Konservatorium unsichtbar machen würde und wo um alles in der Welt ich beim Konzert gewesen sei. Unser Umgangston normalisiert sich wieder. Ich sagte, dass ich eine Probe mit Jens gehabt hätte, dem Techniker, was ja nicht mal gelogen war.

Bevor sich Britta näher für diese Probe interessierte, bekam ich ihren Bericht vom Konzert. Die peinliche Handygeschichte hat sie allerdings nicht erwähnt. Sie, Franziska, Nina und Denise seien von Kai – genau gesagt, von seinem Aussehen – hin und weg gewesen. Es sei echt schade, dass Kai ausgerechnet *solche* Musik mache! Man könne sich ihn gut hinter einem Mikrofon vorstellen, in *richtigen* Klamotten natürlich, mit einer E-Gitarre vielleicht …

Ich habe nicht widersprochen. Schließlich, was geht mich Kai an und in welchen Klamotten er auf welcher Bühne steht? Ich habe nur verzweifelt nach einem anderen Thema gesucht und da bot sich eben die Skatenight an. Immer wenn ich etwas verschleiern will, werde ich besonders gesprächig, so auch hier. Das führte dazu, dass man mich jetzt wieder leiden kann und mich nicht mehr für hochnäsig hält. Britta, Nina,

Franziska und Denise wollen in der Skatenight unbedingt in meiner Nähe fahren. Sie haben mit ihrer Begeisterung die ganze Klasse angesteckt und jetzt wollen alle geschlossen mitkommen. Seltsam nur, dass es mich nicht wirklich freut.

Wegen der nächsten Probe mit Jens habe ich meinen Unterricht bei Frau Dorian absagen müssen. Ich hätte ihn auf jeden Fall abgesagt, denn ich kann mir im Moment noch nicht vorstellen, Kai zu begegnen. Regina musste mich krankmelden. Auch am Konzertabend sei ich leider schon krank gewesen.

Regina weiß als Einzige, dass ich bis zur Pause da war. Ich hätte es überlebt, sagte ich ihr grinsend, und es gehe wieder aufwärts mit mir.

Das Letzte könnte natürlich gelogen sein.

Sie hat mich abwartend angeschaut, dann genickt und mit Frau Dorian telefoniert. Seitdem haben wir kein Wort mehr darüber verloren. Regina ist eben nicht penetrant.

Manchmal würde ich aber gerne mit ihr über Kai reden. Was er gesagt hat, was ich gesagt habe, was wir gemacht haben, wie wir uns geküsst haben und was dabei in mir vorgegangen ist. Nur um es wieder und wieder zu erleben. Aber ich kriege den Mund nicht auf.

Dafür singe ich jetzt Schumann. Ich weiß, es wäre besser, ich würde Kai hassen und vergessen. Ich hasse und vergesse ihn auch. Aber nur den Kai danach. Den vorher nicht. Bis dahin, als er mir sagte, dass er sich schrecklich, schrecklich in mich verliebt habe, bis dahin und ein paar Minuten darüber hinaus liebe ich ihn noch immer.

Und deshalb teile ich *Schöne Wiege meiner Leiden* und die anderen Lieder, die ich so mag, mit meinem Vater – er begleitet mich am Flügel, und wer könnte da Nein sagen?

Zwar will er mich dauernd zu fröhlichen Sachen überreden oder zu den Musicals, die er selbst gern hat, aber immerhin bemüht er sich zu verstehen, dass es Phasen gibt, in denen man auf eine ganz bestimmte Musik abfährt.

Mein Vater hat anscheinend aus seinem Keilerauftritt gelernt. Er riskiert höchstens noch Andeutungen. Zum Beispiel erzählt er mir, Frau Dorians Klassenabend sei *sehr schön* gewesen, Kollegen hätten das erwähnt. Auch Kai Schilling habe gesungen, Schumannlieder. Dazu schaut er mich lauernd von der Seite an.

Natürlich spürt er, dass etwas nicht stimmt. Aber ich ignoriere sein Informationsbedürfnis. Auf Mitleid und aufmunternde Worte kann ich verzichten. »Das erste Lied noch mal, Papa. *Im wunderschönen Monat Mai*«, sage ich und lege meinem Vater das Notenblatt aufs Pult.

Die Kopien hat mir Kai an dem Tag geschenkt, an dem ich mit ihm in seinem Übungszimmer war und an dem er angeblich mehr geküsst als geübt hat. Sie sind das Einzige, was ich von Kai habe. Deswegen steckt jedes Blatt in einer Sichthülle und jede Hülle habe ich auch noch mit Tesa zugeklebt.

Mein Vater rupft daran. »Wieso geht das nicht auf?«, beschwert er sich. »Ich kann diese Hüllen nicht leiden! Sie blenden!«

»Mich blenden sie auch«, informiere ich ihn. »Aber ich schütze meine Noten gern.«

»Das sind doch nur billige Kopien! Ich kann sie dir jederzeit duplizieren!«

Dazu müsste er die Blätter anfassen. Aber ich will sie mit den originalen Fingerabdrücken behalten. »Wenn wir vielleicht die Punktstrahler ein bisschen drehen?«, schlage ich vor und zeige zur Decke.

Mein Vater schaut auch hinauf. »Bist du verrückt, Madeleine? Ich hole doch keine Standleiter, wenn ich nur eine Hülle wegmachen muss!« Schon wieder versucht er sich daran. »Seit wann bist du denn so penibel?«, klagt er, als er den Klebestreifen entdeckt und nicht abkriegt.

Ich verdrehe die Augen. »Papa, lass das bitte! Es hat Arbeit gemacht, das so gerade hinzubekommen. Deine Alben – die hast du doch auch zwanzig Jahre lang schön aufgehoben!«

Mein Vater wirft einen Blick auf seine Webberalben. »Aber ich habe sie nicht verpackt wie Tiefkühlschnitzel«, sagt er gereizt. Dann seufzt er und rutscht auf der Klavierbank herum, bis er einen Winkel gefunden hat, von dem aus er die Noten einigermaßen blendungsfrei sieht.

Ich weiß, was ihm in Wirklichkeit zu schaffen macht. Weil Wochenende ist, hat er gedacht, ein Besuch bei meiner Mutter stehe ihm endlich zu. Man hat ihn aber an der Station abgewiesen. Daraufhin lungerte er herum, bis sich eine Gelegenheit ergab, ungesehen am Schwesternzimmer vorbeizukommen. Er fand meine Mutter in ihrem Zimmer mit Kopfhörern und geschlossenen Augen vor. Sie saß zurückgelehnt im Sessel, und das Schlimme war, dass Tränen über ihre Wangen liefen. Mein Vater näherte sich ihr behutsam, wie er mir erzählte. Aber sie erschrak trotzdem fürchterlich und brachte kaum ein Wort heraus. Aus Angst, die Wehen könnten wieder einsetzen, legte er sie ins Bett und streichelte ihre Hand, bis man ihn erwischte und hinauswarf. Der Stationsarzt hat ihn sich vorgeknöpft und streng um Einhaltung der ärztlichen Vorschriften ersucht.

Und nun ist mein Vater abwechselnd zerknirscht und gereizt. Er könnte ja ein wenig Inlinefahren üben, aber dazu fehlt ihm im Moment der Nerv. Die einzige Ablenkung, die er erträgt, bin ich. Also haben wir beide etwas davon, wenn wir uns zusammen an Schumannliedern versuchen.

Während der Woche ist es leichter für meinen Vater, denn da muss er seinen Unterricht im Konservatorium halten. Er hat sofort zwei Handys angeschafft, eines für sich und eines für mich, damit wir im Fall des Falles für die Klinik immer erreichbar sind. So hat der Segen der Technik nun auch mich eingeholt.

Um sich zu beschäftigen, kocht mein Vater am Sonntag französisch und sehr aufwändig. Und weil ich angeblich eine armselige Esserin geworden bin, lädt er sich Oma und Onkel Bangemann dazu ein. Die bringen zu seiner Freude noch eine Kollegin Omas von der Musikschule mit, eine Cellistin.

Wie ein asiatischer Profikoch hantiert mein Vater vor den Augen der Gäste und so viel Lob hat er schon lange nicht mehr eingeheimst. Er revanchiert sich, indem er mit der Cellistin flirtet, die in Omas Alter sein dürfte.

Ich sehe, dass es ihm im Moment gut geht. So kann ich ihn ohne schlechtes Gewissen verlassen.

Ich treffe mich mit Jens. Er hat inzwischen die Anlage in den Firmenbus eingebaut und auf dem Dach die Lautsprecher montiert – in ausgetüftelten Winkeln, sagt er, damit es keine Rückkoppelung mit meinem Mikro gibt.

Ansonsten steht noch ein junger Mensch auf dem Hinterhof von Jumbo-Sport herum und guckt sich das Ganze an.

»Das ist Martin, unser Fahrer«, sagt Jens.

»Hallo, Madeleine«, sagt Martin.

Jetzt erkenne ich ihn, er berät sonst im Geschäft die Leute beim Kauf ihres sportlichen Outfits.

Wir drei fahren zu einem ADAC-Übungsplatz, den Jumbo-Sport für ein paar Stunden gemietet hat. Dort ziehe ich meine neuen Inlines an, setze den gewöhnungsbedürftigen Helm auf, bekomme von Jens das Funkmikrofon übergestülpt und das Kästchen an den Gürtel geklipst. Das Kabel verlege ich selbst, es kommt unters Hemd.

»Dann wollen wir mal«, sagt Jens. »Das Tempo kannst du bestimmen. Ich spreche aber nicht vom Musiktempo!«

»Und falls ich mal versehentlich zu Boden gehe?«

»Dazu würde ich dir nicht raten. Wir wissen nicht, wie schnell Martins Bremsfuß ist. Sollen wir ein paar Runden ohne Musik drehen?«

Eine freie Bahn ganz für mich allein hab ich mir schon lange gewünscht. Und nun erst, da ich dringend eine kleine Freude brauchen kann!

Ich teste Martins Reaktion, zuerst vorsichtig, dann unbedenklicher. Martin fährt mich nicht zu Matsch.

»Mann!«, stöhnt er hinterher. »Du willst es aber genau wissen, was?«

»Ja, schon«, gebe ich zu. »Was ist mit den Signalen? Beide Arme hoch und so – kennst du die?«

»Stell dir vor, ich skate auch«, sagt Martin.

»Hab dich nicht gesehen …«

»Madeleine, erinnerst du dich noch an die Zeichen, die *wir* beide verwenden wollen?«, unterbricht uns Jens.

Wir gehen sie miteinander durch.

»Jetzt mit Musik«, bestimmt er.

Martin klemmt sich hinters Steuer. Er lässt den Motor an und hebt den Daumen. Über den Ohrknopf kriege ich meinen Begleitsound direkt und in der richtigen Lautstärke. Über die Lautsprecher, die Jens ziemlich leise eingestellt hat, muss man den kompletten Song hören, mit meiner Stimme dazu.

Nach dem ersten Durchgang fällt mir auf, dass sich am Rand des Übungsplatzes Leute versammeln. Einige halten ihren Hund fest, andere lehnen sich an ihr Fahrrad, wieder andere bringen ihre Inlines zum Stehen.

Anfangs irritiert es mich, aber ich gewöhne mich daran. Unter realistischen Bedingungen zu trainieren ist vielleicht gar nicht so übel.

Jens und Martin grinsen hinter der Scheibe, sooft ich mich umsehe. Doch als die ersten verwegenen Inlineskater auf die Bahn rollen, versteht Martin keinen Spaß mehr, er hupt wütend. Die Jungen machen sich nichts daraus. Sie fahren an meiner Seite mit und feuern mich an.

Ich schaue mich Hilfe suchend um, während ich weitersinge.

Martin hebt die Hände und Jens zuckt die Achseln. Sie wollen anscheinend nichts unternehmen.

Als Jens die CD wechselt, fragt mich ein Junge: »Wozu soll das gut sein?«

»Es ist für die nächste Skatenight«, informiere ich ihn.

»Geil! In welcher Band singst du?«

»In keiner.« Ich beschleunige, um den Fragen zu entgehen. Und bekomme schon von Jens das Zeichen für meinen nächsten Titel, es ist der ohne Einleitung. Dazu tickt plötzlich der Takt-Click in meinem Ohr, den ich hasse, der mir aber hilft, meinen Text im richtigen Tempo zu singen, bis nach fünf Zeilen endlich die Begleitung einsetzt.

Im Moment bin ich etwas atemlos. Das muss sich ändern, im Ernstfall sollte ich besser keine Interviews geben!

Die Sonne brennt vom Himmel und wir proben den ganzen Nachmittag lang. Am Ende ist der Platz von Zuschauern umstellt und mit mir zusammen drehen mindestens dreißig Inlineskater ihre Runden. Der Platzwart drückt ein Auge zu, weil sie diszipliniert fahren, Jens ist voll mit der Musik beschäftigt und Martin beobachtet immerzu sämtliche Spiegel.

Als ich endlich den Helm abnehmen darf, bin ich geschafft. Das Hemd klebt mir am Körper, meine Haare sind feucht und die Hände muss ich mir dauernd an der

Hose abwischen. Heiser bin ich auch, jedenfalls kratzt es im Hals. Kein Wunder, ich habe schließlich geschrien.

Martin und Jens scheuchen die Neugierigen weg und wir machen Lagebesprechung. Eigentlich hat es gut geklappt, finden wir. Was zu tun war, haben wir getan. Wenn mich niemand über den Haufen fährt, kann nach unserem Ermessen nichts schiefgehen.

Martin schaut mir in die Augen. »Was ist, unternehmen wir noch was?«

Bevor ich von der Dusche reden kann, nach der ich mich jetzt sehne, sagt Jens: »Mach dir keine Hoffnungen, sie hat einen Freund. – Stimmt doch, Madeleine?«

Ich puste mir die Haare aus dem Gesicht. Was soll ich darauf antworten? Vielleicht, dass ich meinem sogenannten Freund zu jung gewesen bin und er mich gefeuert hat? Wenigstens kann ich nicht röter werden, als ich vom Fahren schon bin. Ich zucke vage mit den Schultern und suche meine Wasserflasche.

Martin fühlt sich dadurch anscheinend ermutigt.

»Aber wir könnten doch trotzdem«, sagt er.

»Was?«, frage ich höflich.

»Etwas unternehmen. Etwas trinken!«

Ich finde die Wasserflasche. »Gute Idee!«, sage ich und hebe sie hoch.

Jens grinst. »Siehst du? – Und jetzt kommt schon, hauen wir ab. Ich hab nämlich noch einen Job.«

»Welchen?«, erkundigt sich Martin enttäuscht.

Jens sagt, dass er zwei Nächte in der Woche als DJ arbeitet, weil er als Tontechniker bisher nichts Richtiges kriegt, sondern nur Gelegenheitsjobs, die nicht genug abwerfen.

Martin meckert daraufhin, dass er manchmal froh wäre, wenn er nicht jeden Tag von früh bis spät im Laden stehen und sich die krummen Zehen der Kunden begucken müsste.

Irgendwie habe er sich das Berufsleben anders vorgestellt.

Freiheit und so. Und jetzt kotzt ihn mit kaum zwanzig die Arbeitswelt schon an, sagt er.

Jens nickt unentschlossen dazu.

Und was ist mit mir, denke ich, als ich hinter den beiden ins Auto einsteige. Wenn ich mal in einer Diskussion über die Arbeitswelt mitreden kann, gehen die Kinder von den beiden hier schon in die Schule!

Im Vergleich zu allen anderen bin ich wirklich hoffnungslos jung.

Von einer Bestandsaufnahme

Wegen der Heiserkeit muss ich wieder meine Gesangsstunde absagen, und wenn ich keine Heiserkeit hätte, müsste ich eine erfinden, denn anscheinend wird meine Angst vor einer Begegnung mit Kai nicht geringer.

Frau Dorian meint besorgt: »Ich höre es. Schone um Himmels willen deine Stimmbänder, Madeleine! Erzwinge nichts! Setze lieber zwei Wochen länger aus als einen Tag zu wenig. Versprichst du mir das?«

»Ja«, antworte ich beklommen. Mit Frau Dorian zu telefonieren ist fast, wie in ihrem Zimmer zu stehen,

Kai dabei, der extra früher gekommen ist, um fünf Minuten meiner Stunde mit mir zu teilen. Ich muss noch nicht mal die Augen schließen, der Klang von Frau Dorians Stimme genügt bereits für diese Vision.

»Melde dich wieder, Madeleine! Ich wünsche dir gute Besserung.«

Als ich aufgelegt habe, ist auch Kai verschwunden. Eine Leere bleibt zurück. Ein Nichts, das einfach nur wehtut.

Wenn es die Skatenight nicht gäbe, auf die ich mich freuen kann – was hätte ich dann noch? Meine Eltern sind in ihre Baby-Gedanken versponnen und meine Mutter ist dazu auch noch weg. Marcel und Regina haben am Sonntag, als ich Probe hatte, eine gemeinsame Inlinetour unternommen und dabei anscheinend gemerkt, dass es ohne mich auch geht, denn am Montag hielten sie in der Pause Händchen. Sie ließen sich zwar los, als ich kam, aber am selben Nachmittag noch hat mir Regina gesagt, dass zwischen ihr und Marcel jetzt etwas angefangen hat. Und sie beide wären in der Skatenight natürlich auch dabei!

Schön.

Nach dem Telefonat mit Frau Dorian, das mich aus irgendeinem Grund richtig deprimiert hat, gucke ich in den Kühlschrank, ob ich etwas zu essen finde. Man muss essen, um am Leben zu bleiben. Immerhin habe ich so viel Disziplin, an den engen Sportdress zu denken, den ich am Freitag tragen soll. Ich hole nur den Rest vom gestrigen Abendessen heraus und lege mir einen Riegel Schokolade dazu. Der Riegel ist die Belohnung dafür, dass ich nicht einfach eine fette Tüte Chips einfahre.

Mit dem Essen vor mir auf dem Tisch ziehe ich Bilanz. Also: Kai habe ich verloren. Meine besten Freunde kommen ohne mich klar. Die Klasse mag mich nur wegen meines Auftritts in der Skatenight. Meine Eltern kriegen ein Baby, das sie jetzt schon mehr lieben als mich. Zu Oma verliere ich jeden Draht, seit ich kein Kind mehr bin; sie ist neuerdings nur noch meine Klavierlehrerin. Zu den Kieler Großeltern hatte ich diesen Draht noch nie. Mein Jahreszeugnis wird mies ausfallen, mit einer Drei in Musik, und das ist wahrscheinlich meine beste Note. Und bei alledem darf ich noch nicht einmal singen, sonst habe ich vielleicht am Freitag keine Stimme.

Soll ich mich erschießen oder was?

Ich starre den Teller vor mir an. Dann stehe ich auf. Anstatt ihn in die Mikrowelle zu schieben, trage ich ihn hinaus und lasse ihn in die Büsche fliegen. Frisbee. Verrotten soll er. Den Schokoriegel werfe ich über den Zaun, damit Hektor auch was hat.

So. Ich reibe mir die Hände. Wenigstens habe ich kein Gramm Fett zugelegt. Und jetzt ist meine Mutter fällig. Denn ich sehe plötzlich glasklar, wer an allem schuld ist, wer sich aus der Verantwortung gestohlen hat und einfach abwesend ist. Ich nehme ein Briefkuvert und eine Karte und schreibe:

Liebe Mama,
weißt du eigentlich noch, dass du eine Tochter hast? Oder zählt für dich nur noch das Kind, das du im Bauch hast? Wenn ich dich mal brauche, bist du nicht da!
Madeleine

Bevor ich es mir anders überlegen kann, stecke ich die Karte in den Umschlag, frankiere ihn und schreibe den Namen meiner Mutter und die Adresse der Klinik darauf. Wenn ich schnell bin, schaffe ich es noch, ehe der Briefkasten geleert wird.

Ist das nicht die Höhe – eine Mutter, die man nicht einmal telefonisch erreichen kann? Meinen Vater sehe ich wenigstens. Aber nur meine Mutter könnte mich verstehen, glaube ich. Sogar ohne dass ich ihr alles haargenau erzählen müsste. Gerade deswegen nehme ich es ihr übel, dass sie weg ist.

Auf meinen Inlines erreiche ich den Briefkasten ein paar Sekunden vor dem Postauto. Danach beobachte ich, wie der Kasten geleert wird. Gut, wunderbar, geschafft.

Die Gewissensbisse bekomme ich erst nachts im Bett. Wenn meine Mutter sich nun furchtbar aufregt? Wird ihr etwas passieren? Was genau habe ich eigentlich auf die Karte gekritzelt? Doch nichts weiter, als dass es mir mies geht? Ich weiß es wirklich nicht mehr. Das Kind in ihrem Bauch habe ich auch erwähnt …

Über alltägliche Dinge darf man ihr schreiben, hieß es. Das Baby in ihrem Bauch ist ihr Alltag, finde ich. Und mein Alltag ist es, dass ich unglücklich bin.

Danach kann ich wieder einschlafen.

Am Donnerstag ist das Handy in meiner Tasche auf Empfang. Von der dritten Stunde an rechne ich damit, dass in der Klinik die Post ausgeteilt wird, und mir wird übel. Auf einmal bin ich überzeugt davon, dass meine Karte alles andere als lustig ist.

Britta beäugt mich.

»Bist du aufgeregt wegen morgen?«, flüstert sie.

»Wegen was?«

»Musst du nicht. Die ganze Klasse unterstützt dich. Mensch, Madeleine, hoffentlich hält das Wetter, hoffentlich regnet es nicht.«

In der Pause verhindert der Pulk um mich herum, dass ich mein eigenes Handy hören kann, falls es läuten sollte. Eingekeilt winke ich Regina zu, die mit Marcel über den Pausenhof geht. Sie lächelt und winkt zurück, ehe sie und Marcel die Teichecke anstreben, wo immer die Verliebten zu finden sind.

Ich beantworte meiner Klasse technische Fragen und schwöre, dass ich keine Gage für die Sache bekomme, was Entrüstung hervorruft. Alle finden, ich müsste eine Gage kriegen. Und dann müsste Jumbo-Sport außerdem die Begleittruppe mit einem Dress ausstatten, *das* wäre professionell! Franziska äußert die Idee, wenigstens lauter gleiche Tops zu tragen – rosa wie ihres –, worüber die Jungen in ein Geschrei ausbrechen, das alle Klassen veranlasst nachzusehen, was in unserem Haufen eigentlich los ist.

Falls mein Handy in der Pause geklingelt haben sollte, weiß ich es also nicht. Hinterher bleibt es stumm. Mittags zu Hause tut sich auch nichts.

Ich finde zwei widersprüchliche Erklärungen für das Schweigen des Telefons: Entweder war der Inhalt meiner Postkarte überhaupt nicht aufregend oder aber so aufregend, dass meine Mutter keinen Hörer mehr halten kann.

Die erste Erklärung erlaubt mir zu essen, die zweite würgt mich. Ich stelle den Teller in den Kühlschrank zurück. Dann versuche ich mich an meinen Hausaufgaben. Regina kommt zum Klavierüben, das hilft mir ein wenig. Aber nur, solange sie da ist. Eigentlich hätte ich ja Gesangsstunde und würde hinterher auf Kai warten, wenn nicht alles anders geworden wäre …

Es ist verrückt, wie viel Zeit mir auf einmal bleibt!

Soll ich zur Klinik fahren und mir den Zutritt zum Zimmer meiner Mutter erzwingen? Ich könnte auch noch mit Herzweh im Konservatorium vor Frau Dorians Tür hocken, wenn ich mich nicht schon miserabel genug fühlen würde. Weil mir gar nichts einfällt, schalte ich den Fernseher ein.

Da reißt mich das Telefon vom Sitz. An meinem Hals pocht es, als ich den Hörer ans Ohr presse. Es ist aber nicht meine Mutter, sondern nur Matteo Sciancalepore. Er teilt mir mit, dass er Ersatz gefunden hat, einen vielversprechenden jungen Pianisten, und dass er wirklich bedauert, wirklich, aber mit unzuverlässigen Leuten kann er nun mal nicht arbeiten. »Ciao!«, sagt er.

Noch während ich seine Worte gewissenhaft notiere, schellt es wieder. Sciancalepore muss etwas vergessen haben.

»Madeleine?«

Ich halte mich am Tischrand fest. Kai.

»Du bist krank – was fehlt dir?«

Ich bringe kein Wort heraus. Mein Herz flimmert.

»Warum sagst du nichts? Was ist los? Ich mach mir Sorgen!«

»Ich bin nicht krank«, antworte ich mühsam, »nur heiser.«

Tatsächlich bin ich jetzt so heiser, dass ich nur noch krächze.

Ein Seufzer. »Ich höre es! Aber bist du wirklich nur heiser, nichts weiter?«

»Ja, sicher«, krächze ich.

»Puh!« Kai atmet auf. »Madeleine …«

»Hm?«

»Bist du noch dran?«, fragt er.

»Ja.«

»Madeleine … ich … sollten wir uns vielleicht sehen?«

Jetzt kriege ich akute Atemnot. »Wozu?«, frage ich.

»Ich … weiß nicht.«

»Dann weiß ich es auch nicht«, sage ich mit letzter Kraft. Ich lege auf und fege die Noten vom Stuhl, die mich daran gehindert haben, mich zu setzen. Ich umklammere meine Daumen und warte. Ein Kindergebet kommt mir in den Sinn, aber es passt nicht.

Lieber Gott, lass es noch einmal läuten, bete ich stattdessen.

Das Telefon bleibt stumm.

Natürlich. Ich fange zu nicken an. Was könnte es auch für einen Grund geben, mich sehen zu wollen? Müsste ich vielleicht, statt nur ein bisschen heiser zu sein, platt gefahren in der Unfallklinik liegen? Wäre es das?

Als mein Vater heimkommt, habe ich die verstreuten Noten aufgesammelt. Ich gebe Sciancalepores Nachricht an ihn weiter.

Er quittiert sie mit einem tiefen Seufzer. »Und sonst?«, will er wissen.

»Nichts.« Ich zucke resigniert die Schultern.

Wir schauen uns an. Jeder, der nicht zufällig von Geburt an blind ist, könnte sehen, dass wir beide unglücklich sind. Wobei mein Vater gar keinen Grund dazu hat. Er kommt mir wie ein verzogenes Kind vor.

»Sollen wir Inline üben?«, sage ich lahm. »Mit zwei Handys in der Tasche können wir doch weg.«

Lust habe ich keine. Aber den ganzen Abend vor der Glotze zu sitzen ist so ziemlich das Trostloseste, was man machen kann. Nach einem kurzen Abendbrot packen wir also unser Zeug ins Auto und fahren hinaus aus der Stadt. Mein Vater findet einen geeigneten einsamen Radweg. Nach zwei Stunden Training tropft ihm der Schweiß von der Stirn, aber er fühlt sich besser.

»Das machen wir jetzt jeden Abend«, droht er.

»Morgen nicht, da ist Skatenight«, teile ich ihm mit.

»Vielleicht kann ich schon mitfahren?«

»Bist du lebensmüde?«

Mein Vater sieht es ein. »Zur nächsten Skatenight werde ich so weit sein!«, verkündet er. »Bis dahin übe ich jeden Abend. Ich brauche dich nicht dazu. Wenn ich gestürzt wäre, wärst du sowieso nicht da gewesen. Du warst ja immer kilometerweit weg!«

Aus gutem Grund. Action bis zum Umfallen ist es, was ich nötig habe.

Von Lampenfieber und einem seltsamen Brief

Freitag – und noch kein Alarmruf aus der Klinik. Demnach war meine Postkarte undramatisch. Ich atme auf.

Jetzt kann ich mich sowieso nicht mehr verstehen: Was hat mich eigentlich gebissen, einen Hilferuf in die Klinik zu schicken? Ich helfe mir ganz wunderbar selbst aus meinem Tief. Nämlich indem ich nun doch nervös werde, sobald ich an heute Abend denke. Es ist eine Sache, auf einem abgelegenen Platz zu üben, und eine andere, mit Polizeieskorte und zwanzigtausend Leuten durch die Stadt zu fahren. Das Wetter scheint heute sehr schön zu werden, Gewitter sind auch nicht gemeldet, also wird es von Zuschauern nur so wimmeln.

In der Zeitung ist eine Anzeige von Jumbo-Sport, mein Vater liest sie mir beim Frühstück vor. Von einer besonderen Attraktion ist darin die Rede, von einer Livesängerin auf Rollen, man möge sich überraschen lassen!

Ich kann meinen Schreck kaum verbergen. Mein Vater sucht die ganze Anzeige nach dem Namen der Sängerin ab, findet ihn zum Glück aber nicht, und als er aufsieht, habe ich mich wieder unter Kontrolle. Ich könnte den Jumbo-Sport-Herren die Füße dafür küssen, dass sie wenigstens keinen Namen erwähnten. Sonst würde heute Abend hinter mir im Wagen mein Vater zwischen Jens und Martin sitzen.

Mein Vater überlegt, ob er sich das anschauen soll oder ob er nicht mehr davon hat, wenn er wieder zu seinem Radweg fährt und übt, damit er nächstes Mal selbst mitrollen kann.

Ich rate ihm zu Nummer zwei.

»Solche Einlagen gibt es jedes Mal«, flunkere ich drauflos. »Du versäumst nichts Besonderes, wenn du nicht kommst. Und übrigens, du musst mich diesmal nicht abholen, meine ganze Klasse ist dabei, also auch Britta und sogar ihr Bruder, sie fahren mit mir heim.«

»Wenn ich mich darauf verlassen kann?«

»Kannst du. Ich werde nach Hause gebracht.«

Ich weiß auch schon, von wem. Wozu hat Martin das Firmenauto?

Die Kunde von meinem kommenden Auftritt hat sich in der Schule verbreitet. Kein Wunder, bei der Begeisterung meiner Klasse. Einige haben die Zeitungsanzeige dabei und machen sich damit in den Gängen wichtig. »Wisst ihr schon, wer das ist? Ihr wisst es noch nicht? Das ist Madeleine Rada aus unserer Klasse!«

Franziska gibt es in der Musikstunde bekannt, obwohl ich verzweifelt versuche, sie daran zu hindern.

»Playback, oder?«, meint unser Referendar gleichgültig, während er in seinen schriftlichen Aufzeichnungen nachsieht, wie er die Stunde beginnen will. Er hat mir beim Vorsingen übrigens eine schlappe Zwei gegeben und lässt sich jetzt von der Aufregung der Klasse nicht aus der Ruhe bringen. Mit konzentrierter Miene nimmt er ein Blatt aus seinem Ordner.

»Nicht schon wieder Dissonanzintervalle«, stöhnt jemand ahnungsvoll.

Woraufhin ein anderer ruft: »Darf Madeleine ihre Songs von heute Abend singen?«

»Au jaaaa!«, brüllt die Klasse im Chor.

Ich mache mir keine Sorgen, denn dieser begnadete Ulrich-Nachfolger weicht niemals von seinem Konzept ab. Immerhin fragt er mich, ob ich denn möchte.

»Bekomme ich eine Note darauf?«, will ich wissen.

Er schüttelt den Kopf. »Wir hatten doch schon ein Vorsingen.«

»Dann nicht.«

Die Klasse ist sauer. Aber nicht auf mich, ich stehe zurzeit einfach zu hoch im Kurs.

Der Tag geht seinen Gang. Im Konservatorium haben inzwischen die Jahresprüfungen und die Aufnahmeprüfungen begonnen, sodass mein Vater noch später heimkommt als sonst schon. Das Haus gehört mir. Ich kann am Flügel üben, solange ich will. Nur will ich leider nicht, weil es mir nicht gelingt, mich zu konzentrieren.

Regina setzt sich mit ihren Fingerübungen auf keinen Fall an den Flügel meiner Mutter, sagt sie, sie möchte ihn nicht beleidigen. Zudem hat sie heute das Baby mitgebracht, weil ihre Mutter mit Thomas irgendwohin fahren musste.

Reginas kleine Schwester Anna-Lena ist das erste Baby in unserem Haus. Denn als ich ein Baby war, lebten wir noch bei Oma. Ich schaue Regina mit gemischten Gefühlen hinterher, wie sie mit Anna-Lena auf der Hüfte die Kellertreppe hinuntergeht. Werde ich demnächst auch …?

Natürlich werde ich, es ist unabwendbar, und ich könnte eigentlich schon mal anfangen, an Anna-Lena zu üben!

Aber mir fällt ganz schnell ein, dass ich die Post noch nicht hereingeholt habe. Ich schließe den Kasten auf. Zwei Briefe rutschen mir entgegen. Einer sieht wie eine Rechnung aus, der andere ist von Oma aus Kiel und an meine Mutter adressiert, woran ich sehe, dass Oma auf mich hört: Sie schickt die Post hierher, damit mein

Vater einen Grund hat, zur Klinik zu fahren. Er kann den Brief abgeben und sich dabei für kurze Zeit unter demselben Dach wie meine Mutter aufhalten. Irgendwie scheint ihm das gutzutun.

Ich klemme mir den Brief und die Rechnung unters Kinn. So habe ich die Hände frei für einen großen Umschlag, der hineingestopft wurde und oben ein Stückchen zum Schlitz herausschaut. Als ich unten zerre, reißt das braune Papier ein, doch der braune Umschlag steckt fest. Es braucht erst einen kräftigen Ruck, bis er loskommt. Dabei reißt das Papier noch weiter ein und Zeitungsberichte quellen mir entgegen.

Fluchend trage ich alles ins Haus und sehe dabei, dass der eingerissene Umschlag von der Agentur meiner Mutter kommt. Konzertbesprechungen, allem Anschein nach. Dabei hat meine Mutter in letzter Zeit gar keine Konzerte gegeben. Verwundert ziehe ich die Besprechungen heraus. Es sind Kopien. Einige davon mit Foto. Darauf sehe ich Ken.

Kenneth Smith! Den Sänger, mit dem meine Mutter letzten Sommer auf Tournee war! Diesmal hat er einen männlichen Klavierbegleiter, wie man den Fotos entnehmen kann.

Die Agentur muss die Adressen vertauscht haben, ist mein Gedanke, während meine Gefühle Rad schlagen. War ich nicht vor genau einem Jahr in Ken verliebt? Und habe ich ihn nicht gehasst, als meine Mutter uns beinahe wegen ihm verließ? Und dann, als das vorüber war, habe ich mir da nicht auch noch ausgemalt, wie es wäre, wenn ich ihn eines Tages als fertige Sängerin begegnen würde?

Auf den Fotos hat Ken etwas Tragisches im Gesicht. *Er lächelt nicht.*

Ich überfliege die Besprechungen. Aha, Ken gibt Anlass zu großen Hoffnungen. Logisch! Meine Mutter hätte doch mit keinem Stümper konzertiert. Die Lieder seien ein Genuss gewesen, aber der Pianist habe nicht ganz entsprochen, das sei allerdings zu entschuldigen, denn er sei kurzfristig eingesprungen, für Alicia Rada. Befremdend sei das Stück gewesen, mit dem der Pianist im Alleingang den Abend beschlossen habe: Schuberts Impromptu in Ges-Dur.

Diesen Hinweis finde ich in mehreren Besprechungen, ebenso den Namen meiner Mutter, den die Agentin unterstrichen hat – der Grund wahrscheinlich, warum sie ihr die Berichte zuschickt. Also doch kein Versehen.

Natürlich würde ich den Inhalt dieses Kuverts nie zu Gesicht kriegen, wenn mir nicht zufällig der Umschlag eingerissen wäre. Weil meine Mutter Ken doch nie mehr erwähnt und auch den ganzen Frühling hindurch kein einziges Mal von der Tournee gesprochen hat, die sie gerade versäumte. Ob man ihr die Berichte überhaupt in die Klinik bringen soll? Unentschlossen schiebe ich die Blätter in den Umschlag zurück und klebe den Riss mit Tesa zu. Ich würde ja meinem Vater die Entscheidung überlassen, wenn ich mir sicher wäre, dass er wirklich über alles hinweg ist, was mit Ken zusammenhängt, aber ich erlebe gerade an mir, dass nichts vergessen ist.

So trage ich den Umschlag erst mal in mein Zimmer und vergrabe ihn unter meinen Schulsachen. Am

Wochenende werde ich Zeit haben, darüber nachzudenken, ob ich das Zeug nicht einfach vernichte, anstatt meine Eltern damit zu quälen. Heute geht die Skatenight vor.

Weil ich keine Lust habe, meinem Vater vor Beginn der Skatenight noch zu begegnen, packe ich alles ein, was ich brauche, und begleite Regina nach Hause. Ich darf den Buggy schieben.

»Sieht ganz normal aus«, versichert mir Regina. »Du wirkst wie eine große Schwester und überhaupt nicht komisch.«

»Na gut«, seufze ich und probiere mein Lächeln an Anna-Lena.

Aber sie glotzt nur. Wahrscheinlich muss man breit wie ein Briefeinwurf grinsen, damit so ein Wesen versteht, was gemeint ist. Immerhin kann ich schon den Buggy steuern, ohne ihn umzukippen.

In Reginas Wohnung habe ich Gelegenheit zuzuschauen, wie Anna-Lena aus der Windel geschält wird. Es riecht, wie es aussieht, aber ich bin eisern und verziehe keine Miene.

Im Übrigen muss ich zwanghaft daran denken, dass unser zukünftiges Baby zwischen den Beinen ganz anders gebaut sein wird als dieses hier.

Regina füttert Anna-Lena aus einem Glas, das sie vorher erwärmt hat. »Karottenbrei«, sagt sie. »Schmeckt gar nicht so übel. Willst du probieren?«

»Nein, danke«, würge ich. Aus dem besabberten Glas? Und dazu das orange verschmierte Gesicht und die glitschigen Händchen von Anna-Lena, die nach dem Löffel greifen!

»So eine Schwangerschaft«, versuche ich zu witzeln, »ist die wirklich schon nach neun Monaten zu Ende oder besteht nicht vielleicht die Hoffnung …?«

Regina lacht. »Arme Madeleine! Ende August ist deine Gnadenfrist vorbei.«

Als Anna-Lena schläft, hören wir in Reginas Zimmer Musik. Ich würde lieber singen. Aber ich schone meine Stimme für den Abend.

»Was zappelst du denn so herum?«, will Regina wissen. »Jetzt sag bloß, dass du nervös bist? Du doch nicht!«

»Doch«, gestehe ich.

Regina reißt die Augen auf. »Madeleine! Und ich dachte immer, du hast Nerven wie Drahtseile!«

»Die hat niemand, da kannst du Frau Dorian fragen. Aber wenigstens singe ich nicht im Konzertsaal, wo du eine Stecknadel fallen hörst. Und auch nichts so Sensibles wie Schumannlieder«, murmelte ich.

Regina beobachtet mich. »Jetzt eben denkst du an Kai«, sagt sie leise.

Ich nicke. In Wirklichkeit denke ich immer an Kai. Zum Beispiel habe ich mir vor fünf Minuten überlegt, wo Marcel heute mit seiner Geige ist, nämlich im Konservatorium. Und wer ist da noch? Schwups, war ich bei Kai.

Regina lenkt mich ab, indem sie mir erzählt, wie froh sie ist, dass sie nicht gewonnen hat und heute singen muss. Die Leute von Jumbo-Sport hätten schon richtig gewählt. Zwar könne sie inzwischen inlineskaten, doch diese Powermischung aus Gesang und Bewegung, die bringe nur ich zustande, aber ehrlich.

Sie will mich aufbauen und das ist richtig nett von ihr. Überhaupt ist Regina meine Freundin geblieben, auch wenn sie jetzt wegen Marcel weniger Zeit hat als vorher. Alles habe ich nicht verloren. Und sogar die Gunst meiner Klasse gehört mir im Moment.

Von einer grandiosen Skatenight

Am Himmel glüht ein herrliches Abendrot, als Martin den Firmenbus mit mir und Jens in den großen Park-and-Ride-Platz steuert, den die Polizei für die nächsten paar Stunden gesperrt hat. Die Inlineskater versammeln sich bereits. An Fahrzeugen sind außer der Polizei nur wir zugelassen, dazu ein paar Bereitschaftswagen vom Roten Kreuz und natürlich der Kleinbus des Inlinevereins.

Die Vereinsleute geben Hemden und Helme an die Ordner aus. Zwei von ihnen stehen am Gasgerät und füllen eine Unzahl weißer Luftballons, die an Rucksäcken, Halstüchern und Handgelenken befestigt werden, wenn sie nicht vorher freikommen und in den Himmel entschweben. Ordner sausen herum, weisen Leute ein, verteilen Luftballons, beantworten Fragen und versuchen, überall gleichzeitig zu sein.

Martin wendet den Bus Richtung Ausfahrt. »Nervös?«, fragt er mich.

Ich schüttle den Kopf. »Solange du mich nicht überfährst!« Natürlich bin ich nervös. Früher war ich eine namenlose Mitläufern unter Tausenden, heute bin ich die … o Gott, die *Attraktion.*

Es rollen auch sofort Neugierige um unser Auto herum, als wir aussteigen.

»Irgendwie ist dieser Sport bisher an mir vorübergegangen«, meint Jens und blickt bedauernd zu seinen räderlosen Füßen hinunter.

Martin lacht. »Bei mir ist es heute bezahlte Arbeitszeit, das ist auch nicht schlecht.«

Ich bin bereits vollständig angezogen. Wo das letzte Sonnenlicht auf meine Reflektoren fällt, leuchte ich rotgolden auf. Ich will gar nicht so genau wissen, wie mein Helm aussieht, auf dem Martin jetzt auch noch eine Batterielampe befestigt. Mit mir vorneweg wäre ein Sondertransport auf der Autobahn wahrscheinlich gut bedient.

Plötzlich stehen Herr Bauer und Herr Wunderlich vor mir, im Freizeitlook und ohne Krawatten. Sie freuen sich über meinen Anblick, ihre reservierten Mienen haben sie in der Firma gelassen.

»Du machst das bestimmt großartig«, sagt Herr Bauer.

Herr Wunderlich murmelt etwas von einer Sondergratifikation, wobei er sich umsieht, als dürfte es außer mir niemand hören. Herr Bauer stellt mir einen dicken Menschen mit einer umgehängten Kamera und einem Schreibblock in der Hand vor. Herr Sowieso von der Zeitung. Er hat Fragen, die ich ziemlich abwesend beantworte.

Denn jetzt rollt eine Truppe im Einheitsoutfit schnurgerade auf uns zu: meine Klasse. Noch in der

Pause haben sie sich gestritten und jetzt tragen sie alle schwarze Tops und schwarze Hosen und dazu über der Brust ein breites pinkfarbenes Band! Und dann, als ich zufällig einen Rücken sehe, trifft mich der Schlag: Auf dem pinkfarbenen Band steht hinten groß MADELEINE.

»Das war meine Idee!«, strahlt Britta. Sie hat ihr Shirt abgeschnitten, zwischen dem pinkfarbenen Band und dem Hosenbund ist nichts als sonnengebräunte Haut mit einem glitzernden Steinchen in der Mitte.

Im Vergleich mit ihr *bin* ich ein Sondertransport.

Die Klasse kriegt riesige knallgrüne Luftballons mit dem Aufdruck JUMBO-SPORT, und Herr Bauer fordert eigene Ordner an, die dafür sorgen sollen, dass sich keine fremden Inlineskater in den Klassenblock mischen, der keilförmig vor mir fahren soll.

Der Fotograf schießt Bilder. Die Polizeieskorte formiert sich: ein Wagen mit Blaulicht und ein beeindruckender Tross von Motorrädern.

Jens befestigt das Funkmikro an meinem Helm und geht noch einmal die Verständigungssignale mit mir durch.

»Das klappt, Madeleine«, sagt er.

»Logisch.« Jetzt bin ich nicht mehr nervös, denn es geht endlich los, mich nervt nur immer das Warten.

Die Polizei rollt langsam an, und in breiter Bahn folgen die Inlineskater, während noch immer weitere von allen Seiten auf den Platz strömen. Jens lässt einen ganzen Pulk an uns vorbeifahren, ehe er seine Anlage einschaltet und einen Technorhythmus über den Platz hämmert, der allen in die Beine fährt, mir auch.

Aber Martin grinst und schüttelt den Kopf, noch steht der Wagen. Die Klasse ist kaum mehr zu bremsen und wird von den Ordnern zu einem Knäuel zusammengedrängt, damit die Ausfahrt nicht blockiert ist und alle Eiligen freie Bahn haben. Ein Rot-Kreuz-Auto überholt uns gemächlich und reiht sich in die rollende Menge ein, in seiner offenen Seitentür steht der Fotograf.

Erst nach zwei Musiktiteln hebt Martin den Daumen. Ich gebe sein Zeichen an die Ordner weiter und die formieren die Klasse zum Keil.

»Los!« Mein Kommando knallt aus den Lautsprechern und ich blicke mich mit rotem Kopf nach Jens um. Soll nicht wieder passieren!, deute ich mit den Händen an. Wirklich, ich darf mich nicht einmal räuspern, und selbst wenn mich jemand auf die Nase legt, sollte mir kein Fluch herausrutschen. Denn was ich flüstere, hört man wahrscheinlich in der ganzen Stadt.

Ich huste probehalber. Nichts. Ich huste stärker. Dann sehe ich mich wieder nach Jens um. Er grinst und meldet: Mikro aus.

Die Lautstärke der Musik ist ein Schock für mich. Im Vergleich dazu hat sich unsere Übung auf dem ADAC-Platz wie das Atmen von Fischen angehört. Ich bin froh, dass mir Jens einige Titel lang Zeit gibt, mich daran zu gewöhnen. Wir rollen zu fetziger Musik zügig Richtung Innenstadt.

Meine Klasse kann es kaum erwarten. Immer wieder guckt sich jemand nach mir um und macht Faxen. Die Ordner bemühen sich, mir die Seiten freizuhalten. Ich soll ja von den Gehsteigen aus gesehen werden. Ich weiß nicht, ob mir das angenehm ist, doch ist es mit

Sicherheit weniger schlimm, sage ich mir, als auf einem Konzertpodium zu stehen.

Die grünen Luftballons, die an ihren Halteschnüren hüpfen, gewinnen seltsamerweise an Farbe, seit die Sonne untergegangen ist. Die Straßenlaternen schalten sich ein und die Reflektoren der Ordner blitzen stärker. Auf fast dreißig Rücken vor mir lese ich meinen Namen.

Jens hat acht Takte Fanfarenmusik aufgezeichnet – mein Signal. Eine Menge Zeit, um Herzklopfen zu kriegen. Dann kommt die Einleitung zu meinem Lied, ein Klavierlauf hinauf und hinunter. Ich sammle meine Konzentration auf den Einsatz an der richtigen Stelle.

»At first I was afraid, I was petrified …«,

beginne ich. Der Sound deckt mich zu, betäubt mich, ich weiß nicht, was ich höre – bin das ich? Ich kann nur singen, weitersingen, die Textzeilen nicht verwechseln, die Zwischentöne abwarten, die Einsätze nicht verpassen.

Wie durch einen Nebel sehe ich Köpfe, die sich wenden, Gesichter, die sich mir zudrehen, erhobene Daumen, ein Victoryzeichen am ausgestreckten Arm – Britta? Ich singe und singe und komme heil durch die erste Strophe, hole Luft und schreie dann:

»And I survive – I will survive!«

Ich habe mich eingeholt, ich weiß jetzt, dass ich es bin, meine Stimme, die aus den Lautsprechern feuert. Aber zum Denken bleibt keine Zeit, es geht weiter und weiter, und wenn ich mich konzentriere, kann nichts schieflaufen. Überwach peitsche ich mich durch den Song.

Als er im Nachspiel verklingt, kommt von meiner Klasse ein Fuchteln und Kreischen wie von durchgeknallten Cheerleadern. Ein Wunder, dass sie sich nicht ineinander verkeilen und einen Rettungswagen brauchen.

Jens und Martin hinter mir lachen zufrieden. Das Auto fährt mit Standlicht, und ich kann ihre Gesichter eben noch ausmachen, die von Herrn Wunderlich und Herrn Bauer dahinter nicht mehr. Ich atme auf. Jetzt erst sehe ich, welche Probleme die Ordner mit den Inlineskatern haben, die am Auto rechts und links neugierig vorgeprescht kommen und die sie kaum aufhalten können. Ein Ordner zieht sein Handy. Da sind aber plötzlich zwei Polizeimotorräder da und machen dem Spuk ein Ende. Es gibt kein Gedränge mehr und auch meine Klasse formt einen mustergültigen Keil.

Jens bringt jetzt wieder die Fanfaren. Zweimal hintereinander, was bedeutet, dass er den Song auflegt, der keine Einleitung hat. Ich bereite mich im Kopf vor. Die Fanfaren sind extra in meiner Tonart, damit ich ohne Musik anfangen kann.

Vier Schläge auf einem Klangholz – und ich beginne beherzt, wie ich es geübt habe, Gloria Gaynors Song. Gleichzeitig merke ich, dass der Click fehlt, der in meinem Ohr den Takt mitklopfen sollte. Jens hat vergessen, ihn zuzuschalten! Wenn ich mir jetzt auch nur einen Sekundenbruchteil lang Sorgen mache, ist mein Text weg. Ich darf an nichts denken als an den Text, den Text, den Text …

»I am what I am,
I am my own special creation.
So come take a look,
give me the hook
or the ovation.«

Die Musik setzt an der falschen Stelle ein, ich war zu langsam. Panisch beschleunige ich.

»It's my world that I want to have a little pride in,
my world and it's not a place I have to hide in.«

Nichts stimmt. Ich warte eine Sekunde, die mir endlos vorkommt. Falls ich nicht zu langsam war, war ich zu schnell. Jetzt weiter, alles falsch, aber nur weiter:

»Lift's not worth a damn
till you can say: I am what I am!«

Eine peinliche, tödliche Pause, bis endlich, endlich das Schlagzeug kommt, das sofort hätte da sein müssen. Ich bin viel zu schnell gewesen. Wie ich merke, fahre ich auch in einem Höllentempo. Aber ich singe. Richtig jetzt, zusammen mit der Musik, die mich trägt und führt und den grausigen Anfang zudeckt, als wäre er nicht passiert.

Am Straßenrand stehen Zuschauer. Die beiden Motorradpolizisten sind auf meine Höhe gefahren und beglotzen mich, ehe sie wieder zurückfallen.

Den Click hat niemand vermissen können, nur ich. Der Schuldige dürfte inzwischen gemerkt haben, dass er ihn vergessen hat. Ich würde mir den Schweiß abwischen, wenn ich ein Tuch hätte. Außerdem sind meine Knie irgendwie instabil, sie zittern – ein bescheuertes Gefühl beim Skaten.

Ich drehe mich nach Jens um. Für Patzer seinerseits haben wir keine Zeichensprache verabredet, aber ich lese aus seiner Geste, dass er sich in Grund und Boden schämt. Danach legt er einen langen Instrumentaltitel auf, der mir Zeit gibt, mich zu fassen.

Britta und die anderen umschwärmen mich und versuchen, mich in ihre Mitte zu nehmen. Martin hupt. Die Ordner greifen ein und trennen uns.

Es ist kein Trost, dass die Klasse nicht gemerkt hat, dass ich das Lied verhunzt habe. Beim nächsten Durchgang, nehme ich mir vor, werde ich langsamer fahren, darauf gefasst sein, dass der Click fehlen kann, und Jens hinterher dafür ermorden. Insgesamt habe ich noch dreimal Gelegenheit, es besser zu machen. Denn mein Programm ist während des Rundkurses durch die Stadt viermal fällig.

Jens lässt mich nicht mehr im Stich, sein Leben ist ihm lieb.

Manche Songzeilen werden zunehmend von einem Summen begleitet, das anschwillt und aus Skaterkehlen kommt. Sehr erhebend, das. Einmal lasse ich mich gehen und schließe am Ende eines Titels für eine Sekunde genüsslich die Augen.

Eine Sekunde kann fünf Meter bedeuten, und wenn gleichzeitig der Stoßkeil vor mir stoppt, um mich begeistert in Empfang zu nehmen, ist das fatal. Ich komme bei der Kollision sehr abrupt zu mir, sitze auch schon am Boden, schaue in die falsche Richtung, nämlich in zwei Abblendlichter, die dicht vor mir anhalten, kriege die Warnrufe mit und sehe lauter hochgerissene Arme.

Eine kleine, gerade noch verhinderte Massenkarambolage. Eine Minute später rollt alles weiter und die Polizisten auf ihren Motorrädern beruhigen sich wieder.

Das Martinshorn höre ich auch einmal, aber entfernt, und ich bin nicht daran schuld. Lichter und Zuschauer gleiten vorüber, Musik und Rollen treiben uns vorwärts.

Es passiert keine weitere Panne mehr, sodass Herr Wunderlich und Herr Bauer nach unserer Ankunft auf dem Platz aus dem Wagen springen und mich glücklich in ihre Mitte nehmen.

Wir werden von meiner Klasse umringt.

Herr Wunderlich fuchtelt mit den Armen. »Nun lasst uns aber mal ein bisschen Luft! Gut habt ihr es gemacht! Ich gebe Madeleine für jeden ein Sporthemd mit – oder wollt ihr lieber eine Baseballkappe?«

Dem Geschrei ist zu entnehmen, dass die einen lieber Reflektoren hätten und die anderen ein Hemd nur in Größe S, und die Kappe sollte schwarz sein, und ob man nicht …?

Jens grinst. Er knufft mich kollegial. »Super, Madeleine. Einmal hatte ich zwar einen Herzstillstand …«

»Ich erst!«

Martin schiebt ihn weg und umarmt mich. Ehe ich weiß, wie mir geschieht, küsst er mich. Aber nicht kameradschaftlich. Zufällig bekomme ich auch noch einen Rempler von hinten, der mich an ihn presst. Mir wird schwindlig, ich kriege keine Luft mehr, und als es längst vorbei ist, kann ich Martin noch immer nicht anschauen.

Herr Wunderlich nimmt mich beiseite. Er räuspert sich.

»Also, Madeleine. Du darfst die ganze Ausrüstung behalten, das ist klar. Aber nun denken wir doch noch an eine kleine Gage. Sagen wir: fünfzig Euro?«

Ich nicke begeistert. Mein erstes selbst verdientes Geld als Sängerin!

»Und außerdem würden wir gerne mit deinen Eltern sprechen. Wie du vielleicht weißt, ist Jumbo-Sport eine Kette, wir haben Filialen in anderen Städten. – Aber darüber reden wir dann morgen. Vielleicht bringst du deinen Vater oder deine Mutter mit, wenn du den Scheck abholst?«

Wieder nicke ich, obwohl mir dieser Vorschlag weniger gut gefällt. Ob ich den Scheck auch kriege, wenn ich niemanden mitbringe?

Jens hat seinen Wagen in einer Seitenstraße abgestellt. Dorthin fahren wir mit dem Firmenbus und laden die Geräte um, denn Jens braucht sie wieder in seinem Tonstudio.

Die ganze Zeit über ist mir klar, dass Martin mich heimbringen wird. Das hat er auch seinen Chefs gesagt, sonst hätten sie mich nach Hause gefahren. Während Martin und Jens mit der Anlage beschäftigt sind, ziehe ich mich hinten im Bus um. Mir ist ganz komisch zumute. Ich berste fast vor Hochgefühl und mitten hinein fährt immer wieder wie ein Blitz die Erinnerung an

Martins Kuss. Ich denke mir den Kuss in Wiederholung, länger diesmal, im dunklen Auto, und kriege allein davon Zustände. Jens verabschiedet sich von uns und fährt weg.

Dann sitze ich neben Martin, und er fragt mich leise, wo ich wohne. An seinem Ton merke ich, dass auch er an den Kuss denkt. Ich räuspere mich und gebe klopfenden Herzens die Straße bekannt.

Mindestens zehn Minuten lang reden wir überhaupt nichts. Als wir uns meiner Wohngegend nähern, fragt Martin manchmal kurz nach, denn er kennt sich hier nicht aus. Am Anfang meiner Straße fährt er rechts in eine Parkbucht, schaltet das Licht aus und dreht den Zündschlüssel um. Der Motor schweigt.

»Hier ist es aber noch nicht«, sage ich heiser.

Vor uns parken zwei Autos unter einer Laterne. Sonst ist die Straße so gut wie leer.

Bei einem Blick zur Seite stelle ich erschrocken fest, dass Martin schon näher gerückt ist, als ich dachte. Er streckt die Arme aus und zieht mich an sich.

Ich weiß, dass es nicht richtig ist, und gebe trotzdem nach. Ich schließe die Augen und kriege den langen Kuss, den ich mir vorgestellt habe, und außerdem ist es so schön, wie ich es mir wünschte. Ich mag auch Martins Hand, die unter mein Hemd schlüpft.

Doch als ich zum ersten Mal die Augen öffne und ein fremdes Gesicht vor mir sehe, mit der falschen Haut, dem falschen Haaransatz, der falschen Nase und den falschen Augen, fahre ich zurück.

Hier ist alles falsch, weiß ich plötzlich, und das ist nicht Martins Schuld.

Er begreift überhaupt nichts, als ich ihn wegschiebe und zur Tür rutsche.

»Madeleine?«, flüstert er.

»Entschuldige«, sage ich, »entschuldige.« Was habe ich mir da nur geleistet? Küssen, ohne verliebt zu sein! Ich kriege die Tür auf und bin schon halb draußen.

»Hab ich was falsch gemacht?«, flüstert Martin.

»Du nicht.«

»Ja, wer denn dann?« Er streckt die Hand aus, um mich zurückzuhalten.

»Wer wohl? Ich natürlich. Ich brauche noch mein Gepäck.« Damit öffne ich die hintere Tür und schnappe mir meinen Rucksack. Ich kann doch nicht einfach die Jungen wechseln wie … wie Socken!

»Lass den Scheiß«, sagt Martin, als er sieht, dass ich wirklich gehe. »Ich weiß zwar nicht, was los ist. Aber ich bring dich heim.«

Stumm steige ich wieder ein und wir fahren aus der Bucht heraus. Im Scheinwerferlicht liegt meine Straße vor mir.

Ich hasse mich.

Martin rollt langsam, sodass ich es mir noch einmal anders überlegen könnte, wenn ich wollte.

»Hier ist es«, sage ich an unserem Tor.

Er stellt den Motor nicht ab, sondern schaut mich an, als warte er auf ein Zeichen, das ihm sagt, er solle wieder in die Parkbucht fahren.

»Hm?«, macht er.

Ich schüttle den Kopf.

Da zuckt er die Achseln und sein Gesicht wird auf einmal ausgesprochen hässlich und böse.

»Dann hau eben ab«, sagt er.

»Nicht sauer sein, bitte ...«, flüstere ich, öffne die Tür und rutsche hinaus.

Martin tritt das Gas durch. Ein Schock, nach der vorherigen Schleichfahrt. Ich schaue dem Wagen nach, bis die roten Lichter verschwunden sind.

Dann gehe ich langsam zum Haus. Mein Hochgefühl ist dahin.

Von einem unerklärlichen Alleingang

Mein Vater öffnet die Haustür, noch bevor ich den Schlüssel aus dem Rucksack holen kann. Er muss das Auto gehört haben!

Ich bastle in einer Sekunde meine Verteidigungsrede. Dann erst erschrecke ich über sein Aussehen. Mir fallen alle meine Vergehen des letzten halben Jahres ein. Aber keines davon und sicher auch nicht das heutige würde meinen Vater zu einem Zombie machen.

»Mama?«, krächze ich.

»Komm rein.«

Es ist etwas mit meiner Mutter, etwas Furchtbares. Ich folge meinem Vater ins Musikzimmer, aufs Schlimmste gefasst. Plötzlich dreht er sich um und streckt mir den Zettel entgegen, den er die ganze Zeit festgehalten hat.

Die Handschrift meiner Mutter.

Robert, Madeleine,
ich werde aus der Klinik entlassen, es ist alles in Ordnung. Bitte versucht zu akzeptieren – auch wenn ihr es nicht verstehen könnt –, dass ich im Moment nicht nach Hause will (oder kann, was dasselbe ist). Ich komme bei Isabelle unter, sie holt mich auch hier in der Klinik ab. Gebt mir ein wenig Zeit, ehe ich mich bei euch melde. Lasst mich nachdenken, wie ich euch diesen Alleingang erklären soll, und verzeiht mir!
Verzeiht mir bitte! Ich liebe euch sehr.
Alicia.
Madeleine, ich werde auf deine Karte antworten.

Völlig verwirrt schaue ich auf. Der Text könnte genauso gut in einer fremden Sprache verfasst sein, so wenig verstehe ich ihn.

Mein Vater wartet mit einem Gesicht, als hinge von meiner Reaktion sein Leben ab.

Ratlos murmle ich: »Es ist … alles in Ordnung?«

Er sackt in einen Sessel. »Das Baby. Mit dem Baby ist alles in Ordnung. Ich habe sofort nachgefragt. Ich habe Omas Brief hingebracht. Und da war Alicia schon weg, sie war gar nicht mehr da! Nur diesen Wisch hat sie hinterlegt. Sie hat alles mitgenommen, ihre Wäsche, die CDs … Madeleine, hast du irgendeine Erklärung?«

»Natürlich nicht«, flüstere ich, »sonst würde ich's dir doch sagen! Was tut sie denn bei Isabelle?«

Mein Vater reißt mir das Blatt aus der Hand. »Da steht's doch: nachdenken, wie sie uns ihren Alleingang erklären soll!«

»Und wie lange?« Ich suche auf dem Sofa Zuflucht.

»Das steht nicht da!«, schreit mein Vater. »Wieso Alleingang? Welche Frau macht denn, wenn sie schwanger ist, einen Alleingang? Noch dazu, wenn Gefahr besteht, dass sie das Kind verliert?«

Er ist völlig fertig.

»Sie war nie schwierig! Alicia war nie schwierig, ich meine kapriziös, wie man es Künstlern nachsagt. Sie hat Karriere und Familie wunderbar verbinden können. Und ich habe bereits für das nächste Schuljahr Teilzeit beantragt, damit ich ihr helfen kann, wo es nur möglich ist! Sie hat sich die Aufnahmen für Sciancalepore verscherzt, gut, das ist passiert, aber es kommen andere Gelegenheiten für eine Pianistin wie sie!«

Er rauft sich die Haare. »Seit Stunden hocke ich am Telefon und warte, dass es läutet! Umsonst. – Soll ich jetzt bei Isabelle anrufen oder nicht?«

»Hast du schon mal auf die Uhr gesehen?«, frage ich.

»Wie? Was hat das denn mit der Uhr zu tun?«

»Es ist gleich Mitternacht, Papa!«

Danach sitzen wir eine ganze Weile einfach nur rum. Mein Vater fragt mich nicht, wie die Skatenight war, und auch nicht, ob ich Hunger habe. Er will noch nicht einmal wissen, wer mich im Auto heimgebracht hat.

Es war ein langer, ein sehr langer Tag. Ich merke jetzt, dass ich mich vielleicht noch in mein Zimmer schleppen kann, mehr nicht.

»Gute Nacht, Papa«, sage ich leise und stehe auf.

»Wie? Ja, gute Nacht. Schlaf gut …«

Mein Zimmer ist meine Burg. Ich streife die Schuhe ab und krieche ins Bett. Es soll Leute geben, die kein eigenes Zimmer haben, schlimm.

Obwohl mich das rätselhafte Verhalten meiner Mutter schrecklich beunruhigt, gleiten meine Gedanken davon. Sie sind nicht zu halten. Ich lasse sie treiben. Oder habe ich mich heute nicht schon genug angestrengt? Sie laufen zur Parkbucht. Und wenn ich einen Wunsch freihätte, einen einzigen, dann würde ich mir jetzt – so schrecklich das klingt – nicht meine Mutter nach Hause wünschen, sondern mein Leben zur Autoszene zurückspulen und Martin gegen Kai austauschen.

Am Morgen erwache ich von einem Knall: Die Haustür ist zugeschlagen. Das ist bei uns nicht üblich und kann höchstens bei Zugluft passieren. Ich laufe in die Diele.

Mein Vater trägt den Korb mit den Brötchen und ist gleichzeitig damit beschäftigt, die Zeitung einhändig zu öffnen. Er muss die Tür mit dem Fuß geschlossen haben. Bei seinem Anblick fällt mir schlagartig meine Mutter ein und alles, was geschehen ist.

»Guten Morgen, Papa«, sage ich beklommen. »Du warst ja schon beim Bäcker ...« Meine Stimme ist rau und der Hals tut mir weh.

»Wie?« Mein Vater sieht auf. »Morgen, Madeleine. Die Leute sagen ... Tatsächlich!«

Er stellt den Korb mitten in der Diele ab und geht mit der Zeitung in die Küche, wohin ich ihm folge. Ich sehe erst jetzt, dass ich mich vor dem Schlafengehen überhaupt nicht ausgezogen habe.

Das Nächste, was mir ins Auge springt, ist ein Farbfoto in der Zeitung, die mein Vater aufgeschlagen auf den Tisch gelegt hat. Die Skatenight. Ich.

»Madeleine, das bist du, sagen sie!« Er beugt sich über

das Bild und zieht einen Stuhl heran, auf den er sich setzt, ohne die Augen vom Bild zu nehmen.

O Mist! Ich gehe rückwärts aus der Küche. Aber schon der Brötchenkorb in der Diele bringt mich zum Stehen. Wenn mein Vater nach dem gestrigen Schock heute zum Bäcker gegangen ist wie jeden Samstag, kann ihn doch auch mein Auftritt in der Skatenight nicht umwerfen!

Ich nehme den Korb und gehe in die Küche zurück. Brötchen sind zum Essen da und ich habe jetzt Hunger auf Frühstück.

Als ich den Korb abstelle, läutet das Telefon.

Mein Vater fährt hoch. Aber ich bin noch vor ihm in der Diele und gebe ihm den Hörer in die ausgestreckte Hand. Es muss Mama sein.

»Ja?« Mein Vater horcht nach vorn gebeugt wie ein Fünftausendmeterläufer am Start.

Dann fällt die Anspannung von ihm ab. »Ach, du bist es. Guten Morgen, Mutter.« Matt lehnt er sich an die Wand.

Oma.

»Ja, ich habe es gerade gesehen.« Sein Blick sucht mich, während er spricht. »Nein, Mutter, ich wusste auch nichts davon.«

Ich habe Glück, er regt sich tatsächlich nicht auf. Leise gehe ich zur Zeitung zurück und muss feststellen, dass ich auf dem Bild überhaupt nicht zu erkennen bin. Darunter steht allerdings: *Madeleine Rada – Powerstimme live in der Skatenight*.

Jetzt kann ich einen starken Kaffee vertragen, auch wenn ich noch nie Kaffee getrunken habe.

»Für mich auch einen, bitte!« Ich drücke meinem Vater die Dose in die Hand, als er vom Telefonat mit Oma zurückkommt.

Aber es schellt schon wieder und wir laufen zusammen hin. Danach suchen wir das Schnurlose meiner Mutter.

Während des Frühstücks läutet es noch ein paar Mal. Regina gehört zu den Anrufern. Sie sagt, dass sie und Marcel immer wieder versucht hätten, in meine Nähe zu kommen, dass es aber unmöglich gewesen sei. Und ich soll doch erzählen! Der erste Kaffee meines Lebens erkaltet in meiner Tasse, während ich ihr und anderen Leuten mit heiserer Stimme Auskunft gebe. Das erspart es mir, meinem Vater etwas erklären zu müssen.

Er bestreicht Brötchenhälften für mich und wirkt seltsam zerstreut. Als das Telefon mal für eine Minute schweigt, verrät er sich.

»Wann ruft sie endlich an?«, platzt er heraus. »Sie liest doch auch Zeitung! Moment – oder hat Isabelle unsere Tageszeitung gar nicht? Kann sein, dass sie …« Aufregung, Hoffnung und Enttäuschung wechseln auf seinem Gesicht schneller als Sonne und Wolken an einem stürmischen Apriltag.

»Nein, die hat natürlich eine andere Zeitung! Aber dann kann ich doch … Ich schicke ihr den Artikel und das Foto!«

Die Idee richtet meinen Vater auf. Ich bringe es nicht fertig, ihn auf den Wunsch meiner Mutter aufmerksam zu machen, außerdem kann er selbst gut genug lesen. Sie will in Ruhe gelassen werden, sie will allein entscheiden, wann sie sich meldet. Und er überlegt bereits laut, welchen Nachbarn er bitten soll, ihm die Zeitungsseite zu überlassen!

Er könnte natürlich einfach unsere in ein Kuvert stecken und zur Post tragen. Doch er will den Artikel hier behalten. Also bedeute auch ich ihm etwas, nicht nur meine Mutter und das Baby.

Wieder läutet es und ich nehme ab.

»Madeleine!«, ruft eine Stimme in heller Empörung. »Was machst du, was fällt dir ein?«

Frau Dorian. Und sie könnte eigentlich auf das Telefon verzichten. »Nun weiß ich, was mit deiner Stimme los ist – du ruinierst sie!«

»Wie … woher wissen Sie …?« Blöde Frage, aber sonst fällt mir nichts ein.

»Ich lese Zeitung wie alle Leute!«, poltert Frau Dorian. »Du kommst in die nächste Stunde, und wir sehen, was sich retten lässt!«

»Ja … jawohl.«

»Gurgeln, Stimmbänder schonen, Mund halten.«

»Ja. Jawohl.«

Ich umkrampfe mit einer Hand den Hörer und schiebe mit der anderen meinen Vater weg, der mir auf die Pelle rückt.

»Verflixt, Mädchen, dir fallen aber auch Sachen ein!« Jetzt lacht Frau Dorian laut und grimmig, sodass mein Vater ihre Stimme erkennt und abwinkt.

»Bin gespannt, wie vielen Kollegen ich das erklären darf!«, brummelt er. Dann verlangt er von mir, dass ich heute mit ihm inlinefahre, und verlässt das Haus, um noch ein paar Zeitungen zu besorgen.

Ich schiebe meinen Teller weg und will endlich den

Zeitungsbericht neben meinem Foto lesen. Auf Inlines wirkt man schlanker, als man ist, aber vielleicht auch nur größer – egal, das Bild ist jedenfalls okay. Der Text auch. Nur weiß jetzt jeder, in welche Schule ich gehe und dass ich Gesangsstunden am Konservatorium kriege.

Schon wieder das Telefon.

Diesmal *ist* es meine Mutter.

»Wie geht es Papa?«, fragt sie mit belegter Stimme.

Ich schlucke. »Wie soll's ihm gehen – nicht so toll natürlich.«

»Aber er … hat Verständnis?«

»Nein!«, rufe ich. »Er versteht überhaupt nichts! Und ich übrigens auch nicht!«

Pause.

Dann seufzt meine Mutter tief. »Ich muss mit mir selbst ins Reine kommen, Madeleine, ich muss. Robert kann mir dabei nicht helfen. Aber zu dir, zu deiner Karte, die vor mir liegt: Ich weiß, dass ich dich vernachlässigt habe …«

»Schon gut.«

»Nein, nicht gut. Kannst du zu mir kommen? Nimm den Zug, lass dich nicht von Papa bringen, ich bitte dich. Ich kann mit ihm erst reden, wenn ich mit mir selbst fertig bin. Verstehst du?«

»Eigentlich nicht«, sage ich. Und: »Willst du mich wirklich sehen?«

»Ja, wirklich.«

Sie klingt so bestimmt, dass ich kurzerhand das Abholen meines Schecks verschiebe und die Inlinetour, die ich meinem Vater gerade erst versprochen habe. »Ich komme.«

Ich gehe in sein Zimmer und werfe den Computer an, um mir einen passenden Zug auszusuchen. Während er hochtaktet, schaue ich mich um. Das zerwühlte Bett sieht aus, als hätte sich mein Vater darin stundenlang nur schlaflos herumgewälzt. Und nun darf er nicht einmal mitfahren – wie erkläre ich ihn das?

Als ich die passende Zugverbindung ausgesucht und den Computer wieder heruntergefahren habe, kommt mein Vater zurück. Er winkt mit zwei Zeitungen, und ich bin nicht glücklich darüber, dass es ihm in der nächsten Sekunde die gute Laune verhageln wird.

»Mama hat angerufen«, gebe ich bekannt.

»Was? Wann? Jetzt?«, sagt er in freudigem Schreck. »Soll ich zurückrufen?«

»Nein.« Ich lache gekünstelt. »Sie will erst mal mit mir anfangen. Das ist doch schon was, oder? Ich soll zu ihr kommen und habe gerade auf deinem Computer …«

»Du? Wieso du? Ich bringe dich hin!«

»Papa, ich würde gern den Zug nehmen.«

»Aber warum denn?«

»Bitte! Mama hat sich auch als Erstes nach dir erkundigt …«

»Hat sie das«, sagt er.

»Ja.«

Ich könnte heulen, wenn ich seine Augen sehe.

»Lass mich einfach fahren, Papa«, flehe ich. »Vielleicht kriege ich was aus ihr heraus. Ich erzähle ihr auch, dass ich Reginas kleine Schwester spazieren gefahren habe und dass ich bereits weiß, wie Babykacke riecht, und dass ich es überlebt habe – ich meine, vielleicht bin ja ich mit meiner Ablehnung an allem schuld.«

Mein Vater hört mir gar nicht zu. Er legt die Zeitungen achtlos auf den Tisch. Ich finde ihn später im Musikzimmer, wo er untätig an der offenen Terrassentür steht.

»Papa, kannst du mich zum Hauptbahnhof bringen? Dann erreiche ich den Mittagszug noch.«

Als er sich umdreht, sehe ich, dass er rote Augenränder hat. Verdammt, verdammt! Jemand müsste bei meiner Mutter die Schrauben wieder anziehen, die sich in ihrem Kopf gelockert haben!

Von einer Enthüllung

Isabelle und meine Mutter haben beim selben Klavierprofessor studiert. Isabelle hat aber kein Spitzendiplom geschafft und ist deswegen ins Lehrfach ausgewichen. Sie unterrichtet Musik an einem Kleinstadtgymnasium. Ihr Mann, der früher auch an dieser Schule war, hat sich nach der Scheidung woandershin versetzen lassen.

Seit drei Jahren lebt Isabelle allein in einem viel zu großen und zu teuren Haus, in einer Stadt, die nicht mal an der Bahn liegt. Wenn sie und meine Mutter sich irgendwo treffen, ist mein Vater nicht dabei. Und wenn meine Mutter Isabelle zu Hause besucht, tut sie das auch allein. Der alten Freundschaft wegen, wie sie sagt.

Einmal hat sie mich mitgenommen und das ist bestimmt auch schon zwei Jahre her. Ich erinnere mich kaum. Deshalb bin ich froh, dass ich nicht den Bus nehmen und das Haus suchen muss, sondern dass mich Isabelle am Bahnhof der Nachbarstadt abholt.

Wir reden übers Wetter und dergleichen. Bis ich mir ein Herz fasse und Isabelle frage, ob ich mir wegen meiner Mutter Sorgen machen muss.

»Sorgen machen?« Isabelle schüttelt den Kopf. »Das tut Alicia schon selbst.«

»Aber *warum?*«

Isabelle wirft mir einen unergründlichen Blick zu. »Die Frage, Madeleine, darfst du nicht mir stellen. Ich bin die Freundin deiner Mutter, nicht ihre Pressesprecherin.«

Ein gut gemeinter Witz und ich lächle höflich.

»Nun redet doch einfach miteinander. Alicia freut sich sehr auf dich«, sagt Isabelle.

»Wirklich?«

Ich kriege erst eine Antwort, als sie den Wagen in der Garage abgestellt hat. Mit dem Schlüssel in der Hand bleibt Isabelle sitzen und wendet sich mir zu. »Madeleine, glaubst du, ich könnte dir etwas vormachen? Glaubst du, die Freundschaft mit deiner Mutter hätte so lange gehalten, wenn wir nicht völlig ehrlich miteinander wären? Wenn ich sage, Alicia freut sich auf dich, dann meine ich genau das und nichts anderes. Okay?«

»Okay. Danke, Isabelle.«

Meine Mutter ist im Haus und hat Kaffee gekocht und den Tisch auf der Terrasse gedeckt. Ein bisschen bange gehe ich auf sie zu. Aber unsere Begrüßung läuft undramatisch ab, lächelnd, als hätten wir uns gestern zuletzt gesehen.

Ich atme auf und gebe mir Mühe, nicht ihren Bauch anzustarren, der gewachsen ist.

»Oma hat dir geschrieben«, sage ich und hole den Brief aus meinem Rucksack. Sie liest ihn, während Isabelle mir das Badezimmer zeigt.

Ich bekomme ungefragt Kaffee, obwohl meine Mutter gar nicht wissen kann, dass ich den seit heute trinke. Wir sitzen auf der Terrasse unter einer gestreiften Markise und reden von tausend Dingen, nur nicht von dem, was mich hierher geführt hat. Plötzlich fällt mir die Zeitung ein, die mein Vater mir zugesteckt hat. Ich stehe auf und hole sie aus dem Rucksack.

»Du hast eine Skatenight versäumt!«, sage ich zu meiner Mutter und schlage für sie die Zeitung auf.

»Nicht wirklich«, spottet sie, indem sie einen flüchtigen Blick auf Text und Bild wirft. Dann schaut sie genauer hin und liest, was unter dem Bild steht.

»Madeleine!«, ruft sie überrascht.

Isabelle läuft um den Tisch herum und schaut meiner Mutter über die Schulter.

Ich bleibe gelassen. Nachdem ich Frau Dorian überlebt habe, kann mich sowieso nichts mehr erschüttern. Keine ungläubigen Blicke, keine Ausrufe, kein Kopfschütteln.

»Das war doch Playback, oder?«, vermutet Isabelle, als wir das alles halbwegs hinter uns haben und sie ihren Platz wieder eingenommen hat.

»Das war live«, sage ich und denke mit Schaudern an den verpatzten Song.

Isabelle findet es daraufhin wahnsinnig mutig, unter solchen Bedingungen zu singen, und sie kann sich gar nicht vorstellen, dass es möglich ist. »Man wird dabei doch atemlos!«, sagt sie.

»Beim Skaten? Nein, da gleitet man, und das strengt nicht an, wenn die Straße schön glatt ist und es keine Steigungen gibt«, kläre ich sie auf.

Meine Mutter liest den Bericht ganz genau. Dann betrachtet sie wieder das Foto. »Ich muss nur mal ein paar Tage aus dem Haus sein …« Sie schaut mich aufmerksam an. »Aber du hast geschrien, Madeleine, und deine Stimme ruiniert, ich höre es.«

»Frau Dorian hat auch schon gemeckert«, gebe ich zu.

»Dann muss ich gar nichts mehr sagen«, lacht meine Mutter. »Wenn sich Frau Dorian kümmert, bin ich überflüssig.«

»Ja. Ich soll den Mund halten und gurgeln.«

Meine Mutter lacht so frei, wie ich sie schon lange nicht mehr gehört habe. Es scheint im Moment nichts zu geben, was sie bedrückt. Und wenn sie die Hand auf den Bauch legt, tut sie das weder verstohlen noch geistesabwesend, sondern locker und selbstverständlich. Wenn ich in Biologie nicht aufgepasst hätte, würde ich sagen, das Kind gehört ihr und Isabelle, aber nicht ihr und meinem Vater. Ich verschlucke mich an einem Kuchenkrümel. Für meine katastrophal blöden Gedanken müsste ich eigentlich eine Goldene Himbeere kriegen!

Nach dem Kaffee machen wir einen ausgedehnten Spaziergang, gießen den Garten, knipsen die verblühten Rosenknospen ab und überlegen zusammen, was wir uns zum Abendbrot vorstellen könnten.

Mein Vater, den ich seit Stunden in meinem Kopf nach hinten gedrängt habe, sitzt allein zu Hause und hat einen gut gefüllten Kühlschrank, bei dem man nicht lange überlegen muss. Aber Leute, die er bekochen kann, hat er nicht. Und außerdem wartet er schon längst auf meinen Anruf.

Isabelle gibt mir ihr Schnurloses und ich gehe damit ins Bad und wähle. Es tutet. Ich sehe unsere Diele vor mir, wo das Telefon steht. Es tutet weiter. Keiner hebt ab. Wieso geht mein Vater nicht ran?

Unsere Handys fallen mir ein. Ich hole meines aus dem Rucksack und läute seines an. *Nimm endlich ab, Papa!*, beschwöre ich ihn.

Als ich plötzlich wider Erwarten seine Stimme höre, bin ich so erleichtert, dass ich meinen Bericht ohne Punkt und Komma abspule. Es sei schön hier, wir hätten Kaffee getrunken, einen Spaziergang gemacht und den Garten gegossen, Mama gehe es gut, aber ich hätte noch keine Gelegenheit gehabt, mit ihr zu sprechen.

Danach erst frage ich ihn, warum er so schnauft.

»Weil ich am Boden sitze«, flüstert er, »auf einem Radweg. Und ich bin … nicht allein.«

Tatsächlich höre ich jetzt irgendein gemischtes Publikum reden und lachen.

»Kannst du nicht mehr im Stehen telefonieren?«

»Hm, hm … Mich hat's geschmissen, als ich das Handy aus der Tasche ziehen wollte«, hüstelt er.

»Bist du okay?«

»Ich bin nicht aus Zuckerguss«, zischt er und jemand lacht.

»Und wer sind die Leute?« Ich bin ja so froh, dass er nicht zu Hause vor seinem Kühlschrank sitzt!

»Die Leute?« Er scheint sich umzusehen. »Skater, eine Gruppe. Sie haben mich aufgenommen …«

»Hoffentlich alle dein Semester?« Vor dem Kühlschrank wäre es sicher nicht so lustig.

»Deines nicht«, sagt er knapp. Dann beschwert er sich über unsere nächste Telefonrechnung, aber in einem Ton, dem man das Publikum anmerkt. Erst ganz zuletzt sagt er leise: »Madeleine? Ich rufe später bei euch an. Keine Sorge, ich will nur dich sprechen …«

Ich erschrecke. »Bitte nicht, Papa, das ist keine gute Idee. Ich kann mich ja morgen bei dir melden, sobald ich am Bahnhof bin!«

Die gute Stimmung in Isabelles Haus, die ein Anruf meines Vaters gefährden könnte, ist vielleicht sowieso schon hin. Meine Mutter und Isabelle erwarten mich nämlich mit angespannten Mienen. Sie haben beim Kochen noch keinen Fortschritt gemacht, seit ich telefonieren gegangen bin.

»Es geht ihm gut«, verkünde ich. »Er sitzt auf dem Hosenboden auf irgendeinem Radweg und ein paar gruftige Skater kümmern sich um ihn.«

»Ist er gestürzt?«, fragt meine Mutter besorgt und meine Ausdrucksweise gefällt ihr überhaupt nicht.

»Was sonst. Aber er ist nicht aus Zuckerguss …«

»Madeleine, bitte.«

»Hat er selbst gesagt!«, verteidige ich mich.

»Wirklich? Du schwindelst nicht?«

Ich schüttle den Kopf. »Und irgendwelche Leute um ihn herum haben dabei gelacht.«

Meine Mutter entspannt sich.

»Hast du nicht gesagt, die Skateridee sei eine Schnapsidee von Robert und das würde er ganz schnell selbst merken?«, wendet sich Isabelle an sie.

»Anscheinend habe ich mich getäuscht«, gibt meine Mutter zu.

»Hast du«, bestätige ich. »Es macht ihm Spaß und er braucht ein bisschen Spaß!«

Sie tauschen einen Blick, und ich habe plötzlich das Gefühl, dass ich das besser nicht gesagt hätte. Deshalb rede ich schnell weiter: »Aber jetzt liegt er auf der Nase, und ihr seht, was dabei rauskommt, wenn ein altes Semester auf Rollen steigt …«

Isabelles Protest rettet die Stimmung: »Was glaubst du eigentlich, du Cocktailtomate, mit was für Semestern du redest?«

»Mit … öh … alten?«

Sie droht mir mit einem meterlangen Paket italienischer Spaghetti. »Du wirst später schon noch sehen!«

Meine Mutter lacht und nimmt den Deckel vom Kochwasser. Ich greife nach der Schere, mit der ich den Zeitungsbericht für sie ausgeschnitten habe, aber Isabelle beißt die Spaghettipackung mit den Zähnen auf und reicht sie meiner Mutter.

Zwischen ihrer und meiner Generation gibt es eine komische Meinungsverschiedenheit, die mir irgendwann aufgefallen ist: Sie wissen, dass wir sie für alt halten, und wir wissen, dass sie sich für jung halten. Da kann man nichts machen. Aber dass sie auch noch denken, sie halten sich zu Recht für jung, das geht zu weit, finde ich.

Isabelle sagt gerade, sie freut sich auf den Tag, an dem ich sechsunddreißig bin. Da will sie aber dabei sein und sehen, wie ich dreinschaue, wenn meine Tochter mich *altes Semester* nennt!

»Dann bist du …«, rechne ich aus, »achtundfünfzig?«

»Sei bloß still«, knirscht Isabelle und meine Mutter schmunzelt abgeklärt oder tut wenigstens so.

Als wir gekocht, gegessen und aufgeräumt haben, zündet Isabelle den Kamin an. Wir sitzen gemütlich davor, und ich überlege schon, wann meine Mutter und ich eigentlich miteinander reden wollen. Auf einmal sagt Isabelle, wir sollen es ihr nicht übel nehmen, aber sie will gerne im Bett fernsehen, und wir würden sie doch sicher nicht vermissen?

»Doch«, sagt meine Mutter, »aber tu dir nur keinen Zwang an.« Sie grinsen sich zu und Isabelle nimmt ihr Glas und die Weinflasche mit.

Ich warte, bis die Tür hinter ihr ins Schloss gefallen ist.

»Am Samstagabend? Bei dem Programm?«, sage ich erschüttert.

»Hm?« Meine Mutter lächelt zerstreut.

Da fällt bei mir der Groschen: Isabelle hat uns absichtlich allein gelassen! Vielleicht hat sie nicht mal einen Fernseher im Schlafzimmer …

Na, wunderbar. Ich ziehe die Beine hoch und umschlinge sie. »Und wer fängt jetzt an?«, knurre ich.

»Wir haben doch schon angefangen, du bist gekommen. Willst du nicht ein bisschen näher rücken?«, schlägt meine Mutter vor, indem sie einladend den Sessel berührt, der neben dem ihren steht. Ich will nicht! Aber dann rutsche ich doch vom Sofa. Ich setze mich auf den Boden, den Rücken an ihren Sessel gelehnt. Im Kamin knackt es manchmal. Sonst hört man nichts.

»Wann ... kommst du zurück?«, frage ich leise, als meine Mutter eine Haarsträhne von mir durch ihre Finger gleiten lässt. Zu Hause waren solche Berührungen zwischen uns nicht üblich.

Sie seufzt tief und lässt mich schon wieder los. »Du fängst mit der schwersten Frage an, Madeleine.«

»Kommt mir alles schwer vor«, murmle ich.

»Madeleine«, sagt sie, »jetzt bin ich gerade mal zwei Tage hier! Denkst du, ich konnte schon nachdenken?«

»Worüber eigentlich?«, frage ich.

Ihr Luftholen wird von einem wehen kleinen Laut begleitet, aber ich warte umsonst auf eine Antwort. Als ich die Stille nicht mehr aushalte, fange ich stockend zu reden an. »Mama, es ist ... es ist in Ordnung, dass wir ein Baby bekommen. Verstehst du, es macht mir nichts mehr aus, ehrlich. Ich finde, man kann damit leben! Wenn dir das irgendwie hilft ...«

»Ach, Madeleine.« Meine Mutter gluckst merkwürdig.

Ich schiele über die Armlehne. »Lachst du?«

Sie nickt und hat dabei diesen fürchterlichen Glanz in den Augen, der immer vor dem Heulen kommt.

Erschrocken rede ich drauflos: »Nur sollte man dem Baby beim Füttern irgendwie die Hände festbinden. Damit es nicht immer ins Essen matscht!«

»Wo hast du das denn her?«

»Bei Regina beobachtet.« Ich krieche zur Couch hinüber, ein bisschen Abstand ist mir einfach lieber. »Hab auch schon den Buggy geschoben. Aber an der Windel hab ich mich noch nicht vergriffen.«

Endlich lacht meine Mutter wirklich. Sie geht zum Kamin und stochert im Feuer, legt Holz nach und schiebt umständlich alle Glut in die Mitte des Rostes. Zurück in ihrem Sessel, sucht sie meinen Blick. »Deine Kartenbotschaft, Madeleine … Bist du noch immer zornig auf mich?«

»Nein, das siehst du doch«, brumme ich.

»Aber ich war nicht da, als du mich gebraucht hast …«

Ich will sie nicht anschauen und gieße mir von dem frisch gepressten Saft nach. »Für dich auch?«

Meine Mutter schüttelt den Kopf.

»War vielleicht ganz gut so«, antworte ich endlich verspätet und setze mich auf die Couch.

»Demnach geht's dir wieder besser?«, fragt sie aufmerksam.

»Mhm«, nicke ich, »ein bisschen. Nur vor dem Donnerstag hab ich Angst, da muss ich zu Frau Dorian und dabei treffe ich mit Kai zusammen. Wir … haben uns getrennt.«

»Liebeskummer«, seufzt meine Mutter, »tut elendig weh.«

»Geht schon«, stoppe ich sie.

Sie schaut daraufhin sinnierend in ihr Glas. »Wenn ich an das Bild in der Zeitung denke …«, sagt sie. »Jemand wie du lässt sich nicht unterkriegen, Madeleine.«

»Nö …« Hätte ich die Karte nicht geschrieben, müssten wir jetzt nicht darüber reden.

»Willst du mir erzählen, was passiert ist?«, fragt meine Mutter.

»Och, passiert ist nichts. Kai ist nur zu Tode erschrocken, als er hörte, dass ich erst vierzehn bin.«

»Ach!« Jetzt habe ich sie wirklich überrascht.

»Ja. Aber gegangen bin ich. Ich meine, ich bin einfach weggegangen, als er so erschrocken war, und er ist mir nicht nachgelaufen«, sage ich.

»Komischer Schluss«, sagt meine Mutter.

»Finde ich auch. Aber er ist sehr nett. Kai«, setze ich nach. »Ich meine, er ist kein übler Typ, falls du das denken solltest!«

»Das denke ich nicht.«

»Was denkst du dann?«, forsche ich.

»Dass er ... lass mich überlegen ... Madeleine, ich kenne ihn ja nicht! Kann es sein, dass es für ihn einfach nicht so wichtig war wie für dich?«

Ich lasse für einen kleinen Moment den Kopf hängen. Wie kann sie das wissen, wie kommt sie nur darauf? Ich ziehe die Beine hoch und umschlinge sie. Damit es nicht aussieht, als wäre ich todunglücklich, zucke ich die Achseln und schaue meine Mutter wieder an.

»Du wirst lachen, der Verdacht kam mir auch schon«, sage ich und sauge an meiner Unterlippe. »Und was soll ich jetzt tun?«

»Das, was du bereits tust! Leben. Freude haben. Was unternehmen. Gegenfrage: Möchtest du, dass dir die Geschichte mit Kai nicht zugestoßen wäre? Ich meine, dann müsstest du jetzt auch nicht mit dem Schmerz fertig werden ...«

»Nein!«, rufe ich entsetzt. Ich will doch nicht meine schönste Erinnerung missen, und selbst wenn ich darüber in Stücke gehe!

»Dann«, sagt meine Mutter nach einem tiefen Atemzug, »dann ist dir etwas Gutes passiert.«

Die dummen Tränen. Um mich zu beschäftigen, gieße ich den Rest des Saftes in ihr Glas und in meines.

»Was tut es gerade?«, frage ich angestrengt und nicke ihrem Bauch zu, auf dem sie die Hand liegen hat.

»Es boxt.« Meine Mutter lacht. »Es ist ein Junge, weißt du das schon?«

»Papa hat's mir gesagt.« Ich gehe mit meinem Glas zur Couch zurück. Die Scheite im Kamin glühen. Manchmal fällt ein Stückchen ab und versprüht Funken. Zu Hause haben wir keinen offenen Kamin.

Dass meine Mutter, seit ich meinen Vater erwähnt habe, nichts mehr sagt, schnürt mir die Luft ab.

»Würdest du heimkommen«, murmle ich, »wenn wir einen offenen Kamin hätten, an dem du abends sitzen könntest? Lach nur, wenn ich Mist rede …«

Sie lacht nicht. Aber ihr Lächeln ist furchtbar anzusehen.

»Mama?«

Ohne mit diesem schrecklichen Lächeln aufzuhören, sagt meine Mutter: »Madeleine, das Baby ist von Ken.«

Ich bin wie vom Donner gerührt. Der Satz ist noch unterwegs zu meinem Gehirn. Doch als er ankommt, ist das ein Gefühl, als wäre er vorher schon da gewesen und ich hätte ihn nur nicht bemerkt.

Komisch. Irgendwo muss ich so was schon erlebt haben. Bei der Denkmalsenthüllung vor unserer Schule!

Als das Tuch weg war – ein gemeinsamer Laut der Überraschung. Danach konnte sich keiner mehr vorstellen, dass er noch vor einer Minute nicht gewusst hatte, wie das Denkmal aussehen würde, nämlich dass Gutenberg auf einem riesigen aufgeblätterten Buch steht.

Hatte ich wirklich keine Ahnung? Ich starre meine Mutter an. Ich rechne. »Mama, das ist doch gar nicht möglich, denn das ist schon länger als ein Jahr her!«

»Nein. Es war im Dezember.«

»*Was?*«

»Im Dezember. Nach meinem Konzert in Hamburg.«

»Wo du … den Aussetzer hattest?«

»Wo ich den Aussetzer hatte, ja.« Meine Mutter fährt sich mit den flachen Händen übers Gesicht. Danach legt sie den Kopf zurück und schließt die Augen. »Ken war in England«, flüstert sie.

Ich beuge mich vor, um sie zu verstehen.

»Er ist fürs Konzert herübergeflogen. Ich habe es nicht gewusst. Er sollte eigentlich in den Staaten sein. Ich habe es nicht gewusst, Madeleine. Er saß in der zweiten Reihe und ich habe ihn nur zufällig gesehen. Ich weiß bis heute nicht, warum ich nach dem ersten Satz aufgeschaut habe. Und da saß er. O Madeleine …«

Ich beuge mich noch weiter vor und merke, dass ich die Fäuste balle.

»Keine Ahnung, wie ich das Konzert zu Ende gebracht habe«, flüstert meine Mutter. »Ich ließ mich sofort zum Hotel fahren und dort hat er mich aufgespürt. Wie Oma übrigens auch.«

Sie lächelt, ohne den Kopf von der Rückenlehne zu

heben. Zwei feuchte Spuren laufen ihre Wangen hinab. »Aber Oma kam zu spät. Zu der Zeit war Ken schon bei mir. Ich habe mich mit Kopfschmerzen entschuldigen lassen …«

»Warum, Mama, warum?«, stöhne ich und mein Warum bezieht sich nicht auf das Abwimmeln der Kieler Oma.

»Weil wir uns vorher nie verabschiedet hatten«, sagt meine Mutter einfach.

»Ist das eine Art, sich zu *verabschieden?*«

Sie nickt kaum wahrnehmbar. »Wenn man sich liebt – ja.«

»Aber du und Papa … ich dachte, du warst längst wieder … längst wieder …« Ich suche nach dem richtigen Wort.

»Du meinst, dass ich mich klar für ihn entschieden hatte? Ja, Madeleine. Und ich habe mir diese Wiederbegegnung mit Ken nicht ausgesucht.«

Das Feuer im Kamin ist heruntergebrannt. Ein Holzbrocken, der vorhin noch durchglüht war, färbt sich langsam schwarz.

»Aber«, sage ich stockend, »kann es denn nicht … Papa gewesen sein? Nicht dass ich viel davon verstehe …«

Meine Mutter schüttelt stumm den Kopf.

»Wirklich nicht?«

»Dazu waren wir zu vorsichtig, Robert und ich. Außerdem kann man es testen. Aber ich weiß es so.«

Es ist still zwischen uns. Das einzige Licht kommt von einer Stehlampe neben dem Kamin. Falls meine Mutter, die den Kopf wieder zurückgelegt und die Augen geschlossen hat, jetzt an diese verfluchte Dezembernacht denkt, kann ich das auch tun. Mich packt die kalte Wut. Aber nicht auf meine Mutter.

»Mama – warum konnte er dich nicht in Ruhe lassen?«

»Ja, warum wohl? Liebe?«, sagt sie mühsam.

Ich wische durch die Luft. Scheißliebe. »Weiß er überhaupt, was er angerichtet hat?«, schreie ich.

»Schsch!« Meine Mutter zeigt zur Decke. »Nein«, sagt sie dann, »wozu auch. Ich dachte, ich werde damit fertig. Ich dachte, es ist passiert und nun sind wir eben vier zu Hause. Aber es ist eine Lüge. Wenn auch nur ich es weiß, ist es eine Lüge. Ich kann nicht mehr so tun, Madeleine, ich kann einfach nicht so tun, als ob!«

Ich versuche zu denken, aber mein Kopf hat sich abgemeldet. »Und deswegen bist du weggegangen?«

Sie nickt.

»Kommst du zurück?«

»Ich weiß es nicht.«

»Gehst du zu ihm, zu Ken?«

»Nein!«, sagt sie erschrocken. »Das ist sieben Monate her, unser Abschied war endgültig, Ken ist so jung ...« Ihre Stimme flattert. »Er kann inzwischen verheiratet sein, Madeleine! Mit einem Mädchen, das fünfzehn Jahre jünger ist als ich ...«

»Dann komm zu uns zurück!«, rufe ich.

Ich warte angstvoll. »Mama?«

Ihr Schweigen entsetzt mich. Sie scheint nachzudenken, was sie mir antworten soll, aber sie weiß es bereits, sie weiß schon, dass sie nicht zurückkommt! Sie hat mir die Wahrheit gesagt, *sie hat mit mir gesprochen* – also hat sie sich in Wirklichkeit schon entschieden.

»Mama, bitte!«

Meine Mutter gibt sich einen Ruck. »Vielleicht ... irgendwann ... wenn Robert mich dann noch mag.« Sie lächelt verzagt. »Aber es würde nie mehr so sein, wie es war.«

Warum ich keinen Schreikrampf kriege, sondern einfach nur nicke, weiß ich nicht.

Meine Mutter schaut mich an und ich sie. Falls jetzt jemand in Isabelles dunklem Garten steht und die Nase ans Fenster drückt, sieht er ein nettes Bild: Mutter und Tochter vor heruntergebranntem Kaminfeuer. Nicht einmal die Sprache hat es mir auf Dauer verschlagen.

»Bleibst du bei Isabelle?«

»Das geht nicht«, sagt meine Mutter. »Sie und ihr geschiedener Mann haben einen Käufer für das Haus gefunden. Zum neuen Schuljahr zieht Isabelle in eine kleine Wohnung, die sie mir morgen ...«

»Warum?«, frage ich entgeistert.

Meine Mutter hebt die Hände und lässt sie wieder fallen. »Weil sie verschuldet sind, weil sie das Geld brauchen, weil sie leben müssen!«

Ich starre sie an. »Und du, was machst du?«

Die Antwort dauert eine Weile.

»Ich denke, Klavierunterricht geben.«

»Mama«, sage ich, »dann geh lieber zu Ken.«

»Nein. Ich erpresse ihn nicht.«

»Aber er hat *Schuld!*«

»Das ist doch keine Schuld«, sagt meine Mutter.

Ihre Hände liegen auf dem Bauch. Obwohl sie mit mir redet, ist sie mit *dem da* allein, mit dem Kind von

Ken. Mein Vater und ich kommen in ihrem Leben gar nicht mehr vor.

»Ich gehe schlafen«, sage ich und stehe auf.

Vom Kampf meines Vaters

Isabelles Garten ist viel größer als unserer. Zum Beispiel könnte ich von ihrer Terrasse aus keinen Schokoriegel in den Nachbargarten werfen. Wir sitzen beim Frühstück. Heute, da ich Bescheid weiß, fällt mir auf, dass Isabelle mit jedem Blick Abschied nimmt: von ihren Rosen, vom Fingerhut, der besonders schön, wenn auch giftig ist, von den Sträuchern und vom Rasen, vom Haus mit den weit geöffneten Fenstern und dem wilden Wein, der in diesem Jahr den Giebel erreicht hat.

Meine Mutter ist sehr still. Wir beide haben wenig geschlafen, vielleicht überhaupt nicht. In Isabelles Gästezimmer stehen zwei Betten mit einer Truhe dazwischen, und ich habe mich in meinem kaum bewegt, um meine Mutter nicht merken zu lassen, dass ich wach war.

Weil sie genauso leise war, habe ich nicht gehört, dass sie hinausgegangen ist. Ich habe sie dann auf einem Gartenstuhl gefunden, das Gesicht der Sonne zugewandt. Die Vögel sangen, sonst kein Laut.

Ich nahm mir auch einen Stuhl und dort bin ich eingeschlafen. Dann kam Isabelle mit ihrer Frühstücksgeschäftigkeit.

Inzwischen habe ich vier Brote vertilgt. Wahrscheinlich könnte ich mitten im Weltuntergang noch frühstücken. Es gab nur eine kurze Zeit in meinem Leben, in der ich kein Essen gebraucht habe. In der ich sogar Isabelles selbst gemachte Marmelade stehen gelassen hätte.

Es wird schnell heiß heute. Wir bleiben sitzen, bis die Butter läuft. Mein Vater würde sie zum Kühlschrank tragen ... Ich stelle ihn mir allein zu Hause vor und die Brote drücken mich plötzlich im Magen.

»Räumen wir ab«, sagt Isabelle schließlich und fängt an, das Tablett zu beladen. Meine Mutter nimmt die Kaffeekanne und ich trage das Brotkörbchen ins Haus. Drinnen ist es angenehm kühl.

»Alicia, spielst du für Madeleine und mich, während wir die banale Küchenarbeit machen?«, sagt Isabelle. »Ich will meinen Flügel noch hören, sooft ich nur kann.«

»Nimmst du den nicht mit?«, frage ich sie.

»Geht nicht, die neue Wohnung ist viel zu klein.« Isabelle schraubt Marmeladengläser zu und wirft Eierschalen und Brotkrümel in den Abfall. »Willst du wirklich nicht bis zum Abend bleiben, Madeleine?«

Ich schüttle den Kopf. »Ich hab Papa gestern schon versetzt, ich hatte ihm eine Tour versprochen ... Kann ich ihn bitte mal anrufen?«

Isabelle nickt und deutet zum Telefon.

Meine Mutter hat inzwischen zu spielen angefangen. Keinen Sciancalepore, zum Glück. Als ich mit dem Telefon aus dem Bad zurückkomme, wo ich meinem Vater meine Ankunft mitgeteilt habe, bleibe ich in der Tür stehen: Das ist ja mein Lieblingsstück!

Ich lege das Telefon auf den Kamin, und anstatt Isabelle in der Küche zu helfen, setze ich mich leise auf die Couch. Warum habe ich das zu Hause eigentlich nie gemacht, frage ich mich. Warum bin ich nie heimlich ins Musikzimmer geschlichen und habe meiner Mutter zugehört? Ihr Gesicht beobachtet, das mitgeht und das offen und weich ist, wenn sie spielt? Und ihren Händen zugesehen?

Als das schöne Stück ausklingt, senkt meine Mutter den Kopf, als würde sie ihm noch nachlauschen.

»Mama?«, sage ich vorsichtig in die Stille hinein. »Nimmst du mir das mal auf? Denn wenn du nicht mehr zu Hause bist …«

Sie hebt den Kopf und lächelt, als käme sie von weit her. »Kann ich machen, Madeleine.«

»Was ist es eigentlich?«

»Das? Oh, nur das Ges-Dur-Impromptu von Schubert. Es gibt noch andere, bessere Impromptus …«

»Nein, das bitte, genau dieses. Es gefällt mir so gut.«

Das Gesicht meiner Mutter verändert sich, ungefähr wie eine Wiese, auf der gerade noch Sonne lag und über die nun plötzlich ein Wolkenschatten fällt. Ich weiß beim besten Willen nicht, was ich falsch gemacht habe. Auch ihre Stimme ist jetzt anders, sachlich wie bei Terminbesprechungen am Telefon. Meine Mutter sagt, dass sie mir gern eine Aufnahme einspielt, aber nur mit anderen Impromptus zusammen, sie pickt keines heraus.

»Ich kann *repeat* eingeben«, sage ich hinterhältig und weiß nicht, warum ich so empfindlich reagiere. In meinem Kopf pocht ein seltsames Wort: Ges-Dur-Impromptu.

»Und ich muss es nicht einspielen!«, sagt meine Mutter gereizt.

Isabelle ruft aus der Küche: »Wieso höre ich nichts mehr? Spiel doch noch was, Alicia, bitte!« Sie taucht in der Tür auf.

»Oh – störe ich?«, fragt sie und schaut zwischen uns beiden hin und her.

»Nein, nein«, sagt meine Mutter und legt die Hände auf die Tasten.

Ich bin wütend. *Künstlerallüren,* denke ich. *Ges-Dur-Impromptu,* denke ich – und kann plötzlich etwas mit dem Wort anfangen.

Eine halbe Stunde später fährt mich Isabelle zum Bahnhof.

Ich habe meine Mutter beim Abschied gefragt, was ich meinem Vater sagen soll. Denn irgendeine Antwort muss ich ihm doch schließlich mitbringen.

Sie hat sich die Lippen befeuchtet. »Sag Robert ... sag ihm Grüße. Ich rufe ihn an. Bald. Vielleicht schon morgen. Madeleine ... kommst du nächstes Wochenende wieder? Ich will dich nicht verlieren.« An dieser Stelle hat sie sich umgedreht und ist ins Haus gelaufen.

Ich kann die ruckartige Bewegung nicht vergessen, den Schwung der Haare, des weiten, dünnen Kleides und ihre nackten Füße.

Isabelle schweigt während der Fahrt. Kein Wunder, die seltsame Spannung zwischen meiner Mutter und mir war ja zum Greifen. Erst als wir am Bahnhof aussteigen und um den Wagen herumgehen, macht sie den Mund auf.

»Madeleine, denk bloß nicht, dass ich Alicia beeinflusse – das würde ich nie tun.«

»Das solltest du aber!«, rufe ich. »Reicht es nicht, wenn *du* unglücklich bist?«

Für einen Moment erstarrt Isabelle. Dann klappt sie den Kofferraumdeckel auf und tritt zur Seite.

Ich hole meinen Rucksack heraus. »Entschuldige bitte«, murmle ich und der Rucksack hängt lahm in meiner Hand. Was habe ich da nur gesagt!

»Du hast ja recht. Soweit es mich betrifft«, sagt Isabelle und ihr Ton macht mich nicht gerade glücklicher. »Deine Mutter dagegen …« Sie schüttelt den Kopf. »Madeleine, du hast verdammt recht, ich bin im Moment nicht besonders glücklich. Aber ich habe auch keine Wahl. So ist das.« Dann legt sie die geballte Faust aufs Auto. »Aber wer drei Wahlmöglichkeiten hat und sich mit jeder unglücklich macht, dem ist wirklich nicht zu helfen.«

»Drei?«

»Drei«, sagt Isabelle. »Alicia kann zu Robert und dir zurückkehren, aber es wäre nicht mehr wie vorher. Sie kann das Kind allein aufziehen, dann hat sie ihre Familie verloren. Oder sie kann zu Ken gehen …«

»Aber dann hat sie doch ihr Glück!«, rufe ich bitter.

»Nein. Denn sie hat ja ihre Familie verraten und verlassen. Sollte Alicia je darüber hinwegkommen, bleibt immer noch die Sache mit dem Altersunterschied. Lass ein paar Jahre vergehen, Madeleine … Und glaube mir, eine Frau lebt ungeheuer schwer mit einem jüngeren Mann. Sie wird sich beobachten und ihn beobachten und am Spiegel stehen …«

»Ach, hör auf«, sage ich durch die Zähne. »Hör doch auf!« Ich würde am liebsten um mich schlagen – oder heulen. »Was bist du denn für eine Freundin? Hilf meiner Mutter! Du weißt genauso gut wie ich, welche Lösung die beste wäre!«

»So? Glaubst du vielleicht, es gibt eine Punkteskala?«

»Ach Scheiße, das ist mir zu kompliziert!« Ich werfe mir den Rucksack über die Schulter und laufe zum Bahnsteig, ohne mich noch einmal nach Isabelle umzusehen.

Normalerweise bin ich nicht so. Wenn meine Erziehung heute versagt hat, müssen furchtbare Gründe vorliegen, und die sage ich mir im Zug ununterbrochen vor. Der schlimmste ist, dass meine Mutter bereits gewählt hat, und zwar mit absoluter Treffsicherheit die Karte mit den wenigsten Punkten.

Bei der Ankunft bin ich völlig zermürbt. Mein Vater schaut mir mit einem halb ängstlichen, halb optimistischen Ausdruck entgegen. Ich raffe mich zu einem großen Grinsen auf.

»Noch Anrufe für mich?«, frage ich munter. »Was macht meine Publicity?«

»Ja, ja, später«, winkt er ab. »Und? Sag! Wann kommt sie?«

Er lässt sich nicht ablenken – hätte ich mir denken können.

»Ich soll dich grüßen«, sage ich mutlos.

»Ja, danke. Das ist doch keine Antwort!«

Wir gehen nebeneinander zwischen den Leuten hindurch Richtung Ausgang. Einmal remple ich einen mit meinem Rucksack an. Der Bahnhof scheint ein Ort zu sein, an dem ich immer heftige Gefühle habe. Ich glaube, ich hasse das allmählich. Außerdem soll mein Vater aufhören, mich so anzusehen.

»Sie will es dir selber sagen«, knurre ich.

»Aber *was* will sie mir sagen?« Er ist stehen geblieben. »Was ist *los* mit ihr?«

»Papa, hör auf! Wenn sie es dir doch *selber* sagen will!« Mit Vernunft ist ihm nicht beizukommen.

»Aber du weißt es«, beharrt er.

»Nicht richtig«, weiche ich aus. Ich wechsle das Standbein.

Und dann sagt mein Vater, während tausend Menschen an uns vorbeiströmen: »Ist der Junge behindert, Madeleine?«

Ich starre ihn nur an. Gibt es vielleicht ein weiteres Unglück, das uns auch noch zustoßen könnte?

»Madeleine …« Mein Vater nimmt mich hart an den Schultern. »Damit kann ich fertig werden! Wenn es das ist, sag's mir sofort! Ich fahre hin, sie muss nicht verzweifelt sein, sie muss das doch nicht allein tragen!«

Mir fällt nichts ein. Ich kann nur den Kopf schütteln. Ich kann mich nur in Bewegung setzen und zum Parkplatz gehen und während der ganzen Heimfahrt wie ein Papagei wiederholen, dass meine Mutter versprochen hat anzurufen, wahrscheinlich morgen schon. So lange muss er es aushalten!

Zu Hause stürze ich mich auf den Block, der neben dem Telefon liegt. *Regina* steht drauf, *Britta*.

Beide können warten. Aber dann …

Ich schaue auf. »Herr Wunderlich?«

Mein Vater, der leider nicht abzuschütteln war, bestätigt es. »Herr Wunderlich, ja. Weil du nicht gekommen bist, deinen Scheck abzuholen. Wir hatten ein sehr interessantes Gespräch.«

»Oh!«

»Abgesehen von deiner Kunst, Einverständniserklärungen zu unterschreiben – nun, der Rest war erfreulich.«

»Puh!« Ich falle auf den Stuhl. Was mich am meisten erleichtert, ist die Beobachtung, dass also auch noch andere Themen zu meinem Vater durchdringen.

»Der Anruf«, sagt er, »kam gestern Nachmittag. Das Echo auf die Aktion muss gut gewesen sein.«

Ich sehe ihn jetzt sogar lächeln. »Man denkt daran, dich weiter zu engagieren und auch in anderen Städten singen und fahren zu lassen – vorausgesetzt …« Er macht eine Kunstpause.

»Vorausgesetzt?«

»Vorausgesetzt, ich bin einverstanden.«

»Bist du?« Angespannt hänge ich an seinem Gesicht. Die Strenge kann mich nicht überzeugen. Gleich wird er grinsen …

Und da passiert es schon.

»Wenn ich mit dabei sein kann.« Tatsächlich ist er für einen Moment der Alte, ist er mein Vater, mit dem ich mich bis vor Kurzem immer verstanden habe. Aber kaum hat er es gesagt, als er sich auch schon daran erinnert, dass ihm heute nicht zum Lachen zumute ist. Er lässt mich stehen und geht wortlos in die Küche.

Ich laufe ihm nach.

»Was hast du, Papa?«

»Kindischer Unsinn«, murmelt er. »Wir kriegen ein ganz anderes Programm, falls der Junge behindert ist.«

Ich schlage stöhnend den Kopf gegen den Schrank. »Hörst du jetzt endlich damit auf? *Der Junge ist nicht behindert!*«

Als ich aufsehe, wird mir klar, dass ich meinem Vater eine Antwort gegeben habe. Denn er fängt zu nicken an, langsam, lange, nachdrücklich.

Jetzt habe ich genug, ich haue ab, ich gehe in mein Zimmer.

Mein Vater braucht ungewöhnlich lange, um ein einfaches Essen zu kochen. Als er mich endlich ruft, liegen dunkelblaue Servietten neben unseren Tellern.

»Mal was anderes«, sage ich anerkennend und falte meine auf.

»Ja. Mit Trauerrand gab's keine«, sagt er.

Erschrocken schlage ich die Augen nieder.

Seine Hände, eine an der Schüssel mit dem Risotto, die andere am Löffel, sind kräftig, mit dunklen Härchen darauf, und zittern nicht beim Schöpfen. Jemand, der den Studenten ständig schwierige Stellen am Klavier vorspielt, muss sichere, verlässliche Hände haben. Das ist irgendwie ein tröstlicher Gedanke, dem ich gern noch ein wenig nachhänge.

So trifft es mich völlig unerwartet, als mein Vater sagt: »Alicia kommt nicht zurück, nicht wahr?« Er stellt die Schüssel ab und jetzt schlägt doch der Löffel gegen den Rand.

Ich fahre zusammen. »Papa, wie soll ich einen Bissen runterkriegen, wenn du so was sagst?«

Er nickt stumm. Er setzt sich und schöpft Risotto auch auf seinen Teller. Dann scheint er sich ganz und gar aufs Essen zu konzentrieren.

Ich versuche das nicht mal. Ich zittere. Ich zerrupfe die dunkelblaue Serviette. Plötzlich werfe ich die Fetzen hin und stoße den Stuhl zurück.

»Willst du nicht kämpfen?«, schreie ich.

Mein Vater legt das Besteck weg und wischt sich sorgfältig den Mund ab. Er lehnt sich zurück.

»Vor einer Stunde habe ich damit aufgehört«, sagt er.

»Aber du hast ja gar nicht …«

»Doch. Sieben Monate lang.« Er verschränkt die Arme. »Zum Schluss habe ich noch versucht, mir etwas vorzumachen. Mir einzureden, alles sei ganz anders. Ein genetischer Defekt des Kindes vielleicht, der ihr zu schaffen macht … Bitte, Madeleine, setz dich.«

Ich falle auf meinen Stuhl.

»Aber das ist doch kein *Kämpfen!*«, flüstere ich.

»Doch. Ich habe es gewusst, als sie aus Hamburg zurückkam. Manchmal sieht Kampf nicht wie Kampf aus. Aber es war einer. Und als sie im März mit der Nachricht kam, dass sie schwanger sei, habe ich mich bis an die Zähne bewaffnet. Mit Baby-Freude-Sonnenschein.«

Mein Vater ist jetzt so käsig wie die Reiskörner zwischen dem bunten Gemüse.

Ich starre ihn an. »Papa, hast du denn überhaupt keinen Stolz?«

Er zuckt nicht einmal zusammen, sondern nickt nur stumm. »Das habe ich mich auch gefragt, lange«, sagt er. »Vielleicht kannst du mir bei der Antwort helfen, Madeleine?«

»Ich?«, frage ich ungläubig.

»Ja. Dazu muss man nicht vor seinem vierzigsten Geburtstag stehen. Was ist größer – o Gott, klingt das pathetisch –, was ist größer, Liebe oder Stolz?« Er hat Mühe mit den zwei Worten, seine Stimme bebt. Außerdem erwartet er auch gar keine Antwort. Mit seiner Fassung ist es vorbei. Er verlässt den Tisch und stellt sich ans Fenster. »Ich habe trotzdem verloren«, sagt er.

Ich halte meine Wange an die Stuhllehne und heule, weil mein Vater es nicht tut.

Kaum dass ich verstehen kann, was er sagt.

»Madeleine, ich hab dich was gefragt: Ist er jetzt bei ihr?«

Meine Tränen gefrieren, ich fahre herum.

»Papa! Ken ist nicht bei ihr! Er weiß es nicht einmal!«

Mein Vater reckt den Kopf vor und kommt zum Tisch. »Was sagst du da?« Er macht mir Angst.

»Ken weiß es nicht«, flüstere ich. »Mama hat nie mehr mit ihm gesprochen, es war doch ein Abschied für immer!«

Jetzt setzt er sich. Und mir geht auf, was meine Worte bedeuten.

»Du kannst noch kämpfen!«, sage ich und beuge mich erregt über den Tisch. »Es ist nicht vorbei, du hast nicht verloren!«

Und weil er nicht gleich reagiert, rufe ich: »Sie will eine Wohnung nehmen und Klavierstunden geben!«

»Was will sie?«

»Klavierunterricht geben!«

Nach meiner Eröffnung ist es sehr still in unserer Küche. Ich versuche, den Denkprozess meines Vaters nicht zu stören, und halte völlig still, wobei ich ängstlich auf einen neuen Zug der Entschlossenheit in seinem Gesicht lauere.

Aber mein Vater benützt seine Finger und fängt laut zu addieren an. »Sie ist weggegangen. Ken weiß nicht, dass sie ein Kind bekommt. Sie will eine Wohnung nehmen. Sie will Klavierstunden geben. Sie will allein für das Kind sorgen. – Das will sie, ja, und ich habe es von Woche zu Woche stärker gespürt. Die Wehen haben nur angefangen, weil sie wegwollte. So. Und jetzt ist sie weg.«

Er schaut mich an. »Dass sie es dir gesagt hat, Madeleine ...« Sein Blick erschreckt mich und nimmt mir jede Hoffnung. »Dass sie es dir gesagt hat, macht es endgültig.«

»Papa!«

»Es ist endgültig, Madeleine, *endgültig*. Nicht dass ich das wirklich gewusst hätte.«

Ich sitze wie gelähmt auf meinem Stuhl.

Mein Vater fügt seiner Aufzählung noch einen Punkt hinzu. »Sobald sie es mir gesagt hat, wird sie Verbindung mit Ken aufnehmen. Das wird sie. Auch wenn sie es selbst noch gar nicht weiß.«

»Aber«, flüstere ich, »wenn er vielleicht schon vergeben ist? Er ist auch viel zu jung, zehn Jahre jünger als Mama ..

»Madeleine«, sagt mein Vater. Er lächelt wie jemand, der bei der Leichenfeier seines liebsten Menschen die Gäste unterhalten soll. »Alicias Liebe zu ihm ist groß genug, das Kind notfalls allein aufzuziehen. Denk das mal zu Ende. Ein paar Jahre Altersunterschied, lachhaft!«

Mein Vater, das ist klar, ist zum selben Schluss gekommen wie ich letzte Nacht, bevor ich ins Bett gegangen bin. Jetzt erst glaube ich daran.

Von der großen Familienkatastrophe, den kleinen Ängsten und einem Friedenszweig

Meine Eltern haben sich am Montag getroffen.

Wenn man mir etwas davon gesagt hätte, wäre ich – egal wie – heimlich mitgefahren und in der Nähe meines Vaters geblieben. Aber er hat sich nicht umgebracht, sondern ist am Dienstag zum Konservatorium aufgebrochen wie immer.

Am Abend hat er mir dann Bescheid gesagt. Ohne dunkle Servietten oder sonst eine Einleitung.

Und als ich dachte, jetzt kommt: *Das Leben geht irgendwie weiter, Madeleine,* sagte er: »Das Leben … ist doch spannend, nicht, Madeleine?« Sein Grinsen sah furchtbar aus.

Er gibt sich eine Wahnsinnsmühe. Er geht zur Arbeit, sorgt dafür, dass der Kühlschrank nicht leer wird, er kocht, öffnet die Post, sitzt am Computer, schimpft, wenn im Waschbecken Haare sind, schließt die Haustür ab, schickt mich zum Gartengießen und lässt auch die Zimmerpflanzen nicht verkommen. Wie seine Nächte sind, weiß ich nicht. Aber er steht jeden Morgen auf.

Und wir reden miteinander. Ich lerne beim Frühstück keine Vokabeln, sondern erzähle meinem Vater, dass mir die Schule wieder Spaß macht, seit die Klasse nichts mehr gegen mich hat; ich berichte von Britta und den anderen Mädchen, die angeblich stolz auf mich sind und nächstes Mal wieder dabei sein wollen, wenn eine Skatenight ist; ich erzähle, dass unsere Schulband angefragt hat, ob ich im Herbst als Sängerin einsteigen möchte, weil der Sänger, der in der Dreizehnten ist, ja sowieso abgeht.

Wenn meine Mutter noch da wäre, würde ich über all das überhaupt nicht reden, weder mit ihr noch mit meinem Vater; die beiden wären mit sich und dem Baby beschäftigt und ich mit mir und meinen Sachen. Aber jetzt ist eben alles anders geworden.

Mit Oma hat mein Vater bereits gesprochen. Die Kieler Großeltern, sagt er, gehen ihn nichts an, das soll Mama machen. In den Ferien will er den Besitzstand regeln, wie er das nennt. Wir werden uns von jetzt an einschränken müssen, die Gesangsstunden darf ich aber weiternehmen. So sei das eben, wenn aus einem gemeinsamen Haushalt zwei getrennte würden. Die Sachen meiner Mutter könne er nicht packen. Aber das sei auch noch nicht eilig, und ich solle meiner Mutter dabei helfen, irgendwann in den Ferien, und dazu würde er für ein paar Tage verschwinden.

Ich frage mich, wo mein Zorn bleibt. Meine Familie fällt auseinander und ich berste nicht vor Zorn! Ich laufe nicht ins Zimmer meiner Mutter, zertrümmere ihren Spiegel, zerschmettere ihre Schubladen, trample auf ihren Kleidern herum. Ich sehe, dass mein Vater vor Schmerz fast vergeht, aber ich hasse meine Mutter nicht.

Ja, wenn sie einen anderen hätte! Aber sie hat nur sein Kind. Ihre Verbissenheit ist mir unheimlich. Oder das, was mein Vater Liebe nennt. Ich teile nicht seine Überzeugung, dass sie Verbindung mit Ken aufnehmen wird – mein Vater hat nicht gesehen, wie schrecklich sie aussah, als sie von Erpressung sprach.

Dieses Thema meiden wir in unseren Tischgesprächen, mein Vater und ich. Es gibt zum Glück genug andere Themen. Jemand von der Skatergruppe hat angerufen und ihn für nächstes Wochenende wieder eingeladen. Ich war am Telefon, und mein Vater hat abgewinkt, aber dann hat er doch den Hörer genommen und wenigstens ein paar nette Sätze gesagt und versprochen anzurufen, wenn er vielleicht doch Zeit haben sollte. Ich habe ihn belauert, ob er die Nummer aufschreibt oder nicht. Er hat sie aufgeschrieben. Allerdings nur auf den Block, den wir immer abreißen, wenn ein Blatt vollgekritzelt ist.

Regina ist die Einzige, mit der ich über meine neue Situation rede. Wir tauschen behutsam unsere Elternerfahrungen aus. Aber Übereinstimmungen finden wir eigentlich kaum; meine Eltern haben sich, soweit ich weiß, weder angebrüllt noch zerfleischt wie ihre. Um den Unterhalt wird es keinen Streit geben. Um mich auch nicht. Ich bleibe bei meinem Vater und kann meine Mutter so oft besuchen, wie ich will. Zum Beispiel gleich nächstes Wochenende.

»Dann fällt wieder die Klavierstunde aus«, sagt Regina bedauernd.

Darüber habe ich mir auch schon Gedanken gemacht. Ich werde meinen Vater fragen, ob er uns unterrichtet. Oma, mit der ich telefoniert habe, hatte dieselbe Idee. Sie kennt außerdem ein paar junge Musiker, die gern Kammermusik machen würden, wenn sie einen guten Pianisten dazu hätten. Das Schlimme ist nämlich, dass mein Vater für das nächste Schuljahr Teilzeit beantragt hat; Oma hofft allerdings, dass er das rückgängig machen kann.

Anna-Lena patscht in den Brei, den Regina ihr füttert. Ich bleibe auf Abstand, denn ich muss mit meiner Kleidung anschließend zur Gesangsstunde.

»Deine Technik«, sage ich zu Regina, »ist noch nicht ausgereift.«

Regina grinst. »Du kannst es ja besser machen. Ich seh es mir dann an.«

Wir tun so, als käme meine Mutter hierher zurück, in einen anderen Stadtteil höchstens, wo ich sie und das Baby immer besuchen kann. Ausgeschlossen ist es ja nicht.

Ich unterdrücke einen tiefen Seufzer. Möglicherweise geht es mir immer noch besser als Regina, deren Mutter ihr wieder einmal das Baby überlassen hat, sodass Regina nicht zur Gesangsstunde mitkommen kann.

Heute wäre ich besonders froh, wenn ich sie an meiner Seite hätte. Denn Frau Dorian wird mich vielleicht zur Schnecke machen. Ganz abgesehen davon, dass es schön sein würde, nicht allein zu sein, nachdem ich Kai getroffen und einen gleichgültigen Blick von ihm bekommen habe.

Als ich in der Bahn Richtung Innenstadt sitze, wächst meine Angst. Sich inmitten der Familienkatastrophe vor einer Gesangsstunde zu fürchten ist lächerlich, sage ich mir, und dieser wunderbare Gedanke sollte mir eigentlich helfen, die Angst zu überwinden. Er tut es aber nicht.

Beim Aussteigen ist mir übel, und der Weg zum Konservatorium ist viel zu kurz, als dass ich mich erholen könnte. Ich atme noch einmal tief durch, bevor ich die Eingangstür aufdrücke. Im Schutz der Zimmerpalme in der Halle fahre ich mir durch die vom Regen nassen Haare und ziehe die Jacke aus. Auf der Treppe ist niemand. Aber in der Cafeteria höre ich Stimmen. Ich hole Luft, dann laufe ich los und bleibe erst vor Frau Dorians Zimmer stehen, aber nur für ein kurzes Klopfen, bevor ich hineinstürme.

Frau Dorian sucht etwas im Notenschrank. Sie dreht sich um und mustert mich vom Scheitel bis zur Sohle, wo ihr Blick ungewöhnlich lange haften bleibt.

»Was, keine Rollen?«, lacht sie.

Sie lacht! Mir wird ein bisschen leichter.

»Bei der nächsten Generation«, meint sie nachdenklich, »könnte sich schon eine beginnende genetische Veränderung zeigen. Sagen wir: ein Miniaturrädchen anstelle des kleinen Zehs, was denkst du, Madeleine?«

Ich wage zu lächeln.

»Aber natürlich nur, wenn man geeignete Exemplare unter euch kreuzt. So, Schluss mit dem Unsinn. Hast du für den Job vorsingen müssen?«, fragt sie und zeigt hinter sich an die Wand, wo – o Schreck – mein Foto von der Skatenight hängt.

»Ja …«

»Wie viele seid ihr beim Probesingen gewesen?«

»Öh …«, ich addiere, »fünfzehn, glaube ich. Aber vier sind schon vorher gegangen.«

»Warst du klare Siegerin?«

»Bis auf Regina …«

»Also ja.« Frau Dorian schließt mich in ihre Arme, danach muss sie ihre Brille abwischen. Sie gibt mir ein Handtuch. »Trockne deine Haare. Und *wehe, wenn du noch einmal beim Singen schreist!*«

Benommen verwende ich das Handtuch. Dann geht mein Unterricht los.

»Merkst du was?«, ruft Frau Dorian nach den ersten Tönen anklagend. »Du hast keine Höhe mehr! Merkst du's wenigstens?«

Ich nicke, und es ist im Moment nicht ganz leicht, selbstbewusst vor dem Spiegel zu stehen.

»Wir müssen jetzt sehr behutsam sein. Und erst wenn wir dich wieder hingekriegt haben und wenn du …« – in Frau Dorians Blick liegt Mordlust – »… gelernt hast, *in solchen Situationen mit deiner Stimme richtig umzugehen*, kannst du dir wieder Eskapaden leisten. *Ist das klar?*«

»Es ist klar«, murmle ich und hoffe, dass die knapp zwei Wochen Übungszeit ausreichen, die mir vermutlich bis zur nächsten Skatenight bleiben. Denn sonst habe ich ein Problem. Frau Dorian ist imstande und wirft mich hinaus, wenn ich mir wieder die Stimme versaue.

Frau Dorian steht auf und öffnet das Fenster. »Ruh dich aus, Madeleine, ich hole dir ein Glas Wasser.«

Erschöpft lehne ich mich an den Flügel. Ich bin ziemlich verschwitzt, und schon bei Regina habe ich gemerkt, dass ich mein Deo vergessen habe. Vom Innenhof dringen Stimmen herauf, seit das Fenster offen ist, Gesprächsfetzen, ein Lachen. Als die Tür ein Stückchen aufgeht und eine Hand mit einem Glas erscheint, ist es nicht die Hand von Frau Dorian. Mir fährt der Schreck in alle Glieder.

Kai. Das kann nur Kai sein.

Ich falle nicht in Ohnmacht – erstaunlich genug –, ich gehe keineswegs zu Boden und reiße dabei das schwere Tuch herunter, das den Flügel vor Fingerabdrücken schützt, ich habe nur einen beschleunigten Puls, und das ist schon alles. Aber in einer endlos gedehnten Sekunde bin ich Frau Dorian für das Handtuch dankbar, mit dem ich mir die nass verklebten Haare trocknen konnte, und verfluche mich wegen des vergessenen Deos.

Die Tür geht weiter auf und schließt sich dann hinter Kai. »Ein Friedenszweig?«, sagt er und hebt das Glas, bevor er es auf dem Tischchen neben der Tür abstellt. »Hallo, Madeleine.« Sein Lächeln sieht verunglückt aus. »Wie geht es dir?«

»Danke«, sage ich. »Und wie geht's dir?« Mein Arm, der auf dem Flügel liegt, zittert ein wenig. Ich wage mich nicht zu bewegen, aus Angst, dass Kai mich sonst riechen kann. Zum Glück bleibt er, wo er ist, und überlegt anscheinend, wie er auf meine Gegenfrage antworten soll.

»Mir geht's …«, beginnt er. Ein gequälter Augenaufschlag. »Also, ehrlich gesagt, nicht so besonders. Ich habe mich dir gegenüber ziemlich blöd benommen.«

»Wieso?«, sage ich, weil er eine Pause macht und mir nichts anderes einfällt.

»Na ja, ich … ach, verflucht, Madeleine, ich weiß, wann ich ein Idiot war, nur manchmal weiß ich es nicht sofort.« Er kommt einen Schritt auf mich zu, registriert mein Zurückzucken und fährt sich mit den Händen durch die Haare.

»Was soll ich denn tun?«, ruft er leise aus. »Ich falle auch auf die Knie, wenn es sein muss! Sag doch was!« Er schaut mich an, aber ich bringe nichts heraus. »Können wir nicht wenigstens wieder Freunde sein?« Dann streckt er mir die Hände entgegen.

Hinter ihm öffnet sich die Tür und Frau Dorian erlöst mich.

»Ach, vielen Dank, Kai«, sagt sie, »dass du Madeleine das Wasser gebracht hast. Aber nun lass uns doch bitte noch zehn Minuten allein, ja? Das wäre nett. Bis später.«

Als Kai gegangen ist, mustert sie mich streng. »Ich weiß nicht, was zwischen euch beiden vorgefallen ist, und will's auch nicht wissen. Aber ich brauche keine Disharmonien. Also, sei so gut und vertrage dich wieder mit Kai. Soll ich ihn zurückrufen?«

»B-bitte nicht«, stammle ich.

»Aber du versöhnst dich mit ihm?«

Ich nicke.

»Na, da bin ich aber froh.« Frau Dorian grinst und schließt das Fenster. Dann setzt sie sich an den Flügel und intoniert eine Übung, wobei ihre Mundwinkel noch immer zucken.

Da mein Geruch Frau Dorian nicht davon abgehalten hat, das Fenster zuzumachen, kann er nicht gar so schlimm sein. Und tatsächlich, wenn ich verstohlen an mir schnüffle: Er ist wirklich nicht schlimm.

Vom Schicksalspielen

Isabelle hat diesen Samstag einen Termin beim Makler, deshalb holt mich meine Mutter vom Zug ab. Das Lächeln fällt uns etwas schwer – wahrscheinlich denke nicht nur ich an unseren dramatischen Abschied von letzter Woche und an die Entscheidung, die inzwischen gefallen ist.

Ich gebe meiner Mutter auf dem Weg zum Auto kein Gepäckstück ab. Protestierend läuft sie neben mir her. Sie sperrt den Wagen auf und ist ungehalten darüber, dass ich eine volle Reisetasche und meinen prallen Rucksack allein in den Kofferraum wuchte.

»Du fängst nicht an, mich zu schonen?«, sagt sie gereizt und streicht sich die Haare nach hinten.

»Nein, wieso, das bisschen Wäsche …« Können Klamotten wirklich so schwer sein, wundere ich mich und knalle erleichtert den Deckel zu.

»Weil ich«, fährt meine Mutter fort, »durchaus zurechtkomme. Also, lass das bitte. Und bilde dir nichts darauf ein, dass du größer bist als ich.« Sie marschiert mit Isabelles Schlüssel zur Fahrertür.

Wir versuchen, uns über das Autodach hinweg einen Blick zu geben. Irgendwas stimmt heute nicht. Brauchen wir erst den richtigen Ton für unser neues Verhältnis?

Und dann fragt meine Mutter auch noch, kaum dass wir losgefahren sind, wie es meinem Vater geht.

Das ist ja genial. »Wie soll's ihm denn gehen?«, antworte ich böse. Was erwartet sie eigentlich?

»War eine dumme Frage«, murmelt sie.

Wenn ich will, kann ich den Zorn jetzt kriegen, auf den ich die ganze Woche umsonst gewartet habe. Ich muss nur an meinen Vater denken oder an unseren schönen Flügel zu Hause, an das ganze Musikzimmer, das wir kaum benützen, dann an das CD-Cover, auf dem der Name meiner Mutter neben dem Komponistennamen stehen könnte, ich muss nur ihre Wunderpianofinger anschauen, die demnächst Babykacke abwischen müssen …

Da lächelt sie plötzlich. »Aber dass du gekommen bist, Madeleine … das ist schön, das freut mich sehr. Und natürlich nicht nur wegen der Wäsche!« Sie schenkt mir einen langen Blick, den ich nur schwer aushalte.

»Hu!«, sagt sie, als ich endlich auch lächle und die Räder schon das Bankett aufwühlen. Sie bringt den Wagen mit einem Schlenker auf die Fahrbahn zurück. »Hu!«, wiederholt sie und kichert auch noch.

Nach den Gewitterregen der letzten Tage verspricht es heute wieder sehr heiß zu werden. In Isabelles Wohnsiedlung sind die Leute in ihren Gärten mit Unkrautjäten oder Heckenschneiden beschäftigt. Als wir in die Garagenzufahrt einbiegen, habe ich plötzlich eine schöne Vision: Meine Mutter und Isabelle leben für immer hier, der Junge wächst mit zwei Müttern auf, und ich besuche die drei sonntags, wenn ich Lust dazu habe, und mein Vater kommt mit, wenn er mag.

Ich will schon aufatmen und anfangen, den Tag zu genießen, als mir einfällt, dass Isabelle heute zusammen mit ihrem geschiedenen Mann beim Makler ist, um den Verkauf des Hauses endgültig zu machen, und dass sie bereits zum September in die Wohnung umzieht, in die sie ihren Flügel und vieles andere nicht mitnehmen kann. Wäre zu schön gewesen. Trotzdem fühle ich mich zu meiner Überraschung nicht ganz so mies wie letzten Sonntag. Warum eigentlich? Ich bleibe noch einen Moment im Auto sitzen, während meine Mutter schon aussteigt, und konzentriere mich. Und da wird mir klar, warum: Wenn ich diesmal zu meinem Vater zurückkehre, muss ich ihm wenigstens nichts mehr vormachen. Die Ungewissheit, die war das Allerschlimmste.

Meine Mutter hat den Kofferraum geöffnet und will das Gepäck ausladen. Ich komme ihr schnell zuvor. Sie besteht darauf, wenigstens einen Henkel der Reisetasche zu übernehmen, was lächerlich ist. An der Haustür sieht sie es endlich ein. Sie lässt seufzend los und schließt die Tür auf.

Ich trage den Rucksack und die Tasche ins Gästezimmer. Auch im Rucksack sind fast nur Sachen von meiner Mutter. Ich brauche diesmal nichts, da ich nicht über Nacht bleibe. Der Abend gehört meinem Vater, morgen Vormittag kommt Regina zur Klavierstunde, und am Nachmittag gehe ich mit Leuten aus meiner Klasse baden – bei Sonne an den See, bei Regen ins Erlebnisbad.

So viele Aktivitäten bräuchte ich gar nicht. Denn ich

bin schon genug mit meinen Gedanken beschäftigt. Wenn ich mal für eine Sekunde meine Eltern vergessen kann, ist Kai da. Seit Donnerstag versuche ich, mir unsere nächste Begegnung vorzustellen, und ich zermartere mir das Hirn, wie ich es hinkriegen könnte, dass ich ihm allein über den Weg laufe. In meiner Szene kommen nämlich keine anderen Leute vor. Weil ich Kais ausgestreckte Hände ignoriert habe, dürfen sie einfach nicht vorkommen. Denn vor Judith, Miguel und den anderen wird er diese Bewegung bestimmt nicht wiederholen, nicht einmal vor Frau Dorian.

Falls es nicht sowieso eine leere Geste war. Aber das glaube ich irgendwie nicht. Warum sollte denn einer, der nichts weiter als meine Freundschaft will, beide Hände nach mir ausstrecken? Für Freundschaft würde eine Hand genügen. Die schüttelt man dann nach altem Brauch. Zwei Hände streckt man doch nur aus, wenn man jemanden heranziehen will, wenn man die Arme um jemanden legen will …

Meine Mutter kommt ins Zimmer und ertappt mich bei einem idiotischen Lächeln. Ich sitze am Rand der Truhe, das Gepäck zu meinen Füßen.

»Ist ein feines Zimmer, nicht?«, sagt sie. »Geht nach Norden, ist kühl – hier kann man es aushalten.« Sie streift die Schuhe ab, streckt sich auf ihrem Bett aus und bewegt die nackten Zehen. »Ich werde fett«, sagt sie.

»Ha, ha.« Ich reiße meine Gedanken von Kai los.

»Doch. Meine Füße laufen an. Schau.« Sie setzt sich auf und massiert ihre Fesseln, die so schlank sind wie immer. Sie soll sich lieber meine anschauen!

»Deine Beine«, sagt sie, »sind muskulös. Meine sind schlapp und aufgeschwemmt.« Sie zupft an der Haut über dem linken Knöchel und verzieht das Gesicht.

Schlapp und aufgeschwemmt? So einen Quatsch habe ich noch nie gehört. »Mama, was hast du auf einmal? Was ist los mit dir?« Sogar mit ihrem Bauch wirkt sie mädchenhaft. Ein duftiges Kleid wie ihres würde mir nie stehen. Fischt meine Mutter neuerdings nach Komplimenten?

Jetzt sehe ich auch noch Tränen in ihren Augen, bevor sie sich von mir wegdreht. »Manchmal …«, höre ich sie flüstern, »manchmal bin ich so mutlos. Ich bin zu alt für ein Baby und für all das.«

»Aber Mama, du warst doch so … sicher, ich meine, so entschlossen!«

»Es ist … mal so … und … mal so«, bringt sie heraus.

Ich schaue betroffen auf sie nieder und zerbreche mir den Kopf, was ich dazu sagen könnte oder ob ich den Arm um sie legen darf. Da dreht sie sich wieder um und ich fahre schnell mit meiner ausgestreckten Hand zurück. Sie schaut mich an und grinst schief. »Schon vorbei, Madeleine. Du hast mich nur gerade in einem schwachen Moment erwischt. Schon vorbei, wirklich. So eine elende Schwangerschaft macht vielleicht labil!«

Wenn sie glaubt, mich damit überzeugen zu können …

»Mama?«

»Hm?«

»Ach, nichts.« Es ist bescheuert, auf dieser Truhe zu sitzen und auf meine Mutter niederzuschauen. Ich stoße die Schuhe von den Füßen, lasse mich auf das

Bett fallen, in dem ich letztes Mal geschlafen habe, und lege mich lang auf den Rücken. Jetzt muss ich meine Mutter nicht mehr ansehen, wenn ich die Frage stelle, die mir auf der Zunge brennt. »Du hast Ken wohl noch nicht angerufen?«

»Nein, natürlich nicht!«, zischt meine Mutter. »Warum fängst du wieder davon an – du kennst meine Antwort!«

»Papa meint …«

»Was Robert meint, stimmt nicht!« Erschrocken über ihre Heftigkeit halte ich den Mund. Meine Mutter braucht eine Weile, bis sie sich beruhigt. Sie rollt sich auf die Seite, den Blick zum Fenster, und zieht die Beine an.

Ich überlege. Seit Tagen bedrängt mich ein Gedanke. Es ist etwas, worüber ich mit niemandem reden konnte. Schon gar nicht mit meinem Vater, mit dem ich aber wahrscheinlich darüber hätte reden sollen.

»Mama … schläfst du?«

Sie antwortet nicht.

Es ist ja gar kein Gedanke, sondern viel eher ein Gefühl, eine Intuition oder was weiß ich.

»Mama?«

»Nein«, murmelt sie.

»Mama, nur eine Frage, versprich mir, dass du nicht böse wirst.«

»Du hast sie mir doch eben schon gestellt.«

»Nein!« Ich setze mich auf. »Und, Mama, ich habe einen wahnsinnig guten Grund, dich das zu fragen!«

Meine Mutter dreht sich schwerfällig auf den Rücken. Sie guckt zur Decke, dann sagt sie: »Schieß los!«

»Mama …« Anlauf. »Was hat das Ges-Dur-Impromptu mit dir und Ken zu tun?«, stoße ich hervor und halte dann die Luft an.

Die erwartete barsche Entgegnung bleibt aus. Meine Mutter, die vielleicht kurz zusammengezuckt ist, starrt unverändert die Zimmerdecke an.

»Mama, ich schwöre, es ist die letzte Frage, die ich dir im ganzen Leben stelle, zu dem Thema!«

Ich wage mich nicht mehr zu bewegen und beobachte, wie sich eine seltsam entspannte Trance auf dem Gesicht meiner Mutter ausbreitet.

»Ich will's dir sagen, Madeleine. Die Story ist aber ganz banal. Es ist einfach *unser Stück,* ich weiß nicht, warum. Ich habe es nur für Ken gespielt. Manchmal nachts in der Hotelbar, Stunden nach einem Konzert … So banal, dass es mir peinlich ist.« Ihre Stimme ist zu einem Flüstern herabgesunken.

Ich stehe sehr leise vom Bett auf. Mit angehaltenem Atem schnüre ich den Rucksack auf.

Als Papier knistert, wendet mir meine Mutter das Gesicht zu.

»Mama«, sage ich und jetzt bebt meine Stimme vor Aufregung. »Hier. Das hat deine Agentin geschickt. Das Kuvert ist aufgerissen, als ich es aus dem Kasten gezogen habe.«

Meine Mutter setzt sich auf.

Ich reiche ihr die Konzertbesprechungen von Kens Tournee. Letzte Nacht habe ich darin die Stellen markiert, die Auskunft darüber geben, dass Kens Klavierbegleiter befremdlicherweise alle Konzerte mit einem zu den Balladen nicht passenden Klavierstück beschlossen hat. Nämlich mit Schuberts Impromptu in Ges-Dur.

Obenauf ein Foto. Ken während der Verbeugung, eine Hand am Flügel. Eine Situation, in der man sonst ein strahlendes, befreites Lächeln hat. Aber Ken schaut drein, als würde sein Sarg vorüberschweben.

Meine Mutter ist weißer als das Laken hinter ihr. Sie blättert die Berichte durch. »Hast du das markiert, Madeleine?«, flüstert sie.

Ich nicke stumm. Dann gehe ich lautlos zur Tür. Ich werde nicht mehr gebraucht. Falls meine Mutter, die bis jetzt nicht umgekippt ist, das doch noch tun will, kann sie sich dabei nicht wehtun – sie sitzt ja im Bett.

In Isabelles schönem Garten, der ihr bald nicht mehr gehört, werfe ich mich unter einen Baum. Das Gras ist kühler als die Luft. Durch die Zweige über mir blitzt das Himmelsblau.

Ich habe Schicksal gespielt. Aber von Spiel kann dabei keine Rede sein. Ich habe meiner Mutter schwarz auf weiß bewiesen, dass Ken sie genauso liebt wie sie ihn. Damit habe ich meinem Vater die allerletzte, die dünnste Chance genommen. Aber ich kann es nicht bereuen. Ich kann es einfach nicht bereuen.

Von einer Überraschung im Schwimmbad

Ein Erlebnisbad an einem Sonntagnachmittag ist wahrscheinlich der letzte Ort, um einer Freundin zu erzählen, dass zu Hause plötzlich alles anders geworden ist. Irgendwann werde ich Britta bestimmt sagen, was bei mir daheim los ist – aber nicht hier. Im Moment muss ich stattdessen wieder mal riskieren, dass sie mich für launisch hält, weil ich mich von ihr und den anderen Mädchen absetze.

»Denise, Britta, ich gehe schwimmen!«, rufe ich.

Britta, die soeben prustend aufgetaucht ist, streicht sich die nassen Haare aus dem Gesicht. »Was machen wir eigentlich gerade?«, fragt sie verblüfft.

Ich zucke die Achseln und versuche, sie mit meinem Grinsen zu entwaffnen. Wenn sie das für Schwimmen hält! Ich jedenfalls brauche jetzt etwas anderes. Viermal Röhrenrutsche genügt mir, und ich finde das Anstehen an der Treppe nicht so furchtbar spannend, auch nicht den Nahblick auf Jungenschenkel mit roten Pickeln zwischen Kräuselhaaren. Vorher haben wir schon eine geschlagene Stunde am Beckenrand des Wellenbads gesessen und die Kämpfe und das Geschrei der Typen kommentiert, die sich vor unseren Augen gegenseitig zu ersäufen versuchten. Als wir dann lässig aufstanden und zur Rutsche schlenderten, waren die Jungen plötzlich auch da.

Ich habe mir den ganzen Nachmittag lang Mühe gegeben, wie die anderen zu sein, aber diese Jungen interessieren mich einfach nicht! Wie sollten sie auch, wenn ich mir immer wieder vorstellen muss, wie ich morgen am Bahnhof stehe und mit Herzklopfen darauf warte, dass Kai auftaucht – allein! –, und wie ich mir dann, wenn wirklich niemand bei ihm ist, einen Ruck gebe und entschlossen seinen Weg kreuze, und wie sein Gesicht aufleuchtet und wie er mir die Hände entgegenstreckt, beide …

Auch wenn ich es jetzt bereue, überhaupt ins Bad mitgegangen zu sein, sollte ich mein Vier-Stunden-Ticket nicht zur Hälfte verfallen lassen, sondern es lieber für Action nützen, die mich ablenkt. Denn meine schöne Vision wird gerade brutal von einer hässlichen verdrängt: Kai kommt redend und lachend in den Bahnhof, seinen Arm um Judith gelegt, und er sieht mich überhaupt nicht! Dabei stehe ich genau in seinem Weg. Aber vielleicht bin ich schon gestorben und man kann durch mich hindurchgucken …

Ich beschließe, ins Außenbecken zu gehen. Ich habe frische Luft nötig. Das Gewitter mit Blitz und Donner, das alle Leute hereingetrieben hat, ist vorbei, man darf wieder hinaus, und der prasselnde Regenguss macht mich auch nicht nässer, als ich schon bin.

Vier Schwimmer durchpflügen bereits das Becken. Ich besetze die fünfte Bahn. Leistungsschwimmen ist nicht übel. Man konzentriert sich auf die Strecke, checkt in einem Sekundenbruchteil beim Luftholen, ob man nicht abweicht, sieht nichts als die Bahn, taucht mit dem Kopf wieder ein, teilt das Wasser – und alle üblen Visionen zerstieben.

Nach einer Weile registriere ich, dass die vier weggehen. Ich bin ganz allein in dem Riesenbecken. Nur an einem Startblock lehnt noch ein Typ im Bademantel, und ich wundere mich flüchtig, was er hier tut. Es ist doch blöd, dazustehen und sich anregnen zu lassen, wenn man nicht vorhat, ins Wasser zu gehen! Ich merke, wie ich mich von ihm ablenken lasse und dadurch allmählich die Lust verliere. Wenn der Regenfanatiker nach meiner nächsten Wende noch nicht weg ist, höre ich auf.

Die Wende. Abstoßen, auftauchen, Luft holen: Der Bademantel steht noch immer da. Mit dem zweiten Atemzug erlaube ich mir einen schärferen Blick, linse durch Spritzwasser, Schaum, Schlieren und Regen – und tauche schon wieder ein. Aber mit meinem schönen Gleiten ist es vorbei, die Luft wird mir knapp – der Typ sieht aus wie Kai! Aber natürlich kann er es nicht sein. Wie käme ausgerechnet er hierher!

Ich reiße mich zusammen und versuche, das Tempo wieder zu steigern.

Aber dann ist es doch Kai, wirklich und wahrhaftig Kai. Das Wasser prallt mir ins Gesicht, schwappt mir in den Mund und klatscht mir in die Augen. Ich zapple wie ein Hund, der ins Wildwasser geraten ist. Hustend und keuchend halte ich mich am Beckenrand fest. Was ein Schwall Wasser, auf den man nicht gefasst war, anrichten kann! Ich würge und spucke und versuche zu verstehen, wieso Kai und ich hier sind, wo doch die Begegnung am Bahnhof erst morgen stattfinden wird.

Er geht in die Hocke und schaut mich an. Die Haare kleben ihm an Stirn und Schläfen. Er hält den nassen Bademantel über der Brust zusammen, legt den Kopf schief und lächelt.

Ich höre ihn etwas Unwesentliches fragen: »Wie lange willst du denn noch da drin bleiben, Madeleine?«

Plötzlich kriege ich eine Riesenwut und wische mit der Hand übers Wasser, dass eine Fontäne hochspritzt. »Kai! Wie kannst du hier sein? Woher hast du gewusst, dass ich hier bin?« Ich sollte nach dem Bademantel greifen und diesen Kerl ins Wasser ziehen! Wie konnte er mich die ganze Zeit beobachten, während ich völlig ahnungslos war!

Schon will ich die Hand ausstrecken, da schüttelt Kai den Kopf. »Ich wusste es nicht!«, sagt er. »Ich hab doch jetzt mein Zimmer in der Stadt und bin nur hier, weil ich heute zu gar nichts Lust hatte. Und dann hab ich plötzlich von der Galerie aus *dich* gesehen.« Sein Lächeln von vorhin kehrt zurück. »Du bist marschiert, als hättest du etwas Größeres vor. Daran hab ich dich sofort erkannt. Madeleine …« Wenn er sich noch weiter vorbeugt, wird er gleich von selbst ins Wasser fallen. »Madeleine, du glaubst nicht, wie das war, als ich dich plötzlich gesehen habe. Und dann bist du nach draußen verschwunden …«

Er rutscht aus der Hocke in eine halb liegende Position und stützt sich auf den Ellenbogen. Dann streckt er tastend die Hand nach mir aus, so vorsichtig, als hätte er Angst, ich könnte bei der ersten leisen Berührung wie eine Schaumblase zerplatzen. Aber ich zerplatze nicht. Ich halte Kais Fingerkuppen aus, die zart und sanft meinen Haaransatz entlanggleiten. Schauer laufen mir über die Haut. Ich sehe, mit welchem Blick Kai mich anschaut. Alle Kraft weicht aus meinen Armen und Beinen, mein Kopf ist doch eine Schaumblase und wird im Wasser vergehen …

Die Sonne bricht jetzt strahlend aus einem Wolkenloch hervor und drückt mir die Augen zu und ich fühle ihre Wärme auf meinem Gesicht. Kais Finger wandern an meinem Ohr vorbei und schieben sich unter meine nassen Haare im Nacken, seine Hand legt sich um meinen Hinterkopf. Das Licht verändert sich, und daran merke ich, dass Kais Gesicht jetzt sehr nah vor meinem Gesicht sein muss. Ich spüre seinen Atem und reiße in letzter Sekunde die Augen auf.

»Ich bin noch immer vierzehn!«, stoße ich hervor.

Kai küsst mich trotzdem. Wie habe ich darauf gewartet! Ich will schon selig die Arme um seinen Hals schlingen, als mir gerade noch einfällt, wo ich bin. Wenn ich das mache und mich an seinen Hals hänge, zappeln wir beide gleich im Wasser, er im Bademantel …

Ich klammere mich an den Beckenrand, halte Kai mein Gesicht entgegen und bibbere vor Kälte. Das einzig Warme an mir sind Kais Lippen auf meinen Lippen und seine Hand unter meinen Haaren. Aber das fühlt sich so wunderbar an, dass der Rest von mir zum Teufel gehen kann.

»Du zitterst ja«, flüstert Kai endlich. »Komm, heraus mit dir! Wir ziehen uns an und hauen ab. Willst du, Madeleine?«

In meiner Umkleidekabine pule ich mich aus dem engen Badeanzug. Ich grinse vor Aufregung und Glück. Aus einer anderen Kabine höre ich ein komisches, abgehacktes Summen, durchsetzt von Zähneklappern.

Ich horche. Dann kann ich die Summstücke plötzlich zusammenfügen. Sie ergeben ein Lied, das ich kenne:

Die Rose, die Lilie, die Taube, die Sonne …

Ich grinse und fahre mit dem zweiten Arm ins Shirt. Garantiert ist es das einzige fröhliche Liebeslied von Heine! In fünf Minuten wird Kai draußen den Arm um mich legen und mich wahrscheinlich Sonnentaube nennen, und er wird lachen und mich hoffentlich fragen, ob ich auch so schrecklichen Hunger auf Pommes habe –, und dann laufen wir zu einer Imbissbude und kaufen uns Pommes und stecken sie uns gegenseitig in den Mund, und wenn ich jetzt vielleicht noch diese verfluchte Sandale hier zukriege, kann mein wunderbares Leben endlich anfangen.